해골기사님은
금 이세계 모험중 III
Skeleton Knight, going out to the parallel universe
illust. KeG
Ennki Hakari 하카리 엔키
아리안
「아크 주제에 건방지아요오~!
나한테 술을 못 똬르겠다는 고야아~?!」

치요메
폰타
뒤를 돌아보자,
말을 건 이는 조용히 서서 아크를 올려다보았다.

아크
「곤란하신 모양이군요.」

「5분 안에 끝내도록 하지!」
「소환! 【이프리트】!!」
염옥마인

해골기사님은 지금 이세계 모험 중

Skeleton Knight, going out to the parallel universe

III

Skeleton Knight,

going out to the parallel universe

III

CONTENTS

Ennki Hakari illust.KeG

에진강
페브루엔트
카리슈
키리루카 산맥
제도 뷔텔바레
웨트리아스
시아리강
제로이나
제도 하바렌
Map
베이욘 산지
타보르
우라트 산맥
하르트벌크
빙룡산맥
시아나 산맥
라이브니차
화룡산맥
낡은 신사
티시엔
케섹
용의 턱
풍룡산맥
세계지도
아스파니아 왕국
신성 레브란 제국
레브란 대제국
로덴 왕국
캐나다 대삼림
노잔 왕국
린부르트 대공국

서장

북대륙 북서부를 다스리는 레브란 대제국――그 중심지인 제도(帝都) 뷔텔바레.

일찍이 북대륙의 패자였던 레브란 제국 시대부터 제국의 중심지로서 번영한 그 거대 도시는 나라가 동서로 갈라진 지금도 여전히 그 위용을 자랑했다.

엄청나게 커다란 방벽이 도시를 둘러쌌고, 그 안쪽에는 세련된 석조 양식의 우아한 거대 건조물이 늘어섰다. 잘 정비된 대로와 공원을 지나다니는 사람이나 그곳에서 한가롭게 환담을 하는 사람 등, 깔끔한 모습의 많은 사람을 보면 얼마나 번창하였는지 짐작할 수 있었다.

그런 제도의 중심에는 황제의 거성이기도 한 웅장하고 아름다운 디욘보르그 대궁전이 자리 잡았는데, 부지의 크기는 작은 도시 하나를 통째로 넣을 정도였다.

그 대궁전의 어느 곳에 이 레브란 대제국을 움직이는 인물들이 한자리에 모인 장소가 있었다.

호화로운 실내 장식으로 꾸며진 회의장, 그 정점인 옥

좌——문자 그대로 견줄 자가 없는 높은 자리에 앉은 이는 다름 아닌 이 제국의 황제, 가우르바 레브란 세르지오 페브스다.

하얗게 센 곱슬머리와 턱수염은 길고 부드러웠으며, 머리끝까지 정성스레 빗질했다. 미간에 모인 주름은 짙었지만 그 밑에 번뜩이는 눈은 맹금처럼 다른 이를 위압하듯이 날카롭게 주위를 흘겨보았다.

머리에는 황제의 상징으로서 금 테두리에 아낌없이 보석을 박은 서클릿 모양의 왕관을 썼고, 화려한 의상과 망토를 걸친 모습으로 옥좌의 팔걸이에 턱을 괴었다. 그 옆에는 권력의 증표인 눈부시게 현란한 문양이 새겨진 왕홀을 비스듬히 세워놓았다.

불쾌한 표정을 드러낸 황제의 곁에는 단정한 외모의 빈틈없는 젊은 남자가 서 있었다. 그리고 바로 앞에는 다섯 명의 집정관이 둘러싸는 것처럼 각자의 의석에 앉아 있었다.

한편 그들을 마주 보듯이 맞은편에는 계단 형태의 의석을 만들었지만, 50명에 달하는 원로원 의원들은 앉을 생각도 잊은 채 저마다 자기주장을 큰 목소리로 떠들어댔다.

"웨트리아스령(領)에 수없는 마수가 출몰했소! 그 때문에 주변은 큰 피해를 본 데다 도시는 고립된 상태요! 당장 황군을 보내는 게 바람직하오! 그곳은 시아리강을 끼고 동 레브란과 적대시하는 땅. 가만히 놔두면 그놈들이 강을 건너올

지도 모르오."

"무슨 소리요! 웨트리아스는 북황군 전군 중 1개 여단 규모가 늘 주둔하는 장소란 말이오! 그 수로 밀어붙이면 그까짓 마수 따위를 섬멸하는 건 일도 아닐 터!"

"그렇소이다! 애당초 주변 영주군에 비해 명성이 드높은 북황군이 2천 이상이나 있는데, 구원을 요청한다는 게 말이 되는 소리요!? 동쪽 녀석들한테 알려졌다가는 비웃음만 살 거요! 게다가 황군을 크게 움직이면 우리도 그에 상응하는 부담금을 내야 하오! 그 비용은 북부령이 맡아주시는 거겠지요?"

"하, 남부령은 좋겠구려! 우라트 산맥과 시아나 산맥 기슭의 숲으로 단절된 그 땅의 남황군은 너무 한가해서 마수 정벌이 주된 임무라고 들었습니다만? 이번에야말로 그 실력을 모두에게 보여줄 좋은 기회 아닙니까!"

각각의 지역으로부터 추천을 받아 원로원 의석을 차지하는 그들은 파벌도 달라서 종종 자신들의 이익에 집착했다. 눈앞에서 벌어지는 광경은 도저히 의론이라고 부를 수 없는 욕설이 오가는 난장판이었다.

레브란 대제국은 크게 네 개의 지역으로 나뉘는데, 영주 귀족들은 각 지역의 영지에 소속하여 다스린다. 그 때문인지 각 지역에 소속하는 귀족들 사이에서는 자주 이런 분쟁이 일어났다.

그처럼 추악한 말다툼에 눈을 내리깐 황제는 옆에 있던 남자에게 시선을 돌렸다.

말끔한 용모에 미소를 머금은 남자의 이름은 사르뷔스 드 오스트. 황제를 공사의 구분 없이 보좌하는 역할인 재상의 지위에 오른 자다. 가식적인 미소를 짓고 감정을 좀처럼 겉으로 내보이지 않는 남자였다.

황제 가우르바는 주위의 집정관들이 듣지 못하도록 재상 사르뷔스에게 살짝 몸을 기울여 조용히 물었다.

"네놈은 이번 마수 사건을 어떻게 생각하느냐?"

맞은편 의석에서는 원로원 의원들이 다투고 있어서 아무도 이쪽에 관심을 두지 않았다. 사르뷔스는 그런 의원들에게 얼굴을 고정한 채 황제를 흘끗 쳐다보며 천천히 입을 열었다.

"황공하옵게도 말씀드리자면, 밀정의 보고에 따라 이전부터 우려했던 마수 사역법을 동 레브란이 확립한 듯싶습니다……. 웨트리아스부터 남진하여 부르고만(灣)을 향할 속셈일까요?"

사르뷔스의 대답에 황제 가우르바는 얼굴을 잔뜩 찌푸렸다.

"보고로는 다수의 오거와 자이언트 바질리스크까지 웨트리아스 주변에 출몰한다고 들었다. 이것들이 정말 의도대로 조종당하는 거라면 아주 위협적이라고 할 수밖에 없을 테지."

"하지만 전면에 병사들을 내세우지 않았습니다. 저희가 이 일을 동 레브란의 침략행위가 아니라, 단순히 마수에 의한 피해라고 대수롭지 않게 받아들이기를 노린 행동일까요?"

재상의 의문에 황제는 앞을 무섭게 노려보며 옥좌에 깊숙이 몸을 파묻었다.

"흥, 동 레브란의 애송이가 그렇게 단순한 놈이었다면 내가 진작에 동쪽 땅을 집어삼켰을 거다. 아직 병사들과 함께 싸울 수 있는 수준에는 이르지 않았겠지. 써봐야 기습이나 기책 정도다……."

"그럼 웨트리아스 습격 사건은 북황군의 지휘에 맡기시렵니까?"

북황군은 레브란 대제국의 북동부 전역을 수호하는 황제 직할군이다. 민제이아 드 오베로이드 장군의 지휘 아래, 북부 스윈 왕국과 접한 국경 수호와 동부 신성 레브란 제국과의 국경선인 에진강 및 시아리강의 방어를 주된 목표로 두었다.

"아니, 이대로 웨트리아스를 괜히 시끄럽게 만들면, 맞은편 기슭에 있는 제로이나의 침공을 부채질할지도 모른다. 북부와 남부에 적의 발판을 마련해주는 상황은 피하는 편이 좋겠지."

황제는 동 레브란의 움직임에 근심을 나타내면서 옥좌의 팔걸이를 손끝으로 가볍게 두드렸다.

"그렇다고 혈기왕성한 민제이아에게 이 문제를 일임하

면, 녀석은 페브루엔트를 내버려두고 자신이 솔선해서 웨트리아스로 갈 수도 있지……. 그랬다가는 북부가 허술해지니, 그 역시 피해야 한다.”

황제 가우르바는 깊은 한숨을 내쉬었다.

“동 레브란이 이 시기에 싸움을 건 이유는 아무래도 로덴에서 벌어진 일이 영향을 미쳤기 때문이겠죠.”

황제는 옆에 서 있던 재상 사르뷔스의 아무렇지도 않다는 듯한 그 한마디에 미간을 찌푸렸다.

사르뷔스가 언급한 로덴에서 벌어진 일이란 얼마 전 로덴 왕국에 발생한 정변과 관련된 이야기였다.

동쪽의 신성 레브란 제국이 뒷배를 봐주는 차기 왕위계승자인 다카레스 왕자가 서쪽의 레브란 대제국이 뒷배를 봐주는 섹트 제1왕자와 또 한 명의 왕위계승자인 유리아나 왕녀를 모살하려다 오히려 섹트 제1왕자에게 목숨을 잃은 사실을 로덴에 숨어든 밀정으로부터 보고받았다.

그러나 이 사건으로 유리아나 왕녀는 사망했고, 차기 왕위는 홀로 살아남은 섹트 제1왕자가 손에 넣게 되었다. 따라서 섹트 왕자의 뒷배를 봐주던 레브란 대제국은 이제 로덴 왕국과 더불어 양국이 동쪽의 신성 레브란 제국을 꼼짝 못 하게 할 수 있다――어쩌면 다시 동서 병합을 이루게 해줄 기회를 잡은 것인지도 모른다며 기뻐했다. 그런데 한창 들뜬 와중에 웨트리아스의 사변이 일어난 것이다.

아마 동 레브란이 섹트 왕자가 차기 왕위에 오르고 나서 레브란 대제국과 깊은 유대를 맺기 전에 간섭하기 위해 벌인 짓이리라. 가우르바는 그렇게 생각했다.

"틀림없겠지. 로덴의 풋내기가 하루빨리 왕국의 고삐를 잡아줘야겠군."

자리에서 일어난 가우르바 황제는 옆에 둔 왕홀을 쥐더니, 의장 바닥을 힘차게 두드려 울렸다. 그러자 지금까지 서로 욕설을 퍼붓던 의원들은 물을 끼얹은 듯이 입을 다물고 그 자리에서 황제에게 시선을 돌렸다.

"조용하라──."

가우르바 황제는 일동을 흘겨본 후 회의장 구석까지 닿을 듯이 의원들을 압도하는 또랑또랑한 목소리로 소동을 매듭지었다.

"웨트리아스를 이 상태로 내버려 두면 동쪽의 반역도들을 맞은편 기슭에서 불러들이는 꼴이 된다. 서둘러 사태 해결을 꾀하고자 북황군은 물론 남부지역 북단의 타보르에 주둔한 남황군도 웨트리아스로 보내겠다."

황제의 선언을 들은 의원들 사이에서 새어 나온 신음소리가 회의장을 가득 채웠다.

그중에서 고령의 의원 한 명이 손을 들었다. 그를 눈여겨본 황제가 턱짓으로 가리키자, 그 의원은 앞으로 나와 한쪽 무릎을 꿇고 고개를 숙였다. 황제는 다시 턱짓으로 재촉하듯이 발언할 허가를 주었다.

"황공하오나 타보르는 우라트 산맥과 베이욘 산지에 끼여서 마수의 피해가 많은 땅입니다. 더구나 남부와 북부를 잇는 가도도 지나는 이 땅의 수호자인 남황군이 웨트리아스로 향하면 교역의 흐름이 정체될지도 모릅니다."

그 의견에 주위의 몇몇 의원들도 동조한다는 듯이 고개를 끄덕이며 황제에게 자신들의 뜻을 전했다.

황제는 턱을 한 번 쓰다듬고 생각에 잠기는 것처럼 미간을 찌푸렸다.

"하르트벌크에 있는 남황군의 키링 장군을 움직여 타보르로 보낸다. 그동안은 타보르 영주군의 분투를 기대하도록 하지."

"그래선 하르트벌크가 엉성해질 가능성이 있습니다만……."

"우라트 산맥과 시아나 산맥의 벽에 더해 두 산기슭의 숲이 동서를 가르는 땅에 그만큼 두꺼운 방비는 필요 없겠지요."

황제의 결정에 고령의 의원은 여전히 남은 문제점을 힘없이 주장했지만, 다른 의원이 그 의견을 비웃듯이 반론하는 목소리를 높였다. 그러자 많은 의원도 그 말에 따르듯 소리를 죽여 웃었다.

"의견은 다 나왔나? 그럼 반대하는 자는 일어나서 자기 뜻을 나타내라."

황제의 한마디에 원로원 의원들은 일제히 얼굴을 마주 보더니, 각자의 의석으로 뿔뿔이 흩어져 자리에 앉았다.

그러는 가운데 마지막까지 서 있는 의원은 조금 전 고령의 의원과 소수의 다른 몇 명뿐이었다.

그 모습을 둘러본 재상 사르뷔스는 이 의제의 종결을 알리고 다음 의제를 선언했다.

제1장 함께 있는 자

날도 아직 새지 않은 어슴푸레한 가도를 둘이서 동쪽을 등진 채 걸었다.

하늘은 약간 푸른색을 띠며 새벽을 알리기 위한 준비에 들어갔다.

북쪽에 우뚝 솟은 칼카트 산악 지대의 산골짜기로부터 차가운 공기가 자욱이 끼어 흘러내렸다. 산기슭의 평탄한 경사지에 펼쳐진 산림과 평원의 시야를 뿌옇게 만들어, 마치 가도를 이용하는 여행자의 행선지를 헷갈리게 하는 듯했다.

그런 안개 속에서 나란히 걷는 장신의 여성은 잿빛 외투를 나부끼며 당당하게 발걸음을 옮겼다. 펄럭이는 외투 사이로 문양을 새긴 법의가 엿보였고, 활동하기 편할 듯한 그 법의 위에는 가죽제 코르셋형 방어구를 걸쳤다. 그러나 그처럼 노출이 적은 옷차림이어도 크게 내민 가슴과 잘록한 허리의 둥근 엉덩이는 그녀의 육감적인 몸을 고스란히 드러냈다.

다만 그 여성의 얼굴을 보면 평범한 인간이 아니라는 사실을 한눈에 알아볼 수 있었다.

엷은 자주색 수정같이 매끄러운 피부, 뒤에서 하나로 묶은 눈처럼 하얗고 긴 머리, 앞을 바라보는 황금색 눈동자, 길지는 않지만 뾰족하게 솟은 귀 등 인간과는 눈에 띄게 다른 특징을 지녔다.

이 세계에서 다크엘프라고 불리는 종족의 일원인 그녀는 현재 자신의 여행 동료이자 자신을 고용한 의뢰주이기도 하다.

그녀의 이름은 아리안 그레니스 메이플. 엘프족의 대부분이 사는 캐다나 대삼림, 그 중심 도시인 삼도(森都) 메이플에 소속된 전사 중 한 명이다.

허리에는 사자를 본뜬 손잡이의 장검을 찼는데, 그 검을 뽑아서 휘두르는 검기(劍技)는 숙달된 용병조차 간단히 물리칠 정도였다. 또한 동서고금을 막론하고 서적에 묘사한 엘프족처럼 마법에 조예가 깊었고, 인간족이 다루지 못하는 정령마법도 특기로 삼았다.

한편 그녀의 곁에서 나란히 걷는 자신은 이세계로 떨어지기 전에 플레이하던 게임 캐릭터의 모습 그대로였다.

세세한 부분까지 문양을 장식하고 백색과 청색을 바탕으로 채색하여, 신화 속에서 기사나 걸칠 듯이 화려한 백은의 전신 갑주가 바람에 나부끼는 검은 외투 사이로 엿보였다.

그 갑옷에 달린 칠흑의 망토는 어두운 밤을 떠올리게 했고, 별 하늘을 잘라낸 것처럼 광택이 났다.

또한 등에는 정교한 디자인이 새겨진 커다란 둥근 방패, 여행하는 데에 필요한 물품을 넣어두는 큼지막한 마대, 장엄한 존재감을 내뿜는 거대한 검을 메고 있었다.

그러나 가장 큰 문제는 갑옷의 알맹이인 자신의 몸이 전신 해골이라는 점이다.

눈구멍 깊숙한 곳에 파란 도깨비불 같은 등불이 흔들리는 두개골은 호화로운 갑옷의 투구로 감추어서 그럭저럭 지금까지 심각한 소동을 일으키지 않았다.

옆에서 걷는 아리안은 자신의 그런 몸을 보고도 검을 겨누지 않고 받아들여 준 첫 번째 인물이기도 하다. 이 본모습을 남 앞에 드러낸 적은 한 손으로 헤아릴 정도여서, 이후에도 섣불리 투구를 벗을 일은 별로 없을 것이다.

다만 적은 인원이라도 자신을 있는 그대로 받아들여 준 이들을 만난 사실은 그야말로 행운이니 기뻐해야 하리라.

옛날부터 뽑기 운은 나빴지만 사람과의 좋은 만남은 많았는데, 이것이 이세계에서도 이어져서 다행이라며 속으로 혼잣말했다.

자신이 그런 감상에 빠져들자, 옆에 있던 아리안이 불쑥 말을 걸었다.

"아크, 왕도에서 본 치요메 양의 마법—— 어떻게 생각해요?"

아크란 자신의 몸이 게임 캐릭터였을 때의 이름이다. 지금은 게임을 할 당시처럼 뇌내 망상 설정으로 캐릭터를 연기하고 있었다. 아니, 벌써 이 캐릭터로 지내는 데에 꽤 익숙해졌는지 행동도 자연스러워져서 스스로도 전혀 위화감을 느끼지 않았다.

약간 생각에 잠긴 표정을 짓던 아리안은 앞쪽을 향한 시선을 살짝 떼고 이쪽을 들여다보듯이 눈길을 돌렸다.

아리안이 말한 치요메란 지난번 로덴 왕국의 왕도에서 노예 상회에 붙잡힌 동포들을 구하기 위해 협력을 요청한 소녀의 이름이다.

산야의 민족이라는 그 소녀는 짐승귀와 꼬리가 달린, 이른바 수인으로 불리는 종족이었다.

소녀의 선조는 600년 전쯤에 나타난 아크와 비슷한 존재에게 도움을 받아 새로운 일족을 만들었다. 현재는 닌자의 후예 같은 집단을 이루어 인심일족(刃心一族)이라고 이르는 한편, 대륙에 흩어진 동포들을 해방하고자 돌아다녔다.

치요메와 아리안이 속한 산야의 민족이나 엘프족 등은 이곳 북대륙에서는 인간족에게 박해의 대상이 되어 노예사냥의 위협을 많이 받는다.

원래 세계에서 검은 피부와 하얀 피부의 오랜 투쟁의 역사를 보면 명백하듯이, 이세계에서도 타자를 박해하는 역사를 그대로 좇아갔다.

황색 인종인 아크로서는 검은 피부든 하얀 피부든 둘 다

매력적이고 부러운데, 현대인의 인식 때문에 할 수 있는 말일까.

돌이켜 보면 아크의 피부는 비교적 햇볕에 타기 쉬운 성질이었지만, 그을린 피부와 검은 피부는 역시 다르다는 감상을 종종 품었다——.

그런 잡념에 빠졌던 아크는 문득 중요한 일을 잊은 듯해서 고개를 갸웃거렸다.

——뭔가 자꾸 걸리는데 그게 뭔지 모르겠군…….

아크는 옆길로 샌 생각을 일단 떨쳐버리기 위해 머리를 흔든 후 아리안에게 시선을 돌렸다.

아리안이 언급한 왕도에서의 사건——아크와 그녀는 치요메의 협력 요청이라는 거래를 통하여 인심일족에게 힘을 빌려주고 산야의 민족을 해방할 목적으로 노예 상회 습격에 가담했다.

아리안은 그때 치요메가 쓴 인술을 물어보는 것이리라. 마법이 존재하는 이 세계에서는 그 말대로 인술이라기보다 마법으로 여겨질지도 모른다.

"흐음, 아마 인술이었나? 아리안 양, 뭔가 짚이는 바라도 있소?"

"그래요, 치요메 양이 인술이라고 했던 그건 정령 마법이었어요……."

아리안의 그 말에 아크 역시 놀란 목소리를 내뱉었다.

"호오? 정령 마법은 엘프족만 다룰 수 있는줄 알았는데, 아니요?"

아크의 물음에 아리안은 조용히 고개를 가로저었다.

"사실 정령 마법을 다루는 데에 종족의 제약은 없어요. 정령과 교감하고 계약을 맺을 수만 있다면 인간족이라도 가능해요. ……단지 인간족이 정령과 교감을 나누는 게 결정적으로 어려울 뿐이죠."

그러나 아리안의 말은 이론상의 이야기에 지나지 않고, 실제로는 거의 불가능하다는 소리나 마찬가지다. 아크는 그렇게 판단하면서도 산야의 민족의 특성을 조금 떠올리며 손뼉을 쳤다.

"그러고 보니, 전에 산야의 민족은 정령수(精靈獸)와도 마음이 통하는 종족 중 하나라고 들었소만?"

정령수란 체내에 정령의 힘을 간직한 생물의 총칭이다. 몹시 경계심이 강한 동물이라서 인간족을 좀처럼 따르지 않는 모양이다.

"맞아요. 하지만 산야의 민족은 마법적성이 낮은 이들이 많아서 정령과 교감은 나누어도 대부분 계약까지 이르는 경우는 없어요. 그래도 정령 마법을 쓰는 산야의 민족은 조금이나마 있죠. 다만——."

아리안은 지난번 왕도에서의 사건을 떠올리듯이 눈을 내리떴다.

"그건 정령수 그 자체 같았어요……."

아리안의 황금색 눈동자가 아크의 투구 위에 고정되었다. 그곳은 정령수인 폰타가 늘 달라붙어 앉는 자리다.

폰타는 몸길이 60cm 정도의 여우를 닮은 동물이다. 꼬리가 몸의 절반이나 차지하고, 그 꼬리는 민들레의 솜털과 비슷하다. 반면에 머리는 여우 그대로다. 그러나 앞다리와 뒷다리 사이에는 비막이 달려서 그 점만은 날다람쥐 같은 인상을 준다. 부드러워 보이는 옅은 초록색 털이 등 전체를 뒤덮는데, 배의 털은 꼬리처럼 하얗다.

통칭 솜털 여우로 불리는 종류의 정령수이지만, 도적 무리로부터 구해준 이래 이상하게 잘 따르더니 어느덧 함께 여행을 다니는 중이다.

폰타도 정령 마법의 힘을 써서 스스로 바람을 만들어낸다. 그리고 그 바람을 타고 자유롭게 하늘을 날아다니는 그야말로 환상적인 동물이다.

아리안의 시선을 받은 폰타는 아크의 투구 위에서 고개를 갸웃거렸다.

"큥?"

정령수인 폰타와 아까 말한 치요메가 동일한 생물류에 속한다는 뜻일까.

"그게 대체 무슨 의미요?"

아크는 궁금한 점을 솔직하게 물었다. 아리안은 다시 시선을 앞쪽으로 돌린 후 그 의견을 확인하듯이 천천히 입을 열었다.

“엘프족이 쓰는 정령 마법과 정령수가 쓰는 정령 마법은 비슷하면서도 달라요. 우리는 몸 안에 있는 마나를 정령에게 건네고, 정령은 계약에 따라 그 마나를 마법으로 바꿔주죠. 그런데 정령수는 정령과 계약을 맺은 게 아니라, 정령과 한 몸이에요. 그 때문에 몸 안의 마나를 변환해서 직접 마법을 쓸 수 있는 거죠.”

“호오? 그 말은 치요메 양은 정령과 계약해서 마법을 쓰지 않고, 정령과 한 몸이 된 상태로 마법을 쓴다는 건가?”

“그런 셈이죠.”

투구 위에 엎드려 누운 폰타가 크게 하품을 했다.

그때 아크는 또 새로운 의문이 들어서 살짝 손을 들고 아리안에게 물었다.

“아리안 양 같은 엘프족은 그런 게 눈에 보이는 거요?”

아크의 질문에 아리안은 고개를 끄덕였다.

“엘프족은 인간이 느끼지 못하는 마나는 물론이고 정령도 볼 수 있어요. 그래서 교감과 계약을 쉽게 한다고도 하겠죠. 우리가 캐나다 대삼림에 들어갔을 때, 기억해요?”

아리안이 돌아보며 묻는 말은 얼마 전에 엘프족이 사는 마을의 하나인 라라토이아를 찾아간 일이리라. 아크는 거목들이 우뚝 솟은 숲속을 떠올리고 고개를 끄덕였다.

"우리는 비교적 마나가 옅은 장소를 골라서 나아가니까 대삼림에서도 강력한 마수와 맞닥뜨릴 확률을 낮출 수 있어요. 다만 다크엘프족보다 엘프족이 보는 능력은 뛰어나요. 다크엘프는 굳이 말하자면 신체 능력이 남다른 자들이 많은 편이죠."

아리안의 대답에 아크는 그제야 이해하며 맞장구를 쳤다.

대삼림에 들어갔을 때 아리안을 비롯한 세나와 우나가 똑바로 가지 않고 숲속을 이리저리 헤매듯이 나아간 이유는 외부인인 자신이 길을 기억하지 못하게 하기 위해서이지 않나 여겼다.

"그렇군, 나한테 숲속의 길을 알려주지 않으려고 한 게 아니었나……."

그 혼잣말에 아리안은 아크가 무슨 생각을 했는지 깨닫고, 조금 어이없다는 표정을 지으며 어깨를 으쓱였다.

"아크는 전이마법을 쓰니까, 길을 알든 모르든 상관없잖아요?"

——듣고 보니 그랬다.

아크가 다루는 마법 중에는 단거리와 장거리를 순식간에 이동하는 전이마법이 있다. 목적지만 인식하면 눈 깜짝할 사이에 이동 가능해서 길을 기억할 필요가 없는 편리한 마법이다. 방향감각에 약간 어려움을 겪는 아크로서는 놓칠 수 없는 마법의 하나이기도 하다.

다만 장거리 전이마법인 【게이트(전이문)】는 한 번 갔던 장소여야 하는 데다 머릿속에서 정확히 목적지를 떠올릴 수 있는 곳이 아니면 이동하지 못한다. 반면에 단거리 전이마법인 【디멘션 무브(차원보법)】는 눈으로 보이는 장소까지만 전이할 수 있다. 따라서 지금처럼 시야가 제한된 상태에서는 멀리 이동하지 못하는 게 난점이기도 하다.

"흐음, 그럼 엘프족은 그 능력 덕분에 강력한 마수가 날뛰는 숲속에서도 비교적 안전하게 돌아다니는 건가……."

"개인차는 있어요. 캐나다 대삼림의 초대 족장인 에반젤린 님은 마나를 보는 힘은 거의 없었다고 하죠."

아리안이 말하는 캐나다 대삼림의 초대 족장이란 삼도 메이플을 만든 설립자다. 이야기를 듣건대 아크 자신과 비슷하게 이쪽 세계로 건너왔으리라 짐작하는 인물이다.

외모는 엘프족이었을지도 모르지만, 종족 고유의 능력까지는 갖고 있지 않았다는 걸까?

그러나 '거의'라는 말은 '전혀'와는 다르다. 어느 정도는 마나를 보는 능력도 지녔던 걸까……. 이미 고인이 된 현재로써는 확인할 방법이 없다.

아크가 깊은 생각에 잠겨 걷고 있자 등 뒤에서 하늘이 서서히 하얀색을 띠기 시작했다. 산골짜기로부터 내려온 안개도 주위가 밝아지며 점점 옅어지더니, 평원에 부는 바람을 타고 미끄러지듯이 떠내려갔다.

바람이 어루만지는 풀과 나무가 아침을 환영하듯이 조용히 떠들어댔다. 시야가 살짝 트이자 가도를 따라 경작한 밭이나 멀리서 마을이 보였다.

역시 걸어와서 별로 거리가 떨어지지 않았는지, 뒤돌아보면 안개를 두른 왕도가 신기루처럼 아직도 어렴풋이 아른거렸다.

"시야가 좀 트였소. 남의 눈에 띄지 않는 동안 거리를 벌리도록 하지."

그 말에 이미 익숙해진 아리안은 가볍게 고개를 끄덕인 후 아크의 어깨를 붙잡듯이 손을 얹었다.

"【디멘션 무브】."

아크가 단거리 전이마법을 발동시키자 경치는 단숨에 바뀌었다. 시야에 들어온 가도 앞쪽으로 이동하여 뒤쪽에 있던 왕도의 그림자를 뿌리쳤다.

아크와 아리안은 아침 안개가 흐르는 평원 속으로 전이를 되풀이하면서, 다음 목적지인 랜드발트를 향해 가도를 나아갔다.

여전히 으스스한 이른 아침——아니, 피부를 갖지 않은 아크에게는 뼛속 깊이 추운 이른 아침일까. 평원을 지나는 가도에는 아크와 아리안, 그리고 투구 위에 올라탄 폰타 이외의 인기척은 전혀 없었다.

가도라고 해도 깔끔하게 돌바닥이나 벽돌 등으로 포장한 길이 아니라, 그저 주위에 보이는 초목이 자라지 않은 흙을 다진 길일 뿐이다. 그런 가도를 전이마법을 써서 이동하자, 이윽고 길이 두 갈래로 나누어진 장소까지 왔다.

"아리안 양, 어느 쪽 길이 랜드발트겠소?"

방향감각에 자신이 없는 아크는 뒤에 있던 아리안에게 시선을 돌리며 물었다.

그러나 그 질문에 아리안은 눈을 가늘게 뜨고 쌀쌀맞게 대답했다.

"도시 위치를 알아본 건 아크잖아요. 난 인간족 나라의 길은 모르거든요?"

확실히 그 말대로다. 엘프족이 붙잡혔으리라 여겨지는 다음 도시, 랜드발트의 위치를 왕도에서 알아본 사람은 다름 아닌 아크 자신이다.

이 세계에서는 국토를 망라한 지도는 팔지 않는다. 그러기는커녕 가까운 곳의 지도조차 거의 찾아보기 어렵다. 결국 목적지로 향하는 길을 알고 있는 사람에게 묻는 수밖에 없다.

왕도에서 랜드발트로 가는 길을 묻고 얻은 정보에 의하면, 서쪽 가도를 따라 해안가로 나온 후 북쪽으로 올라가라는 것이었다.

그러나 눈앞에는 커다란 바위가 가로놓여 있었고, 그 장소에서 가도가 두 갈래로 나뉘어 뻗었다.

둘 다 서쪽을 향했지만, 오른쪽 가도는 약간 북서쪽으로 이어졌고 왼쪽 가도는 약간 남서쪽으로 이어졌다.

양쪽 모두 서쪽을 향하는 길이라면 어느 쪽으로 나아가든 괜찮을 터다. 현대와 달리 이 세계의 길은 지형을 따라 만들어진다. 그래서 똑바로 뻗어 나간 길은 좀처럼 보이지 않는다. 비탈이 심하면 길은 구불구불해지고, 절벽이나 높낮이 차가 있으면 멀리 돌아서 간다. 필연적으로 거리는 늘어나고, 고지식하게 지형을 따라 걸으면 의외로 시간이 걸리는 게 이 시대의 길이다.

어쨌든 눈앞의 두 갈래 길도 뭔가를 피하고자 나뉘었는지 모르지만, 전이마법으로 이동할 수 있는 아크는 길을 잘못 들어섰을 경우 이곳에 돌아오면 그만이다.

홀가분한 마음으로 가도 주변을 둘러보던 아크는 길가에 떨어진 적당한 크기의 나뭇가지를 발견했다. 그대로 주워서 갈림길로 돌아온 아크가 가도 한복판에 나뭇가지를 세우고 손을 떼었다.

손을 뗀 나뭇가지는 금세 균형을 잃더니 중력에 의해 쓰러졌다. 메마른 소리를 내며 쓰러진 나뭇가지 끝이 북서쪽 가도를 가리켰다.

"으음, 오른쪽 길이군."

아크가 혼자 이해했다는 듯이 고개를 끄덕이자, 뒤에서

곧바로 의심스럽다는 목소리가 들려왔다. 그 목소리의 주인은 물론 아리안이다. 살짝 볼을 부풀린 아리안은 따지는 듯한 시선을 던졌다.

"잠깐만요, 정말 그런 어설픈 결정으로 목적지에 도착할 수 있어요? 왕도에서 랜드발트까지 가는 길을 정확히 물어봤다고 하지 않았어요?"

"분명히 그랬지만 나도 도중에 길이 두 갈래로 나뉘었다는 말은 듣지 못했소."

아크의 변명을 들은 아리안은 깊은 한숨을 내쉬며 관자놀이를 눌렀다.

"그래서 그렇게 터무니없는 방법으로 길을 정한 거예요?"

아리안의 고운 눈썹이 조금 실룩거렸다.

"아니, 이건 내 운명을 하늘에 맡기는 선택이오!"

"저기, 나까지 멋대로 그 운명에 끌어들이지 말아요……."

불만을 토해낸 아리안은 땅바닥에 쓰러진 나뭇가지를 움켜쥐더니, 기도를 하듯이 두 손을 모으고 나서 조용히 황금색 눈동자를 내리뜨며 무릎을 꿇었다.

"내가 나아갈 길에 정령의 인도가 있기를――."

조그맣게 기도를 외운 아리안이 나뭇가지를 세우고 손을 떼자, 아까처럼 나뭇가지는 천천히 중력을 따라 기울면서 메마른 소리를 내고 쓰러졌다.

나뭇가지 끝은 아크와 마찬가지로 북서쪽 길을 가리켰다.

"……우으."

"으음, 역시 오른쪽 길인가 보군."

아리안은 잠시 그 결과를 받아들이지 못하겠다는 표정을 지었지만, 이내 정령의 인도에 몸을 맡기기로 한 듯싶었다. 아리안은 아크의 어깨에 묵묵히 손을 얹고 고개를 숙였다.

"걱정하지 마시오, 엉뚱한 길로 가는 거라면 또 금방 돌아오면 되니까."

아크는 약간 밝은 목소리로 말하며 북서쪽을 향해 눈길을 돌렸다. 곧이어 【디멘션 무브】를 발동시켰고, 인적이 전혀 없는 이른 아침의 가도를 전이를 되풀이하면서 이동했다.

길이 뻗은 방향으로 가도를 나아가자, 이윽고 주변의 모습도 달라졌다.

방금까지 녹색 평원이 펼쳐진 풍경에서 서서히 검붉은 바위나 돌 등이 널린 경치로 바뀌더니, 발밑의 길도 건조한 모래 먼지가 흩날리는 황폐한 길로 변해갔다.

오른쪽에는 멀리 여러 산과 그 산기슭의 평탄한 경사지에 펼쳐진 숲이 보였고, 왼쪽에는 황량한 대지가 끝없이 이어졌다. 드문드문 나 있는 초목 때문에 발밑의 길과 주위의 풍경이 하나로 섞여 길을 잃을 것 같았다.

아크는 역시 길을 잘못 들어섰나 싶은 생각이 심해져서 서둘러 마을의 모습을 찾았다.

그때 검붉은 대지로부터 모래 먼지를 일으킨 바람이 옆으로 들이치듯 불어서 순식간에 시야를 가렸다.

"큥!"

폰타가 투구에 매달리며 짖었다. 아크의 검은 외투와 아리안의 잿빛 외투가 바람에 나부끼고 커다란 소리를 냈다.

머지않아 바람이 가라앉은 후 아크가 다시 전이할 위치를 정하려 했을 때, 아리안과 폰타는 뭔가에 반응하듯 똑같이 움직임을 멈추었다.

"무슨 일이오?"

아크가 의아해하면서 아리안에게 묻자, 그녀는 그 말을 막는 것처럼 그의 입술에 집게손가락을 갖다 대며 황금색 눈동자로 주위를 둘러보았다. 투구 위의 폰타가 주변을 살피듯이 바쁘게 머리를 움직이고 안절부절못한다는 사실을 알 수 있었다.

그제야 뭐라도 나타났나 해서 아크도 입을 다문 채 두리번거렸다. 검붉은 대지와 바위산이 고스란히 드러난 경치에는 딱히 경계할 만한 존재는 눈에 띄지 않았다.

그때 갑자기 뭔가가 날갯짓하는 듯한 소리가 바람을 타고 들려왔다.

재빨리 그쪽으로 시선을 옮기자, 바위산의 그늘에서 십수 마리 이상의 그림자들이 하늘로 날아오르는 모습이 보였다. 이곳에서는 다소 거리가 떨어진 탓에 정확한 크기까지는 알 수 없었지만, 상당히 거대한 새들 같았다.

"와이번!?"

옆에서 함께 하늘을 올려다보던 아리안이 공중을 날아다니는 그림자들을 노려보며 눈을 깜박였다.

아리안이 와이번이라고 부른 그 생물들은 20마리 정도의 무리를 이루었는데, 커다란 날개를 퍼덕이면서 이쪽을 향해 똑바로 날아왔다.

폰타는 투구 위에서 허겁지겁 내려오더니, 아크의 목덜미에 목도리처럼 휘감겨 귀를 오므렸다.

"호오, 저게 와이번인가……."

와이번들이 가까이 다가올수록 그 모습은 또렷해졌다.

양 날개의 너비는 4m 남짓했으며, 몸 자체는 별로 크지 않은 파충류 비슷한 느낌이 들었다. 그러나 약간 길쭉한 목 끝에 달린 머리는 굳이 말하자면 새를 닮은 모습을 띠었다. 전체적으로 황토색인 겉가죽에는 곳곳에 줄무늬가 보였다. 또한 머리부터 꼬리까지의 길이는 3m쯤 되었고, 긴 꼬리를 배의 키처럼 움직여서 능숙하게 방향을 바꾸어 날았다.

아크 자신이 플레이했던 게임에 나오는 와이번과 전혀 딴판인 모습이다.

"내가 아는 와이번하고 좀 달라요……. 이런 건 본 적이 없어요. 더구나 와이번은 대낮에 활동할 텐데, 이렇게 해가 뜰 무렵에 무리를 지어 날아다니다니……."

조그맣게 투덜댄 아리안은 살짝 고개를 갸웃거리며 신음했다.

아무래도 아리안이 알고 있는 와이번과도 다른 모양이다. 그러나 사는 환경이 다르면 습성이나 외모가 변하는 일은 일반적인 생물로서 눈곱만큼도 이상하지 않으리라.

아마 와이번의 아종 또는 그에 속하는 종일 가능성이 크다.

그보다 먼저 궁금한 점은──.

"와이번은 제법 상대하기 힘겨운 놈이오?"

하늘을 올려다본 아크는 옆에 있는 아리안에게 물었다.

게임에서의 와이번은 별로 강력한 몬스터는 아니었다. 레벨 100 안팎의 몬스터라서, 특수한 공격을 하는 경우도 거의 없었다. 게임 중반의 조무래기 몬스터 수준이었지만, 그 설정이 이 와이번에게도 해당할지 어떨지는 알 수 없었다.

"한두 마리 정도라면 그렇지도 않아요. 다만 이번에는 수가 많아서……. 당신의 전이마법으로 도망치는 게 번거롭지 않고 가장 좋기는 하죠."

아리안은 아크에게 흘끗 시선을 던졌다.

지금 지닌 근접용 무기로 상대하면 몹시 성가시리라.

게임의 와이번은 지상 1m가량의 위치에 떠 있을 뿐이어서 플레이어가 짧은 검으로도 때려눕혔지만, 현실의 와이번은 검이 닿지 않는 높은 상공에서 무리를 이루어 아크와 아리안을 공격해왔다.

보통은 쓸데없는 전투를 피해 얼른 이 자리를 벗어나는 게 현명한 방법일 것이다.

그러나 아크는 이후의 일도 고려하여 자신이 가진 힘을 시험해보고 싶었다. 그동안 써보지 못한 스킬을 너무 남의 눈에 띄는 장소에서 썼다가 괜히 문제를 크게 만들면 왠지 찝찝하다.

다행히 이곳에는 아리안과 폰타 이외에는 와이번 무리밖에 없다. 그러니 조금 요란한 짓을 벌여도 괜찮으리라.

“좀 확인하고 싶은 게 있소. 아리안 양은 잠시 물러나 주시오.”

살짝 앞으로 나온 아크는 덤벼드는 와이번 무리를 노려보았다. 뒤에서 아리안이 뭔가 말을 걸었지만, 금세 입을 닫았다.

아크는 등에 짊어진 짐자루를 내린 다음 어깨를 돌리고 전투태세에 들어갔다.

“【록 불릿(암석탄)】!”

우선 사전 연습 정도로 마도사의 기본 마법 스킬을 발동시켰다.

상공을 향해 치켜든 양손에서 주먹 크기의 암석이 순식간에 만들어지더니, 엄청난 기세로 발사되어 와이번의 무리에게 곧장 날아갔다. 그러나 상공 수십 미터에 있는 와이번들은 날아오는 암석을 간단히 피하고 아크에게 돌진했다.

여러 번 상공을 겨냥해서 같은 마법을 발동시켰지만 와이번에게 스치지도 못했다. 단발의 직선마법은 궤도를 읽히기 쉽고, 와이번의 회피 능력도 높은 탓에 견제 수단밖에 되지 않는 듯싶다.

이미 아크의 바로 머리 위까지 접근한 와이번들은 사냥감을 노리는 대머리독수리처럼 빙빙 돌며 빈틈을 엿보는 것 같았다.

당장 습격을 강행하지 않는 이유는 자신의 견제 마법을 경계하기 때문일까.

"그럼 이건 피할 수 있을까? 【라이트닝 다운퍼(전격호우)】!!"

마법의 발동과 함께 급격히 변화한 기압을 민감하게 느꼈는지 상공의 와이번들이 동요하고 있었다.

다음 순간, 공기를 가르고 귀청을 찢을 것 같은 굉음이 울려 퍼지면서 사방을 뒤흔들었다. 눈이 멀 듯한 섬광이 거듭 하늘을 뒤덮더니, 상공에서 번개가 빗줄기처럼 와이번들을 향해 쏟아져 내렸다.

마도사의 전기 속성 범위 마법은 위력도 그럭저럭 있는 중급직 마법인데, 실제로 눈앞에서 보자 박력이 달랐다. 마치 대마법을 펼친 듯이 화려했다.

상공을 선회하던 와이번들도 번개를 맞았는지, 몇 마리의 와이번이 그 거체를 나선형으로 돌리며 하늘에서 곤두박질쳤다.

다만 전체의 절반에도 미치지 않는 수의 와이번들이 떨어졌을 뿐이다.

"흐음, 그다지 명중 정확도는 높지 않은 모양이군……."

대기 속을 누비는 번개는 빈말이라도 명중률이 높다고는 하기 힘들 듯싶다. 화려한 연출에 비해 전과는 상당히 낮은 편이다. 현대 병기로 비유하자면 명중률이 50퍼센트 이하라니, 정말이지 불량품이 따로 없다.

마법 발동은 단발의 불릿(탄) 계열보다 한두 박자 늦은 느낌이고 빠른 공격도 부족하다. 또한 조준을 마친 위치의 일정 범위를 무차별 공격하므로 실전에서 쓰기에는 조금 난감한 마법이다.

그러나 상공의 와이번들은 예상치 못한 낙뢰의 피해를 받아 공황 상태에 빠졌는지, 뿔뿔이 흩어져서 달아나기 시작했다.

아크가 하늘에서 벌어지는 그런 상황을 바라볼 때, 뒤에서 아리안이 씩씩거리며 목소리를 높였다.

"이봐요, 그런 대마법을 쓸 거면 미리 말해요! 깜짝 놀랐잖아요!"

아크는 그 말을 듣고 돌아섰다. 그러자 눈가에 약간 눈물을 글썽거리면서 귀를 막은 아리안의 모습이 보였다.

확실히 저 정도의 요란한 소리와 빛을 눈앞에서 갑자기 접하면 누구나 소스라치게 놀라리라. 아크도 설마 일이 이렇게 커질 거라고는 생각지도 못한 까닭에 얌전히 사과했다.

목덜미에 휘감긴 폰타는 눈을 깜박거리고는 계속 앞다리를 핥아 털을 고르는 중이었다. 아까 그 마법의 영향으로 털이 전기를 띠고 일어선 걸까?

"……그나저나 엄청난 위력의 마법이군요. 정말 뭐든지 다 하네요."

놀람 반 감탄 반으로 말한 아리안은 한숨을 내뱉으며 주변을 둘러보았다. 지면에는 방금 떨어뜨린 몇 마리의 와이번이 나뒹굴었다.

"아무리 그래도 뭐든지 다 하는 건 아니오. 단지 할 수 있는 거만 할 뿐이지."

*어디선가 들었던 말을 입 밖에 낸 아크는 와이번 한 마리에게 다가갔다. 군데군데 번개를 맞아 타서 눌은 자국이 남았지만, 비교적 깨끗한 상태를 유지했다.

"이 와이번은 달리 쓸 곳이 없소?"

아크는 엎어진 와이번을 뒤집으면서 아리안에게 물었다.

의외로 보기보다 무겁지는 않은지, 와이번의 거체는 간단히 뒤집혔다.

"글쎄요……. 와이번의 가죽으로 가죽 갑옷을 만들기도 하지만, 기껏해야 초보자용 장비죠. 고기는 맛도 없으니, 쓸만한 건 마석 정도 아니에요?"

---

*니시오 이신의 라이트노벨 '모노가타리' 시리즈에 등장하는 하네카와 츠바사의 입버릇인 『뭐든지 아는 건 아니야. 단지 아는 거만 알 뿐이지.』

아리안의 대답을 들은 아크는 혼자 납득했다. 게임에서도 와이번의 소재는 초급 후반쯤에나 쓰였으므로, 이 세계에서도 비슷한 수준이리라.

"그러고 보니 아리안 양이 걸친 그 갑옷도 가죽제 같은데 무슨 가죽이오?"

와이번의 가죽으로 만든 갑옷이 초보자용이라면, 아리안이 장비한 갑옷은 그보다 뛰어난 소재를 사용한 게 틀림없다. 아크는 약간 흥미를 갖고 아리안에게 물었다.

"이건 그랜드 드래곤의 가죽 갑옷이에요."

"오오, 상당히 좋은 소재를 썼군."

아크는 아무렇지 않은 듯이 대답한 아리안의 그 이름에 감탄사가 새어 나왔다. 그랜드 드래곤이 게임과 똑같은 모습일지는 모르지만, 상급 소재라는 사실에는 변함이 없는 듯하다.

"당신 갑옷에 비할 바도 안 돼요."

아리안은 어깨를 으쓱이며 한숨을 자아냈다.

아크가 입은 『벨레누스의 성스러운 갑옷』은 신화급에 속하는 장비다. 따라서 필요 소재를 모으는 과정만 해도 몹시 고생한 물건이다.

이쪽 세계에 동일한 소재가 있을지도 의심스러운 상황인 이상, 아마 단 하나만 존재하는 갑옷일 것이다.

그런 잡담을 나누면서 아크는 바닥에 내려놓은 짐 자루에서 단검을 꺼낸 후 지면에 나뒹구는 와이번의 시체를 살펴보았다.

새삼스레 와이번을 가까이서 보니 익룡을 닮은 듯했다.

"아리안 양, 마석은 어느 부위에 있소?"

"내가 아는 와이번과 같다면 여기겠죠."

아리안이 손가락으로 가리킨 곳은 가슴 중앙보다 약간 아래쪽이었다. 아크가 손에 든 단검을 와이번의 가슴에 꽂고 그 부분을 열어젖히자, 별로 크지는 않지만 아름다운 자주색을 띤 마석이 나타났다.

아크는 마법으로 떨어뜨린 와이번 여덟 마리의 마석을 빼내어 단검과 함께 자루에 넣었다.

"나머지는 어떻게 해야 할까?"

"그냥 내버려 둬도 갖고 싶은 사람이 있으면 알아서 가져가지 않겠어요?"

아크가 주위에 널브러진 와이번들을 바라보며 중얼거리자, 아리안이 관심 없다는 듯이 대답했다.

그 말대로 초보자용 장비라고는 해도 가죽 갑옷의 재료로 쓰인다면, 이 가도를 오가는 이들 가운데 갖고 싶은 사람이 알아서 가져가리라.

고기는 그다지 맛은 없다지만, 야생동물의 먹이도 된다——버리고 가도 문제는 없다.

"그도 그렇군. 그럼 슬슬 서두를까……."

마대 자루를 어깨에 메고 아리안에게 말을 건 아크는 다시 전이마법인 【디멘션 무브】를 쓰면서 가도를 나아갔다.

이윽고 가도 옆, 일행의 시야 앞에 완만한 언덕이 모습을 드러냈고, 그 정상에 만들어진 도시가 보이기 시작했다. 도시 주위를 석조 방벽이 둘러싼 가운데 상자 형태의 높은 건조물 몇 개가 방벽 너머로 머리를 내민 모습을 먼 곳에서도 확인할 수 있었다. 그동안 지나친 도시와 비교하면 외관은 거의 장식이 없었고, 삭막하다기보다는 튼튼하다는 인상을 안겨주었다.

그 때문에 도시가 아니라 성채나 요새처럼 보이기도 했다.

검붉은 대지 속에서 언덕 주변만이 짙은 녹색을 띠었다. 도시 둘레에는 계단식 밭으로 가꾼 경작지가 펼쳐졌는데, 그곳에는 드문드문 밭일하는 사람들이 움직이고 있었다.

다만 넓은 밭에 비해 일하는 사람들은 상당히 적은 듯했다.

“잠시 저기에서 길을 묻는 게 좋겠군.”

“그러네요. 어느새 길도 북쪽으로 올라가고 있으니…….”

아무래도 눈치채지 못한 사이에 길의 방향이 크게 바뀐 모양이다. 꾸불꾸불한 길을 나침반도 없이 무작정 더듬어 가자, 생각과는 달리 엉뚱한 곳으로 향한 듯했다.

아크는 초조한 속마음을 전혀 내비치지 않고 힘찬 발걸음으로 가도를 벗어나 도시로 향했다.

광대한 풍경 속의 도시는 별로 커 보이지 않았지만, 언덕을 올라 점점 가까워지자 의외로 크게 느껴졌다. 깔끔하게 쌓은 높이 5m 남짓한 방벽 위에는 보초 몇 명의 모습도 보였다.

활짝 열린 정면의 커다란 도시문 옆에는 위병이 한 명 서 있었다. 상대방도 아크와 아리안을 보았는지 다시 어깨에 힘을 주고 시선을 고정했다.

살짝 손을 든 아크는 그 위병에게 다가가서 말을 걸었다.

"미안하지만 길을 좀 묻겠소. 랜드발트라는 도시로 가고 싶은데, 이 가도와 이어져 있나?"

아크의 질문에 위병은 고개를 갸웃거리며 시선을 위아래로 움직였다. 그리고 이어서 아크 뒤의 아리안에게 눈길을 던졌다. 아리안은 정체를 들키지 않기 위해 외투의 후드를 깊숙이 눌러써서 얼굴을 감춘 모습이었다.

위병은 다시 시선을 아크에게 옮기더니 비로소 대답했다.

"아뇨, 랜드발트라는 이름은 이 부근에서 듣지 못했습니다. 저는 이 도시를 벗어난 적이 없어서 근처의 마을밖에 모릅니다만……."

위병 남자는 약간 난감하다는 표정으로 머리를 긁적였다.

현대처럼 쉽게 이웃 도시나 외국으로 갈 수 있는 시대는 아니다. 멀리 떨어진 도시로 가는 길을 묻자마자 바라는 대답이 돌아온다고는 기대하지 않는다.

"흐음, 그럼 잠깐 거리에서 길을 묻도록 하지. 출입세는 얼마인가?"

아크가 허리에 동여맨 지갑용 가죽 주머니에 손을 뻗으면서 위병 남자에게 물었다. 그러나 위병 남자는 머리를 가로젓고 길옆에 비켜서더니 그대로 지나가라는 듯이 손짓했다.

"이 도시에 들어오는 데에 세금은 필요 없습니다. 이런 외진 가도를 지나는 사람들한테 세금을 거두면, 아무도 이 도시를 찾아오지 않을 겁니다. 뭐, 나갈 때는 조금 받지만 말입니다."

가볍게 웃고 난 위병은 경례하면서 환영 인사를 했다.

"어서 오십시오, 브란베이나에."

아크는 위병 남자에게 고맙다는 말을 한 후 도시로 발을 들여놓았다.

방벽 안의 거리는 바깥과 달리 이른 아침 시간인데도 오가는 사람들이 많았다. 비좁게 늘어선 건물들은 전부 상자 모양이었다. 더구나 건물끼리의 간격도 좁은 데다 골목까지 뒤얽혀서 마치 미로 같았다.

건물들 사이에는 햇볕을 가리거나 비를 막으려는 목적인지, 겹겹이 걸쳐진 천이 대로의 지붕을 형성하여 안쪽이 잘 내다보이지 않았다.

그런 어수선한 거리를 무장한 사람들이 졸린 얼굴로 여기저기 걸어 다녔다. 용병처럼 보이는 그 남자들이 저마다 여관이라고 여겨지는 건물로 들어가자, 교대라도 하듯이 다른 민가에서 농기구를 짊어진 사람들이 나와 도시문으로 향했다.

그 인파를 거슬러 올라가니 아침 시장의 노점들이 처마를 잇댄 광장이 나타났다.

"킁!"

아크는 도시의 주부들이 많이 지나다니는 그 광장을 아리안과 함께 걸었다. 그때 투구 위의 폰타가 뭔가 좋은 냄새에 이끌렸는지 한 번 짖은 다음 꼬리를 흔들어댔다.

폰타의 시선이 닿은 노점은 콩을 저울에 달아서 팔고 옆에서는 그 콩을 볶아서 주변에 구수한 냄새를 풍겼다. 콩 한 알은 작은 편이었다. 생김새는 렌즈콩 비슷하게도 보였지만, 볶아 먹는 방법은 처음 알았다.

왕도부터 여기까지 오는 동안 아무것도 먹지 않았기 때문에 몹시 배가 고팠으리라. 투구 위의 폰타가 아크를 재촉하듯 정신없이 짖자, 아침 시장의 떠들썩한 분위기에도 불구하고 일행을 알아차린 노점 주인이 붙임성 있게 웃어 보였다.

"이보시오, 나리. 드시겠습니까?"

"그럼 볶은 콩을 두 그릇 받도록 하지."

"감사합니다!"

주문을 받은 노점 주인은 우렁찬 목소리를 내며 갓 볶은 콩을 손에 든 나무그릇으로 퍼 올리더니, 아크가 내민 가죽 주머니에 익숙한 손놀림으로 옮겨 담았다.

아크는 폰타의 먹이를 사는 김에 랜드발트로 가는 길을 물어보려고 했지만, 노점 주인이 먼저 다른 화제를 꺼냈다.

"나리도 샌드 와이번을 잡으러 이곳에 오신 겝니까?"

노점 주인의 말을 들은 아크는 해 뜰 무렵에 자신들을 덮친 와이번 무리를 떠올렸다.

"아닐세. 그 샌드 와이번이라는 놈들은 이 일대에서는 자주 출몰하나?"

"네, 뭐 그렇죠. 때때로 황야에서 길을 잃고 오기도 하는데, 근래에는 무리를 지어 나타나는 바람에 가축들도 피해를 보고 있지요."

아무래도 오늘 아침의 와이번들을 말하는 듯싶다. 이미 그 수는 절반 가까이 줄었지만…….

그러나 거리에는 딱히 위기감을 더한 분위기도 없었다. 오히려 사람들의 얼굴은 눈에 띄게 밝은 표정이었다.

"그다지 심각한 사태도 아닌가 보군……."

아크가 주위 사람들을 둘러보고 말하자, 노점 주인도 웃으며 대답했다.

"녀석들은 햇살이 뜨거운 낮에는 별로 날아다니지 않는다고 하더군요. 해 질 녘부터 새벽녘까지 도시에 있으면 여간해서는 습격당할 일은 없습니다. 게다가 샌드 와이번의 가죽을 노리고 용병단도 오니까 말이죠……."

아크는 노점 주인의 말에 처음 이곳에 들어왔을 때 본 용병들의 모습을 떠올리고 이해했다.

"호오, 주인장은 마수의 생태를 꽤 자세히 아는군."

솔직히 감탄한 아크가 맞장구를 치자, 노점 주인은 손을 내젓고 웃으면서 볶은 콩 두 그릇분을 넣은 가죽 주머니를 건네주었다.

"아닙니다, 이 도시에는 마수를 연구한다는 학자 선생이 살고 있습니다. 그 선생 덕분에 이 근방의 마수 피해도 상당히 줄었지요. 아, 3스쿠입니다."

노점 주인은 그렇게 설명하며 콩의 요금을 알려주었다.

"그런 사람이 이 도시에 있는 건가. 으음, 은화뿐이군."

아크는 이야기를 들으면서 허리의 가죽 주머니를 만지작거린 후 노점 주인에게 은화 1개를 지불했다. 은화를 받은 노점 주인은 거스름돈으로 7개의 동화를 손에 쥐고 아크에게 몸을 바싹대더니 목소리를 조금 낮추었다.

"더구나 그 선생, 지금은 좀처럼 보이지 않는 엘프족입니다."

노점 주인의 그 말에 제일 먼저 반응한 이는 아크의 뒤에서 이야기를 듣던 아리안이었다.

"인간족의 도시에 엘프족이 산다고요!?"

경악한 아리안은 자신의 목소리가 예상외로 컸다는 사실에 흠칫해서 입가를 가리더니, 후드 끝을 붙잡아 시선을 내렸다.

"네, 네에. 영주님이 특별히 저택까지 마련해주셔서 10

년 가까이 이 도시에 살고 있습니다만?"

노점 주인은 이제까지 얌전히 뒤에 있던 인물이 갑자기 앞으로 나와 묻자 약간 놀란 눈치였지만, 고개를 끄덕이며 아리안의 질문에 대답했다.

"그래서 그 엘프족의 학자 선생이라는 분의 저택은 어디에 있소?"

아크는 아리안이 아마 가장 궁금해할 점을 그녀 대신 노점 주인에게 물었다.

"아뇨, 그게 성내에 산다고 해서 찾아가 본들 어지간해서는 만날 수 없을 텐데요?"

"괜찮소, 좀 흥미로워서 물어봤을 뿐이오. 그보다 주인장, 랜드발트로 가는 길을 알고 싶네만 혹시 모르나?"

아크는 미심쩍어하는 노점 주인에게 얼버무리듯이 애당초 알아보려 했던 랜드발트로 가는 길을 물었다. 그러자 노점 주인은 고개를 살짝 갸웃거린 후 옆에 있는 다른 노점상 노인에게 말을 걸었다.

"영감, 당신 젊었을 적에 행상했다고 하지 않았나? 모르시오?"

다박나룻을 기른 옆자리의 노인은 파이프 담배를 피우면서 아크에게 시선을 돌렸다.

"여기에서 랜드발트로 가려면 히보트 황야를 곧장 내려가서 서쪽이던가. 황야의 서쪽에 보이는 리빙 산맥 너머일

게요."

노인은 파이프 담배의 연기를 허공에 천천히 뿜어내며 느긋한 말투로 대답했다.

이 이야기가 맞는다면 상당히 길을 잘못 들어선 셈이다. 아마 두 갈래로 나뉜 가도의 남서쪽 길이 랜드발트로 이어졌던 모양이다.

아크는 노점 주인과 노인에게 고맙다는 인사를 하고 떠났다. 폰타는 아크가 손바닥에 올려놓은 볶은 콩을 투구에서 스르르 내려와 맛있다는 것처럼 한입 가득히 넣었다.

"어쩌겠소, 아리안 양?"

아크가 아리안에게 시선을 맞추듯이 돌아서서 묻자, 그녀는 한순간 머뭇거리는 태도를 보였다.

곧이어 아리안은 고개를 들고 입을 열었다——그 대답은 들을 필요도 없었다.

"난 그 엘프족이라는 학자를 만나볼래요."

아크는 반쯤 확신한 아리안의 대답에 고개를 끄덕였다.

인간족의 사회에서 시도 때도 없이 노예사냥을 당하는 엘프족이 그 사회를 형성하는 권력자의 비호 아래 생활한다는 것이다. 아리안의 처지에서는 조금 믿어지지 않는 이야기이리라.

노점 주인의 이야기를 듣건대 붙잡혀 와서 이 도시에 갇혀 지내는 상태도 아닌 듯하다.

영주의 성내에 거처를 두었다는 말을 들었기 때문에 일행은 길을 찾아다니면서 정말 엘프족 학자가 사는지 넌지시 물어보았지만, 대부분의 도시 사람들이 그 학자의 존재를 알고 있었다.

이따금 거리 이곳저곳을 들르며 음식을 먹기도 한다는데, 그의 호위로 여겨지는 병사도 몇 명 데리고 다니는 듯하다. 아마 무뢰배로부터 그를 지키기 위한 영주의 조치일 것이다.

다만 그 학자라는 엘프족 남자 자신도 비교적 실력이 뛰어난지, 취해서 날뛰던 용병을 가볍게 쓰러뜨렸다는 이야기마저 들었다.

도시 중앙부에는 여러 개의 상자형 탑과 벽으로 이루어진 성벽이 있었고, 그 안에 유달리 높은 사각형 건물이 거리의 골목 틈으로 엿보였다.

영주의 성내에 그 학자가 사는 저택도 있다고 했다. 그래서인지 정면의 내리닫이 격자문에는 늘 네 명 정도의 위병이 보초를 서는 모양이다.

물론 쉽사리 방문하지는 못하겠지만, 그렇다고 몰래 숨어들어서 만나러 가기도 꺼려졌다. 이번에는 이전 상황과는 좀 다르다.

네 명의 위병은 똑바로 다가오는 아크와 아리안을 보더니 몹시 경계하는 듯했다.

손에 거머쥔 창을 언제든지 휘두를 수 있도록 서로 거리를 둔 후 일행을 반원형으로 에워싸듯이 가로막았다. 투구에 녹색 여우를 앉힌 검은 외투 차림의 2m 남짓한 갑옷 기사와 그 뒤에는 얼굴조차 완전히 덮어서 가린 잿빛 외투의 여자. 수상하게 보지 말라고 해도 무리이리라.

"미안하네만 이곳에 산다는 엘프족 학자님을 만나고 싶은데……."

아크는 자신의 말을 들은 위병들이 살짝 긴장한 사실을 알았다.

"약속도 없이 카시 님을 면회하는 건 안 된다. 얼른 물러가라."

위병들은 쌀쌀맞게 대답했지만, 사정을 생각하면 당연한 대응이다. 아크는 뒤에 있는 아리안에게 어떻게 할지 어깨 너머로 눈길을 주었다.

아리안도 말다툼을 해봐야 시간 낭비라고 판단했는지, 외투의 후드를 내리고 위병들 앞으로 나섰다.

"나는 캐나다 대삼림에서 온 사절이다. 카시 님의 접견을 바란다!"

아리안이 벗겨 내린 후드에서 눈처럼 하얀 머리가 나부꼈고, 수정같이 매끄러운 옅은 자주색 피부와 뾰족한 귀가 드러났다. 긴 속눈썹에 황금색으로 빛나는 두 눈동자를 보고 꼼짝도 못 한 네 명의 위병은 입만 겨우 뻐끔거릴 뿐 그대로 굳어버렸다.

그때 안쪽에서 다른 위병들보다 약간 옷차림이 좋은 중년 남자 한 명이 나타나더니, 바싹 얼어붙은 그들에게 숨을 불어넣듯이 고함을 질렀다.

“네놈들! 카시 님과 영주님께 냉큼 보고하러 못 가겠느냐!”

그 목소리에 위병들은 겨우 제정신을 차렸다. 이윽고 위병 두 명은 넘어질 것처럼 성벽 안으로 뛰어들어갔다.

“지금 전령을 보냈으니 잠시 이쪽에서 기다려주십시오.”

일행은 위병 대장인 중년 남자의 지시를 따라 성벽 내의 바로 옆에 있는 대기소로 안내를 받았다. 중년 남자는 일행에게 그곳의 긴 의자에 앉도록 권했다.

아크가 아리안과 둘이서 그 긴 의자에 앉아 기다리는 동안 아까 산 렌즈콩 비슷한 볶은 콩을 손바닥에 올리자 폰타가 기쁘다는 듯이 덤벼들었다.

그런 폰타의 모습을 바라볼 때 방금 전령으로 달려간 위병 한 명이 잰걸음으로 들어왔다. 위병은 옆에 선 대장에게 경례하고 보고했다.

“카시 님이 만나시겠답니다!”

대장이 그 말에 고개를 끄덕이자, 위병은 다시 경례하고 곧장 대기소를 나갔다.

아무래도 소문의 엘프 학자와 면회가 이루어진 듯하다.

그러나 이제부터 향하는 곳은 영주가 지내는 성내다. 아크는 엘프족 학자만 만나는 게 아니라 영주와도 얼굴을 마주할 필요성이 있다는 우려에 어깨를 살짝 늘어뜨렸다.

권력자와 접촉하면 성가신 일에 휘말릴지도 모른다는 경계심 때문이었지만, 돌이켜보면 아리안의 부친인 딜런은 엘프족의 권력자 중 한 명이었다. 뒤늦게 그 사실을 깨달은 아크는 자신의 머리를 감싸고 싶어졌다.

──아니, 새삼스레 그런 일을 걱정해도 뾰족한 수는 없으리라.

"그럼 안내해드리겠습니다."

위병 대장의 말에 마음을 다잡은 아크는 앞장서는 그를 따라 아리안과 함께 좇아갔다.

성벽 내에는 회랑이 둘러싼 사각형 안뜰을 중심으로 그 주위에 저마다 건물이 배치되었다.

모든 건물은 그 회랑과 이어진 구조였고, 대기소에서 나온 일행은 회랑을 건너 어떤 건물 앞까지 이르렀다.

눈앞에 있는 석조 양식의 2층 건물은 다른 건물들처럼 상자 형태를 띠었다. 주변 건물들이 크고 높아서 상대적으로 작은 듯싶었지만, 거리에서 본 집들보다는 다소 크게 느껴졌다.

아름다운 문양을 새긴 나무문에는 뜻밖에 수수한 도어노커를 매달았는데, 위병 대장이 도어노커로 문을 두드리자

안에서 남자 목소리가 들려왔다.

"열려 있습니다~."

아크와 아리안이 약간 긴장한 분위기에 비해 느긋한 대답이었지만 위병 대장은 신경 쓰지 않고 문을 열었다.

"실례하겠습니다!"

양해를 구하고 문을 연 위병 대장이 옆으로 비켜서자, 아리안이 먼저 그 건물로 들어섰다. 그 뒤를 이어서 아크도 안으로 들어와 같이 내부를 둘러보았다.

굵은 나무기둥이 늘어서고 들보를 얹은 1층 바로 앞의 방은 휑뎅그렁했다. 방 한복판에는 식탁인지 긴 테이블이 자리 잡았다. 그리고 그 양옆에는 긴 의자를 배치했는데, 윗자리와 끝자리에는 팔걸이를 단 의자를 하나씩 놓았다. 아마 식당인 모양이었다.

평소에는 별로 쓰이지 않았는지, 드러난 돌바닥과 더불어 조금 살풍경한 공간이었다.

마지막에 들어온 위병 대장은 아크와 아리안을 앞지르듯이 나아가더니, 그대로 식당을 가로질러 안쪽 방으로 안내했다.

식당에 이웃한 방 안은 어수선했다.

방 한가운데를 차지한 응접용 테이블 위에는 책과 양피지 등의 두루마리가 아무렇게나 잔뜩 쌓여 있었다. 그리고 벽면 가까이 세워진 여러 개의 책장에는 책이 가득해서 이미 꽂을 자리가 없었다. 또한 바닥에 깔린 수려한 무늬를 짜 넣은 카펫은 바윗덩어리니 어떤 동물의 손톱이니 엄니 등이 굴러다녀서 발 디딜 틈도 없는 상태였다.

안쪽에 달린 커다란 유리창 앞에는 글을 쓰기 위한 경사진 책상을 두었는데, 그곳에 남자 한 명이 의자에 앉은 모습이 보였다.

"캐나다의 사절을 모셔왔습니다."

"여어, 고맙네."

위병 대장은 방 입구에서 남자에게 경례하고 방을 나갔다.

"설마 캐나다에서 내게 사절을 보낼 줄이야~ 환영하네."

의자에 앉아 있던 남자가 일어나서 인사를 건넸다.

녹색이 섞인 금발을 적당히 자른 부스스한 머리에 엘프족의 특징이기도 한 긴 귀와 초록색 눈동자. 둥근 안경 너머로 그 초록색 눈동자가 일행을 살펴보았다.

복장은 엘프족 특유의 민족의상이 아니었다. 거리에서 흔히 접하는 서민의 옷차림과 큰 차이는 없었지만, 꾀죄죄한 그 모습은 서민보다 형편이 나빠 보였다.

"아리안 그레니스 메이플이에요. 처음 뵙겠어요…… 카시 씨?"

"메이플의 전사인가? 굉장하군. 난 카시 헬드일세. 카시라고 부르면 되네, 아리안 양. 그리고 그쪽의 갑옷 기사는…… 오오!! 벤투볼피즈 아닌가!!"

카시는 아리안의 이름을 듣고 눈을 약간 휘둥그레 뜨더니, 이번에는 아크를 보고 이름을 물었다.

그러나 투구에 달라붙은 폰타에게 시선이 닿자, 경악한 얼굴로 허둥지둥 잡동사니를 헤치고 다가와서 흥분한 목소리를 냈다.

"내 이름은 아크, 아리안 양의 여행 동료요. 이쪽은 솜털여우인 폰타라고 하오."

"큐~웅……."

아크는 카시의 박력에 눌린 폰타가 투구 위에서 뒷걸음질 치는 것을 알았다.

"여행 동료? 그런 갑옷을 걸친 엘프족은 본 적이 없으니, 혹시 인간족인가?"

카시는 살짝 고개를 갸웃거렸다. 아크가 그 질문에 고개를 끄덕이자, 카시는 또 놀란 표정으로 아크를 머리부터 발끝까지 자세히 관찰하듯이 시선을 움직였다.

"내가 말하기도 뭣하지만, 별난 일행이로군. 참, 그건 그렇고 정령수가 인간족을 따르다니 좀처럼 볼 수 없는 광경이야."

카시는 싱글싱글하며 폰타에게 손을 뻗었지만, 폰타는 아예 도망치듯이 아크의 목 뒤로 숨어버렸다.

폰타의 반응을 본 카시는 눈꼬리를 내리고 아쉽다는 표정으로 고개를 숙인 후 힘없이 웃었다.

"옛날부터 정령수와는 친해지질 못했네……. 자, 앉게, 앉아."

한숨을 내뱉은 카시는 아크와 아리안이 여전히 서 있다는 사실을 알아차렸다. 카시는 근처의 잡동사니에 파묻힌 의자를 꺼내어 둘에게 앉도록 권했다. 다만 의자가 하나밖에 없었으므로, 아크는 아리안에게 의자를 양보하고 자신은 그대로 그녀의 뒤에 대기하듯이 섰다.

"그나저나 마을에서 나를 찾아온 사절이라는 말은 정말인가?"

자신의 의자에 앉은 카시는 흘러내린 안경을 가운뎃손가락으로 밀어 올리면서, 일행을 엿보는 눈동자에 몹시 흥미롭다는 빛을 띠고 물었다.

그의 말투나 태도로는 어느 정도 상황을 파악한 분위기였다.

"아뇨, 저희는 인간족에게 끌려간 동포를 쫓는 임무 중이에요. 이곳에는 랜드발트라는 도시로 향하던 도중에 우연히 들렀을 뿐이어서……."

"그렇군. 이 도시에 엘프족의 괴짜 학자가 산다는 말을 듣고 진위를 확인하러 온 거군. 그런데 둘 다 랜드발트와는 상당히 멀리 떨어진 장소에 왔잖나."

카시가 납득했다는 얼굴로 고개를 끄덕이며 웃자, 의자에 앉은 아리안이 아크에게 눈길을 주었다.

아리안은 아무 말도 하지 않았지만, 아크는 그녀가 무슨 말을 하고 싶은지 그럭저럭 짐작이 갔다.

"어쨌든 카시 님, 용케 인간족의 도시에서 지금까지 무사히 지내왔구려."

아리안의 시선을 얼버무리듯이 아크는 안경을 낀 눈앞의 엘프에게 화제를 돌렸다. 카시는 새삼스럽다는 느낌으로 방을 둘러보고 차분하게 입을 열었다.

"이곳에 자리 잡은 건 10년 전쯤이었나? 마을을 나오고 나서 40여 년은 그야말로 정체를 들키지 않도록 하면서 각지를 떠돌아다녔지. 다른 나라에 비해 이 나라는 아직 괜찮은 편이네."

눈앞의 엘프는 실실 웃으며 맥이 빠진 표정을 지었다.

"호오, 10년이라니 꽤 오랫동안 여기에 머물렀군."

"우리 수명을 고려하면 인간족의 감각으로는 1, 2년이지 싶네. 하지만 확실히 짧은 시간이라고 말할 정도도 아니지……. 이 도시는 서쪽의 히보트 황야와 동쪽의 칼카트 산악 지대에 끼어서 여러 종류의 마수를 볼 수 있어서 생태 조사와 연구에는 편리한 장소일세. 물론 사는 데에는 별로 적합하지 않지만 말이야."

카시는 서론을 길게 꺼낸 후 마지막에 덧붙이듯이 말했다. 그리고 다시 안경을 밀어 올리더니 살짝 미소를 흘렸다.

"당신은 왜 이런 인간족의 도시에 있는 거죠?"

아리안은 그런 카시에게 그녀가 가장 묻고 싶어 한 질문을 던졌다. 임무의 내용이 내용인 만큼, 아리안의 처지에서 인간족은 그다지 믿기 힘든 종족으로 자리매김하였을 터다.

그러니 엘프족인 카시가 당당히 인간족의 도시에서 그들의 비호를 받고 지낸다는 사실에 매우 놀라지 않을 수 없었으리라.

아리안의 황금색 눈동자가 눈앞의 엘프 학자를 똑바로 응시했다.

"이 도시에 왔을 당초에는 나도 정체를 숨겼네. 그런데 거리에 살면서 마수를 연구하던 내게 현재의 영주가 관심을 가졌거든……. 저택으로 불려간 뒤 엘프족이라는 사실이 드러나자 특별히 이곳을 빌려준다더군. 지금은 여기에서 마수의 생태를 계속 조사하고, 그 내용을 기록해서 편집한 책을 출판하지. 뭐, 마을에서도 비슷한 일을 했지만."

아크가 다시 방 안을 둘러보자, 어지럽게 놓인 양피지에는 마수의 생김새를 정성스러운 필치로 그려 넣었다. 또한 휘갈겨 쓴 많은 메모가 드문드문 보였다.

대부분 마수와 관련된 문헌들로 채워진 책장의 책들을 보건대 뼛속부터 마수연구자이리라.

다만 아리안은 그렇게 말하는 카시에게 조금 복잡한 표정을 지었을 뿐이다.

"이름을 말할 때 출신 마을을 밝히지 않은 이유는 마을과 결별했기 때문인가요?"

약간 살피는 듯한 아리안의 질문에 카시는 그제야 깨달았다는 것처럼 손뼉을 쳤다.

"아아, 이 이름은 단순히 인간족에게 맞춘 형식이네. 책의 저자명에는 마을 이름을 쓰지 않거든. 내 출신 마을은 랜드프리아일세."

"교역의 마을."

그 대답에 아리안은 짚이는 바라도 있는지 조그맣게 중얼거렸다. 그리고 뭔가를 알았다는 듯이 납득한 얼굴로 고개를 끄덕였다.

"요즘은 히보트 황야에 서식하는 샌드웜을 조사하지만, 거의 땅속에 있어서 생태는커녕 모습을 볼 기회조차 적은 편이지. 더구나 사냥하려고 해도 상당한 강적인 까닭에 그마저 쉽지 않네……."

얼굴을 찌푸린 카시는 갑자기 아크와 아리안을 번갈아 쳐다보고 천천히 손뼉을 치더니 목소리를 높였다.

"그래! 이번에 어떻게든 샌드웜을 잡으러 갈 셈이었는데, 자네들도 거들어주지 않겠나? 메이플 전사인 자네와 함께 다닐 정도라면 이 친구도 엄청난 실력자라고 생각하네만……."

"아뇨, 저희는 다른 임무 중이어서……."

카시는 기다렸다는 듯이 마수 포획을 도와달라고 했지만,

아리안은 살짝 말끝을 흐리면서 거절했다. 엘프족 동포의 부탁이므로 아리안이 조금은 이야기를 들어주리라 여겼던 아크는 뜻밖의 반응에 약간 놀라서 그녀에게 시선을 돌렸다.

"……마을의 전사는 검이나 마법을 단련함과 동시에, 마수의 생태를 알기 위해 책을 읽고 공부도 해요. 당신이 마수의 생태를 조사하고 책으로 만들면, 인간족이 그만큼 마수에 대항할 지식을 얻게 되겠죠."

아리안은 황금색 눈동자로 카시를 뚫어지라 바라보았다.

아크는 아리안이 하려는 말을 왠지 모르게 알 듯싶었다. 요컨대 어째서 엘프족인 당신이 인간족을 도와주는 짓을 하느냐는 뜻이리라.

카시는 아리안의 말에 쓴웃음을 짓고 의자에 몸을 깊숙이 파묻었다.

"자네가 공부했다는 마수의 생태를 적은 책은 아마 내가 마을에서 지낼 무렵에 지었을 걸세."

"그럼 더욱……!"

"마수의 생태 조사는 늦냐 빠르냐의 차이일 뿐 훗날 누군가는 할 일이지. 그 누군가가 엘프족인 나라는 사실에 의미가 있다고 믿네."

카시는 점점 흥분하는 아리안을 말리듯이 말을 끊고는 그녀의 눈동자를 마주 보았다.

아크도 카시가 무슨 말을 하고 싶어 하는지 어렴풋이 알았다. 이 도시의 사람들처럼 엘프족인 카시의 연구 덕분에 마수의 피해를 줄여서 고마워하는 이들이 나타나면 그 일은 엘프족에게도 좋은 법이다. 인간족이 엘프족을 바라보는 관점이 바뀜으로써 엘프족을 지키는 수단이 될지도 모른다.

다만 영주가 지닌 성벽과 다수의 위병에게 보호받는 현 상황을 떠올렸을 때, 인간족의 사회에서 엘프족이 차지하는 위치를 개선하려면 아직도 산 넘어 산이다.

"아까도 말했지만, 이 나라는 다른 나라에 비해 훨씬 나은 편이네. 실제로 이곳의 영주는 나를 이렇게 대해주고 있지. 캐나다와 로덴은 이웃한 사이일세. 가까운 장래에 서로 반목할지 또는 손을 맞잡을지 선택해야 한다면, 난 후자를 고르겠네."

카시는 안경을 밀어 올리면서 입가에 미소를 띠었다.

"게다가 자네 뒤에 있는 그 역시 인간족이지 않나?"

아리안이 어깨너머로 아크를 돌아보고 복잡한 표정을 지었다.

확실히 인간족인지 묻는다면 아크 자신도 의문을 품을 수밖에 없다. 일단 저주를 받은 몸이라는 사실은 밝혀졌지만, 현재의 겉모습은 단순히 언데드로만 보였다.

그러고 보니 중요한 점을 잊은 듯한 느낌이 드는데——.

그러나 생각에 잠긴 아크는 다시 시선을 느끼고 그쪽으로 고개를 돌렸다. 아크를 향한 아리안의 아름다운 황금색 눈동자는 뭔가를 묻듯이 흔들렸다.

도움을 구한 카시의 요청에 어떻게 대답할지 망설이는 걸까.

이 만남을 우연으로 받아들일지 필연으로 받아들일지는 아리안에게 달렸다――그러나 아크로서는 이 일을 기회로 조금이라도 인간족에 대한 아리안의 인식이 부드러워지기를 바라는 마음도 있었다.

"이것도 정령의 인도일지 모르겠소. 난 아리안 양의 판단에 따르도록 하지."

이곳에 온 이유는 자신의 방향감각이 부족한 탓도 크지만, 두 갈래로 나뉜 길에서 다시 나뭇가지를 쓰러뜨렸을 때 아리안이 중얼거린 '정령의 인도' 같은 보이지 않는 손이 이끌었는지도 모른다――그렇게 아크는 방향치인 자신을 내심 문제 삼지 않았다.

"협조한다면 보수도 주겠네. 돈은 별로 없지만 이 마수 생태 조사서는 어떤가? 마을을 나온 이후 각지에서 조사한 내용을 책으로 엮었는데, 상하 두 권일세. 마을도 외부의 일을 좀 더 아는 게 좋을 것 같네만."

카시는 옆에 있는 두꺼운 장서 두 권을 꺼내어 눈앞에 늘어놓았다.

가죽 장정을 입힌 책의 표지에는 어딘가 드래곤을 떠올리게 하는 마수를 그린 낙인을 찍었는데, 그 옆에는 '카시 헬드 저(著)' 라는 문구를 박았다.

아크가 양해를 얻고 살짝 펼친 책은 마수를 정성스러운 그림으로 묘사했고, 그림 옆에 마수의 생태와 특성은 물론 서식하는 장소의 특징 등 많은 정보를 적어 넣었다. 이런 도감은 어려서부터 무척 좋아했기 때문에 아크는 책을 보는 동안 두근거렸다.

"그리고 이건 인간족에게 발표할 마음은 없네만, 여태까지 보아온 정령수를 한데 모아 정리한 책일세. 마수만큼 자세히 기록하지는 못했지만 말이야. 어쨌든 난 정령수에게 다가가기도 어려우니까, 상세한 생태 조사를 할 수 없었거든……."

머리를 긁적이면서 쓴웃음을 지은 카시가 또 한 권의 책을 집어 아크에게 내밀었다.

카시가 쓴웃음을 지었을 때 그의 시선이 아크의 투구에 달라붙은 폰타를 향했지만, 정작 폰타는 그 시선에 슬금슬금 달아나듯이 뒤로 내려갔다.

폰타의 반응에 카시는 어깨를 늘어뜨렸고, 아크는 정령수 도감으로 시선을 옮겼다. 방금 본 마수 생태의 서와는 달리 딱히 두껍지도 않은 데다 가죽 장정도 몹시 엉성한 만듦새다.

아무래도 본인의 말대로 카시는 정령수에 관해서는 인간족에게 그 조사 성과를 발표할 생각은 없는 듯하다. 폰타 같은 처지의 정령수가 늘어날 일도 걱정하기 때문이리라.

다만 이것도 카시가 말했듯이 늦냐 빠르냐의 차이에 지나지 않을 것이다.

"알았어요, 그다지 시간을 못 낼지도 모르지만……."

아리안은 카시에게 눈길을 주고 똑 부러지는 말투로 대답했다.

성벽 내에 있는 회랑을 카시가 앞장섰고, 아크와 아리안은 그 뒤를 따라갔다.

영주 저택의 고용인들이나 위병들은 스쳐 지날 때마다 카시에게 저마다 인사를 했다. 그들은 다크엘프 아리안을 신기하게 여겼는지, 이따금 그녀를 힐끗힐끗 곁눈질했다. 그러나 노골적인 시선은 거의 없었다.

오히려 뒤따라가는 형태로 동행하는 아크에게 쏟아지는 시선이 많을 정도였다.

중앙의 저택은 성벽 내에서 가장 컸는데, 아마 이곳이 영주의 저택이리라. 정면 계단을 올라가서 카시가 대문 양옆에 있는 위병에게 인사를 하자, 보초를 서는 위병이 조용히 대문을 열었다.

카시는 고맙다는 말을 한 후 익숙하게 정면 현관의 대문을 거쳤지만, 따라 들어가려던 아크와 아리안은 위병 한 명에게 앞을 가로막혔다.

"죄송합니다, 저희가 무기를 맡도록 하겠습니다."

아크는 등에 커다란 양손검인 『칼라드볼그(성뢰의 검)』를 멨고, 아리안은 허리에 『사자왕의 검』을 찬 상태였다. 역시 영주의 저택에 들어갈 때 무기를 지니지 못하는 모양이다.

몸에서 무기를 떼어 놓자니 약간 불안하지만, 이 자리에서 고집을 부려도 어쩔 수 없다. 잠자코 고개를 끄덕인 아크는 위병에게 검집째 검을 건넸다. 아리안도 마찬가지로 허리에 찬 검을 내밀었다.

위병은 아크의 검에 잠시 홀린 듯한 표정을 지었지만, 금세 얼굴을 굳히고 검을 받기 위해 손을 뻗었다. 아크가 위병의 손에 검을 얹고 비켜서자, 위병은 그 순간 균형을 잃으며 비틀거렸다.

"윽! 무, 무거워……."

위병은 건네받은 검을 떨어뜨리지 않도록 안간힘을 쓰더니 가까스로 버틴 듯싶다.

"괜찮나?"

"죄, 죄송합니다."

아크는 검을 휘두를 때 별로 무겁다는 감각을 느끼지 못하지만, 일반인은 휘두르기조차 어려울지도 모른다. 그렇게 생각하니 검에서 눈을 떼어도 조금 마음이 홀가분하다. 강력한 무구이기는 해도 다루지 못한다면 딱히 위협은 되지 않기 때문이다.

위병의 허가를 받은 일행은 먼저 들어간 카시를 쫓아 대문을 지나갔다. 그 앞의 정면 홀에서 여성 고용인 한 명이 카시에게 말을 걸던 참이었다.

"카시 님? 오늘은 무슨 일이신가요?"

"아아, 스킷토스 군은 늘 있는 방인가? 안내는 굳이 안 해도 되네."

카시는 그렇게 말하면서 2층으로 이어진 정면 계단을 부리나케 올라갔다. 아크와 아리안도 뒤처질세라 빠른 걸음으로 따르자, 고용인 여성이 눈을 휘둥그레 뜨며 놀랐다.

"아!? 카시 님, 손님을 안내할 때는 미리 말씀해주세요!"

고용인 여성은 2층으로 향하는 카시를 허둥지둥 뒤쫓으려고 계단을 뛰어 올라갔지만, 서둘러서 발을 헛디뎠는지 앞으로 고꾸라질 것 같았다.

그때 재빨리 움직인 이는 아리안이었다. 아리안은 소리도 내지 않는 몸놀림으로 고용인 여성에게 다가가더니, 막 엎어지려던 그녀의 몸을 단단히 붙잡았다.

"괜찮아요?"

"죄, 죄송합니다, 손님."

아리안이 황금색 눈동자로 고용인 여성의 얼굴을 들여다보자, 뺨을 살짝 발갛게 물들인 그녀는 당황한 나머지 벌떡 일어나서 고개를 푹 숙였다.

"카시 님! 기다리시라니까요!!"

고용인 여성은 자신의 조바심을 얼버무리기 위해서인지,

카시를 큰 소리로 부르면서 2층으로 달려갔다.

"딱딱한 소리는 하지 말게, 브리타 양."

"제가 혼나거든요!?"

"스킷토스 군이 그런 일로 혼을 낸 적이 있었나?"

"시녀장님한테 혼난다고요!"

계단을 올라간 곳에서는 브리타라고 불린 고용인 여성이 카시에게 매달리며 고충을 내뱉었다. 카시는 고용인 여성의 말을 흘려들으면서 목적지인 방으로 향했다.

아무래도 언제나 되풀이되는 광경인지 스쳐지나는 위병들이나 고용인들은 묵묵히 쓴웃음만 지었다.

아리안은 조금 이상하다는 것처럼 그 둘이 대화를 주고받는 모습을 뒤에서 지켜보며 따라갔다.

"여어, 왔네. 스킷토스 군."

카시는 안쪽의 유달리 아름다운 문양이 새겨진 문을 노크도 하지 않고 망설임 없이 열더니 방에 있는 인물에게 말을 걸었다.

"실례하겠습니다."

그 후 고용인 브리타가 허겁지겁 머리를 감싼 채 카시를 따라 안으로 들어갔다.

밖에서 서로 시선을 마주친 아크와 아리안은 자신들에게 손짓하는 카시를 슬쩍 쳐다보고 방에 발을 들여놓았다.

"자네인가, 엘프족 손님이 방문했다는 얘기는 들었네만

뭣 하러 왔나? 이 일이 끝나면 내가 얼굴을 내밀 셈이었는데…….”

그 방은 약간 세로로 긴 직사각형이었다. 벽면 양쪽에는 낮은 책장이 늘어섰고, 그 위에는 품위 있는 장식품을 진열했다. 또 안쪽 벽의 양옆에는 커다란 채광창을 달았고, 그 바로 앞의 중앙에는 화려한 무늬를 정성스럽게 세공한 흑단색 집무 책상을 놓았다.

그 집무 책상의 자리에 앉아 있는 중년 남자는 카시와 브리타를 보더니, 손에 든 서류를 내려놓고 고개를 들었다.

카시에게 ‘스킷토스 군’이라고 불린 중년 남자. 나이는 마흔 살쯤일까. 짧게 쳐올린 짙은 갈색 머리의 남자는 고급스러운 옷을 입었지만, 겉으로도 알 만한 단련된 상반신이 책상 위에서 엿보였다. 짧은 턱수염을 기른 턱을 어루만지며 스스럼없는 말투로 이야기하는 모습은 귀족이라기보다는 왠지 용병단의 단장을 떠올리게 했다.

영주인 스킷토스는 뒤따라 들어온 아크와 아리안을 그제야 알아차리고 눈을 휘둥그레 떴지만, 금세 그 시선을 카시에게 돌렸다.

“실은 이전부터 얘기한 샌드웜의 표본을 채집할 생각이네.”

정말 가볍게 꺼낸 카시의 말에 스킷토스는 누가 봐도 놀란 표정을 띠더니 그것을 금방 억눌렀다.

"아직도 그걸 포기하지 않았나? 전에도 말했지만, 우리는 병사를 많이 내줄 수 없네. 자네 덕분에 농지가 늘어난 건 좋은데, 지금은 그걸 살펴보고 경작하는 데에도 사람이 모자라단 말일세. 그러지 않아도 인원이 적으니 기껏해야 서너 명을 못 넘겠지."

스킷토스는 미간을 찌푸리며 한숨을 뱉었다. 그에 반해 카시는 아주 기쁘다는 듯이 돌아보고 아크와 아리안을 손짓으로 불렀다.

"걱정 말게! 이번에는 이 둘이 도와주기로 했으니까. 이쪽이 엘프 마을의 사절로 온 아리안 양, 그리고 이쪽의 갑옷을 입은 친구는——."

"제 호위를 맡은 아크입니다."

아리안이 아크를 흘끗 곁눈질하면서 카시의 말에 끼어들 듯이 소개했다. 그에 맞춰 아크도 살짝 고개를 숙였다.

혹시 여전히 투구를 쓴 자신의 부담을 덜어주려는 대처였을까. 확실히 엘프족 사절의 호위라고 양해를 구하면, 딱히 사소한 문제를 캐묻지는 않을 듯싶기도 하다. 이 시대에 외교 특권이라는 개념이 있을지 어떨지는 모르지만, 상대방을 도발할 마음이 없다면 무턱대고 따지지는 못한다.

다만 눈앞의 인물은 그런 대수롭지 않은 일을 신경 쓰는 것처럼 보이지는 않았다.

"자네는 사절로 오신 분까지 부려 먹을 속셈인가?"

어처구니없다는 목소리로 말한 스킷토스는 천장을 올려다보듯이 의자에 기대었다. 그리고 땅이 꺼지라고 한숨을 내쉬면서 약간 동정하는 시선을 아크와 아리안에게 보냈다.

"부려 먹다니, 그럴 리가. 충분히 대화를 나누고 부탁한 걸세."

유쾌하게 대답한 카시의 뒤에서 브리타가 머리를 깊숙이 숙이며 사죄했다.

"이제 스킷토스 군 쪽에서 먹이를 옮기기 위한 네 명 정도의 병사를 빌려주면 고맙겠는데."

"모아둔 그 고블린인가……. 빌려줄 테니 얼른 처분해주게. 닷새나 썩은 채 내버려 둬서 냄새로 인한 불평이 나오기 시작했으니까."

스킷토스는 카시를 슬쩍 쳐다본 다음 아리안에게 시선을 돌리고 자리에서 일어났다.

"처음 뵙겠소, 아리안 양. 난 이곳의 영주인 스킷토스 드 브란베이나요. 그냥 스킷토스라고 불러주게. 이렇게 외진 장소라서 손님이 찾아올 줄은 몰랐네. 무례함을 눈감아주시오."

"아리안 그레니스 메이플이에요. 별로 상관없어요."

스킷토스가 오른손을 내밀자, 아리안도 잠자코 오른손을 내밀어 악수했다.

아리안의 피부를 신기하게 느낀 스킷토스는 악수를 할 때 시선을 흘끗 움직였지만, 주위에 들키지 않도록 곧바로 되돌렸다.

“그럼…… 오늘 밤은 환영의 자리라도 마련하려는데…….”

“아뇨, 저희는 그다지 느긋하게 있을 시간도 없어요. 할 일을 끝내면 서둘러 이 도시를 떠날 생각이에요…….”

연회석을 준비하겠다는 영주 스킷토스의 제안에 아리안은 덧붙여 말하듯이 거절했다.

“그런가? 사양할 필요는 없네만……. 뭐, 사절께서는 여러모로 바쁜가 보군. 카시 님을 잘 부탁하오.”

스킷토스는 전혀 싫은 내색을 비치지 않았고, 웃으면서 카시에게 고개를 돌리려다 의아한 표정을 지었다.

“응? 그 녀석은 어디로 갔나?”

스킷토스의 말에 아크가 다시 실내를 둘러보자, 이미 카시의 모습은 그곳에 없었다.

“방금 몹시 들떠서 나가셨습니다.”

“또 그러냐…….”

고용인 브리타가 어딘지 체념한 얼굴로 말했고, 스킷토스는 미안하다는 표정으로 아리안에게 눈길을 향했다.

아리안은 그런 영주를 가만히 바라보더니 천천히 입을 열었다.

“영주인 당신이 어째서 엘프족인 그를 받아들인 거죠?”

그 말에 스킷토스는 잠시 영문을 몰라 했지만, 금세 입가에 미소를 띠었다.

“그는 실로 유능한 연구자일세. 10년 전쯤, 이곳은 거듭되는 마수의 피해에 시달려 인구가 줄어들 대로 줄어든 토지였소. 하지만 그가 오고 나서 갖가지 마수의 대책이나 생태를 영주군에게 가르치고 도시를 새롭게 바꾸자 상당히 살기 편해졌지. 주민들이나 나는 진심으로 감사하게 여기네…….”

스킷토스와 대화를 나누는 모습을 옆에서 지켜봤을 때는 카시가 종종 민폐를 끼치는 듯했지만, 둘 사이에는 어느 정도의 신뢰 관계가 쌓였으리라.

그 사실을 아리안도 알아차렸는지, 딱히 아무 말도 하지 않고 잠자코 맞장구를 치며 이야기를 들었다.

“언제든지 찾아와도 괜찮네.”

방을 나오면서 아리안이 이별을 고하자, 스킷토스는 그렇게 말하며 웃었다.

도시 전체도 크지 않았기 때문에 영주라고 해도 친절한 촌장처럼 편안한 느낌을 안겨주었다.

저택 입구에서 아크와 아리안은 저마다 맡긴 무기를 돌려받았다. 카시의 행선지를 물었더니 위병은 성벽 내의 어떤 창고로 안내했다.

삭막하고 아무것도 없는 네모난 상자형 건조물에는 작은 창문만 몇 개 달렸을 뿐 특별히 이렇다 할 특징도 보이지 않았다. 그 정면의 두쪽문 중 한쪽만 열린 곳에서 고약한 냄새가 새어 나왔다.

안을 들여다보자 고약한 냄새는 더욱 짙어졌고, 옆에 있던 아리안도 무심코 얼굴을 잔뜩 찌푸렸다. 투구 위의 폰타는 별로 신경 쓰이지 않는지, 평소와 다름없이 꼬리를 흔들었다.

그 텅 빈 창고에는 짐마차 한 대를 세워놓았는데, 짐칸을 살펴보는 인물은 아크와 아리안이 다가오자 고개를 들었다. 엘프 학자 카시다.

방금까지 카시가 살피던 짐칸에는 녹색 피부를 띤 기분 나쁜 난쟁이 시체들이 열 구 정도 실려 있었지만, 죄다 썩기 시작한 상태였는지 끔찍한 악취를 풍겼다.

"근래 와이번에게 쫓겨서 도시 가까이 온 고블린들이네. 마침 알맞게 발효한 이 사체들을 미끼로 샌드웜을 꾀어낼 걸세."

"카시 님, 샌드웜은 언제 잡을 건가?"

옆에서 코를 막으며 약간 눈물을 머금은 아리안을 대신하여, 아크는 그녀가 듣고 싶어 할 말을 태연한 얼굴의 카시에게 물었다.

"샌드웜은 해 질 녘부터 야간에 걸쳐 활발히 움직이네. 점심을 먹으면 나가보기로 할까. 맞다, 자네들은 점심을 뭘 먹겠나? 오크 요리를 맛있게 해주는 가게를 아는데."

그 말을 들은 아크가 아리안을 힐끗 곁눈질하자, 그녀는 코를 쥐어 잡은 채 말없이 고개를 가로젓고 거절했다. 애당초 아크는 남 앞에서 식사할 마음은 없었다. 아니, 그보다는 이 사체들을 본 다음 오크 요리를 먹고 싶다는 생각은 도저히 들지 않았다는 게 솔직한 심정이다.

카시는 조금 아쉽다는 얼굴로 아크에게 시선을 옮겼다.

"나도 이번에는 사양하겠소."

"그런가? 안타깝군, 정말 맛있는데."

카시는 짐칸에 실린 썩은 고블린들을 보면서 눈꼬리를 내렸지만, 금방 기운을 되찾았는지 고개를 들고 이후의 예정을 말했다.

"그럼 정오가 지났을 무렵에 다시 여기로 와주겠나? 그동안은 성내나 거리를 둘러봐도 좋네."

일단 카시와 헤어진 일행은 거리로 돌아가기로 했다.

거리를 지나다니는 주민들의 시선이 전부 아크와 아리안에게 모여들었다. 지금 옆에서 걷는 아리안은 늘 머리에 뒤집어쓴 잿빛 후드를 내리고 민얼굴을 드러냈다. 단정한 용모, 가늘고 긴 황금색 눈동자, 옅은 자주색 피부, 외투 겉으로 엿보이는 풍만한 육체는 다른 이들의 시선을 사로잡기에는 충분한 요소이리라.

"신기한 기분이에요. 엘프가 스스로 원해서 인간족의 도시에서 지낸다니……."

아리안은 거리를 오가는 주민들을 바라보았다. 얼마 지나지 않아 아리안이 평소처럼 잿빛 후드를 머리에 덮어쓰자, 이윽고 그녀에게 모인 시선이 서서히 줄어들었다.

"아리안 양, 오늘 머물 숙소를 정하도록 하지."

"왜요? 샌드웜만 잡으면 곧장 랜드발트로 가는 거 아니었어요?"

아리안은 의아하다는 듯이 물으며 고개를 갸웃거렸다.

"샌드웜을 잡을 수 있는 시간은 저녁부터 한밤중 사이라고 했소. 그러니 최소한 하룻밤은 이 도시에 묵게 되지 않겠나?"

"듣고 보니 그러네요……. 미안해요, 내가 멋대로 굴어서……."

아리안은 아까 들은 카시의 이야기를 떠올리고 납득하더니, 갑자기 아크에게 사과했다.

"난 고용된 몸이오. 아리안 양의 뜻에는 가능한 한 따르려고 할 뿐이요. 더구나 여행은 도중에 딴 길로 새는 게 묘미이기도 하니까."

아크는 아리안에게 아무것도 아니라는 듯이 고개를 저으며 대답했다. 실제로 이렇게 이국적인 정서가 넘치는 여행지를 들르면 즐거운 법이다.

"고마워요……."

얼굴을 돌리고 조그맣게 말한 아리안은 여관들이 늘어선 모퉁이를 향해 약간 잰걸음으로 이동했다. 아크는 아리안을 쫓듯이 뒤에서 보폭을 살짝 넓히고 따라갔다.

여관들의 수는 별로 많지 않았다. 조금 큰 여관은 용병단이 근거지로 삼아서 작은 여관만 남았지만, 하룻밤을 지새울 거라면 문제없다고 방 두 개를 얻었다.

여관 주인의 이야기로는 이 도시 옆을 지나는 가도는 사람들의 왕래가 드물어서, 마수의 소재를 찾는 용병단 이외에는 이곳을 오는 이도 적다고 한다.

숙소를 구한 후 아크와 아리안은 거리를 어슬렁어슬렁 구경하며 돌아다녔고, 태양이 하늘 한복판에 걸쳤을 즈음 다시 영주의 저택으로 발길을 옮겼다.

처음과는 달리 아리안이 저택 앞의 위병들에게 묵묵히 후드를 내리고 민얼굴을 보이자 말없이 순순히 들여보냈다.

마침 출입문을 거쳤을 때 카시가 아크와 아리안에게 손을 흔들며 걸어오는 모습이 보였다.

카시의 뒤에서는 말 네 마리가 끄는 큼직한 짐마차와 짐마차를 모는 남자 한 명, 그 주위의 경장비 위병 세 명이 따랐다.

그러나 카시 이외의 전원이 입가를 천으로 가려서 서부극에 나오는 강도단 같았다.

짐칸에는 고블린의 썩어 문드러진 사체 위에 마른 풀을 쌓아 놓아서, 끔찍한 몰골과 고약한 냄새도 숨겨두었다.

다만 그렇게 해도 고약한 냄새가 새어 나와 보초를 서는 병사들이나 근처의 주민들이 일제히 얼굴을 찌푸렸다.

"자아, 슬슬 출발하기로 할까."

혼자 멀쩡한 표정을 지은 카시는 힘차게 말하며 마차를 이끌듯이 걷기 시작했다. 방벽의 위병에게 인사를 하고 도시를 나오더니, 언덕을 내려가서 가도까지 이르렀다.

일행은 가도를 이용해 북쪽으로 올라갔다.

그리고 잠시 후에는 가도를 벗어나 황야 속을 서쪽으로 나아갔다.

그러는 사이 카시는 샌드웜의 생태에 관한 내용을 가르쳐 주었다. 샌드웜은 낮 동안 깊은 땅속에 있다가 해 질 녘부터 한밤중에 걸쳐 먹이를 구하러 활발히 움직인다. 먹이는 대부분 시체 고기를 찾아다니므로, 미리 준비한 썩은 고블린도 그런 습성을 파악한 미끼인 셈이다.

또한 불에 약하다는 약점을 갖지만 외피가 어느 정도 열을 견딘다. 그러나 열이 일정선을 넘으면 몸이 불타기 때문에 이번 표본 채집에서는 불을 쓴 공격은 금지다.

"알다시피 소일웜 같이 앞쪽의 머리 부분을 잘라내면 되지 않아요?"

아리안의 질문에 카시는 고개를 가로저으며 난감하다는 표정으로 대답했다.

"대삼림에서 자주 보는 소일웜의 몸길이는 3m 정도일 뿐이지만, 샌드웜의 몸길이는 20m 남짓할 만큼 크다네. 그리고 굵기도 어른의 한 아름만 한 데다 탄력성도 높아서 어지간해서는 검으로 머리를 베기란 어렵겠지. 게다가 굉장히 힘이 센데, 위험해지면 당장 땅속으로 달아나는 바람에 좀처럼 쓰러뜨리는 게 쉽지 않을 걸세."

아크는 카시의 설명을 들으면서 샌드웜의 모습을 상상했다.

이야기를 한데 모아보니 거대한 지렁이 같았지만, 식성 등을 고려하자 옛날에 영화로 봤던 괴물이 머릿속에 떠올랐다. 땅속에서 나타나 인간을 잡아먹었는데, *트레――뭐였더라?

그나저나 20m라니 엄청난 크기다. 다만 어른의 한 아름만 한 굵기라면, 자신이 지닌 『칼라드볼그』로 충분히 머리를 자르는 게 가능할 터다.

남은 일은 목표물인 샌드웜과 마주칠 수 있을지 어떨지 이리라.

한동안 나아가자 주변의 지면이 상당히 부드러워져서 더는 짐마차로는 이동하기 힘든 지점까지 왔을 때 카시가 뒤돌아보았다.

"좋아, 이 부근이 괜찮겠군. 미끼는 저쪽에 두고 우리는 근처 바위 그늘에 숨어서 날이 저물기를 기다리도록 하지."

---

*트레모어스(Tremors). 1990년 9월 8일에 개봉한 영화. 우리나라에서는 '불가사리'라는 제목으로 알려져 있다. 사물의 진동을 느끼고 공격하는 거대한 돌연변이 뱀 '트레모어스'를 작은 마을 주민들이 퇴치한다는 내용이다.

카시가 미끼를 놓을 장소로 가리킨 위치는 평범하게 보이는 검붉은 황무지였다. 그 앞의 커다란 바위산은 대지에서 자라난 뾰족한 뿔 같은 형태를 띠었다.

바위 그늘에 짐마차와 일행이 숨으면 맞은편에서는 그리 간단히 알아차리지 못하리라.

카시의 지시를 따라 위병 세 명은 짐마차에 실린 창을 거머쥐더니, 미끼인 고블린 시체를 푹 찔러서 지정된 곳으로 옮겼다. 다들 얼굴을 찌푸렸는데 어쩔 수 없었다.

일행은 미끼를 다 놓아둔 후에는 바위 그늘에서 잡담을 나누고 휴식을 취하며 해가 지기를 기다렸다. 폰타는 아리안의 무릎에서 기분 좋다는 듯이 몸을 둥글게 말고 잠들었다.

위병들은 교대로 바위 그늘에서 얼굴을 내밀며 주위를 지켜보았고, 카시는 근방에 자라난 식물의 모습을 양피지의 자투리에 그림으로 묘사했다.

이윽고 해가 기울기 시작하자, 검붉은 대지에 달라붙듯이 돋아난 관목 식물도 온통 석양빛으로 물들었다.

드문드문 흩어진 바위가 그림자를 뻗으면서 황무지에 줄무늬를 그려냈다. 기온이 서서히 내려가는 상황과는 반대로, 카시는 점점 신이 나는 듯이 보였다. 조금 전부터 쉴 새 없이 바위 그늘에서 머리를 내밀었다 움츠렸다 되풀이하며 안절부절못했다.

함께 있던 위병들도 그런 카시를 보고 쓴웃음을 지었다.

머지않아 해 질 녘의 하늘에서 목표물이 아닌 마수가 석양을 등지고 날아왔다. 아크는 그 마수가 왠지 눈에 익었다. 양 날개를 합쳐 4m 정도 되고 새를 닮은 머리를 가진 마수, 오늘 아침에 무리를 지어 아크와 아리안을 습격한 놈들과 동종인 샌드 와이번이었다.

날갯짓하는 소리가 멀리에서도 닿자, 아리안의 무릎에서 잠든 폰타는 벌떡 일어나서 그녀의 목에 휘감겼다. 다만 아리안은 싱글벙글하며 몹시 기뻐하는 눈치였다.

"샌드 와이번이 와버렸군. 보통은 시체 고기를 별로 찾아 다니지 않는데 말이야."

카시는 바위 그늘에서 미끼 주변에 내려앉은 샌드 와이번을 바라보고 즐겁다는 듯이 혼잣말을 중얼거렸다.

두 마리의 샌드 와이번은 아무렇게나 내버려둔 고블린 시체에 천천히 다가가서 얼굴 생김새대로 새처럼 쪼아먹었다. 그러나 다른 한 마리는 뭔가를 경계하듯 머리를 들어 사방을 둘러보더니, 다음 순간 힘차게 날개를 퍼덕이며 하늘로 날아올랐다. 남은 한 마리는 고블린 시체를 쪼아먹는 데에 열중했는지, 갑자기 밑에서 튀어나온 존재에게 붙잡힌 채 비명 같은 울음소리만 남기고 땅속으로 끌려들어 갔다.

그것을 신호로 땅속에서 거체가 잇달아 모습을 드러냈다.

외피는 이끼 낀 녹색과 황토색이 섞인 칙칙한 색깔이었고, 맨 앞부분에 붙은 입은 네 개의 꽃잎이 벌어지듯이 열렸다. 그러자 입속에 무수하게 늘어선 작은 이빨은 사냥감을 찾아 꿈틀거렸다. 또 입 뒤에는 물고기의 아가미 비슷한 기관이 달렸는데, 거기에서 흙먼지를 뿜어냈다. 그리고 복부에는 지네를 연상시키는 수없이 많은 다리가 빼곡하게 들어차 있었다.

그 존재는 땅에 모습을 나타낸 부분만으로도 넉넉히 5m는 됨직한 거목 같은 몸뚱이를 비틀면서, 일행이 미끼로 놓아둔 썩은 고블린 시체를 향해 머리를 가까이 가져갔다.

그 수는 전부 다섯 마리.

"아차~ 설마 이렇게 잔뜩 나올 줄은 몰랐는데……. 아무래도 이만한 수의 샌드웜에게 덤비는 짓은 자살행위겠지."

그 광경을 바라보면서 조금 아쉽다는 목소리로 말한 이는 역시 카시였다.

"샌드웜은 시체 고기를 먹는 게 아니었나? 와이번도 먹이가 된 듯싶은데."

"시체 고기를 좋아한다고는 했지만, 살아 있는 걸 먹지 않는다는 말은 안 했네."

카시는 샌드웜에게 시선을 고정한 채 아크의 질문에 대답했다. 그렇다면 인간도 포식 대상인 모양이다.

이 정도의 수라도 마법을 쓰면 쓰러뜨리지 못할 것도 없겠지만, 과연 이 자리에서 자신이 그런 눈에 띄는 행동을 해도 괜찮을지 아크는 고민했다.

저만한 거체의 샌드웜이 다섯 마리나 있으면, 고블린 시체 몇 구로는 도저히 성에 차지 않는지 먹이 쟁탈전에서 진 샌드웜 한 마리가 쫓겨났다.

그런데 그 샌드웜 한 마리는 뭔가를 눈치챘다는 듯이 머리를 갑자기 일행이 숨은 방향으로 돌렸다. 곧이어 머리부터 엄청난 기세로 땅속에 파고들더니, 그대로 땅표면의 흙을 쌓아 올리면서 일행에게 닥쳐왔다.

"우햐아!!"

그 뜻밖의 속도와 방금 본 거체에 공포를 느낀 위병 한 명이 비명을 지르며 바위 그늘에서 뛰쳐나가 가도를 향해 달렸다.

그러자 샌드웜은 땅속에 들어간 상태인데도 불구하고 잠망경으로 살피기라도 하듯이, 도망친 위병의 뒤를 쫓아 땅표면에 쌓이는 흙의 진로를 바꾸었다.

"이런, 안 돼!"

똑같이 바위 그늘에서 뛰쳐나간 아크는 쓸데없이 뛰어난 다릿심으로 단숨에 그 위병의 뒤를 따라붙었다. 그와 동시에 땅속에서 튀어나온 샌드웜의 머리가 사냥감을 잡아먹기 위해 입을 벌린 후 무수한 이빨을 세우고 다가왔다.

아크는 검을 뽑을 틈도 없는 상태에서 샌드웜의 거체와 격돌했다.

샌드웜의 아가미를 정면에서 붙잡은 아크는 힘만으로 그

거체의 돌진을 막았다. 바로 눈앞에는 에일리언처럼 열린 입에서 수없이 많은 이빨이 꿈틀거리는 것이 보였다. 끼이끼이 귀에 거슬리는 소리를 내는 샌드웜은 아가미를 붙잡은 아크의 팔을 뿌리치려고 거체를 비틀었지만, 아크는 그렇게 놔두지 않겠다는 듯이 더욱 힘을 주어 꼼짝 못 하게 했다.

"히이이이!!"

뒤에 있던 위병이 엉덩방아를 찧고 뒷걸음질을 쳤다. 그의 다리 사이에는 뭔가 축축한 얼룩이 졌다. 이 마수는 냄새나 소리를 민감하게 알아차리는 걸까.

샌드웜은 땅속에 파묻힌 나머지 거체를 축으로 삼아 아크를 내던질 셈인지 팔 안에서 마구 몸부림쳤다. 역시 20m 남짓한 거체인 까닭인지 샌드웜은 상당히 힘이 셌다. 땅에서 들리려는 다리를 아크는 허리를 굽히며 어떻게든 막았다. 그러는 한편 샌드웜의 머리를 꽉 껴안는 자세로 내리눌렀다.

"흐으읍!!"

땅속에 몸을 뿌리박고 있는 한, 싸움은 샌드웜이 유리하다. 아크는 우선 그 상황을 때려 부수고자 샌드웜을 무라도 뽑듯이 지면에서 뽑아냈다. 그러나 여간내기가 아닌 샌드웜도 뽑혀나가지 않도록 필사적으로 버텨서 서로 줄다리기를 하는 꼴이 되었다. 아크가 한 발 한 발 뒤로 물러나자 마침내 지면 위에 쓰러진 샌드웜은 그 거체를 꿈틀거리며 발버둥 쳤다.

줄곧 머리를 졸린 샌드웜이 아크의 앞가슴에서 입을 열었다 닫았다 했다. 그러면서 아크를 물어뜯기 위해 몸을 흔들고 으르렁거리는 소리를 내뱉는 모습은 몹시 괴기스러웠다.

아크는 그런 움직임을 억누른 채 이번에는 다리를 이용하여 샌드웜의 몸을 죄었고, 그대로 *초크 슬리퍼를 써서 조였다.

"아크!"

아리안은 몸부림치는 샌드웜의 옆까지 급히 달려왔다. 검을 손에 쥔 아리안은 아크의 상태를 살피며 빈틈을 노리고자 그 자리에서 맴돌았다.

요란하게 이리저리 뒹구는 샌드웜의 거체는 그저 닿기만 해도 아리안의 몸에 꽤 충격을 안겨줄 테니 섣불리 다가서지 못하는 것이리라.

"괜찮소, 아리안 양! 자, 단념해라!"

아리안에게 자신이 무사하다는 사실을 큰소리로 알린 아크는 이대로 샌드웜의 숨통을 끊기 위해 쥐어짜는 것처럼 힘을 주었다. 점점 강하게 조일수록 샌드웜도 거기에서 벗어나려고 미친 듯이 날뛰었지만, 아무래도 지상전에서의 힘겨루기는 아크가 유리했던 모양이다.

아크는 샌드웜의 거체가 힘없이 경련을 일으킨 후 가만히 살피듯이 초크 슬리퍼의 자세를 풀었다.

머리 바로 아랫부분과 그보다 더 아래의 몸통 주변에는 바이스로 조인 듯한 자국이 두 군데에 또렷하게 남아 있었

*조르기 기술. 목으로 지나가는 경동맥을 팔로 눌러, 뇌로 가는 혈류를 방해하여 상대를 실신으로 몰아간다.

다. 샌드웜의 거체는 제법 어슴푸레해진 황무지 위에 나뒹굴었다.

"맙소사, 샌드웜을 맨손으로 조르는 자가 있다니……."

그때 황당해하고 놀란 목소리를 내뱉으며 다가온 이는 카시다. 땅에 쓰러진 거체를 둘러본 카시는 안경 너머의 시선을 아크의 투구 속을 들여다볼 듯이 고정했다.

카시를 뒤따라온 나머지 위병들도 경악한 표정을 짓더니, 아크를 빙 둘러싸고 쳐다보았다.

화려한 마법을 쓰는 것과 인간의 능력을 벗어난 힘으로 마수를 조르는 것——과연 어느 쪽이 눈에 띄지 않는 방법이었을까. 아크의 머릿속에서는 무의미한 토론이 벌어지고 있었다.

아니, 이미 새삼스러울지도 모르겠지만…….

아크는 외투와 갑옷에 묻은 흙먼지를 털어내면서, 비교적 태연한 모습을 가장하여 일어났다.

카시도 아크의 정체를 뭔가 알아차린 눈치였지만, 딱히 입 밖에 내지 않고 가벼운 발걸음으로 오늘의 사냥감인 샌드웜에게 향했다.

조금 전까지 미끼로 쓴 고블린의 시체들이 있던 장소로 시선을 돌리자, 벌써 그곳에는 고블린의 시체들은 물론이고 다른 샌드웜도 보이지 않았다. 단지 아무 일도 없었다는 것처럼 황무지만 펼쳐져 있을 뿐이었다.

"카시 님, 이걸로 샌드웜의 포획은 끝났소?"

아크는 발밑의 샌드웜을 내려다보았다. 어느새 카시는 당장 살펴봐야겠다는 듯이 샌드웜의 거체를 만져보거나 잡아당기면서 그 주위를 돌아다녔다.

"충분함세! 이렇게 깨끗한 표본을 얻을 거라고는 꿈도 꾸지 않았네."

약간 흥분한 기색의 얼굴을 든 카시는 온몸으로 기쁨을 드러냈다.

"카시 님, 이제 해가 질 시간이 얼마 안 남았습니다. 샌드웜을 회수하고 서둘러 이동하지 않으면, 이번에는 샌드 와이번의 습격을 받을지도 모릅니다."

주저앉은 위병 동료를 일으켜주던 또 한 명의 위병이 카시에게 말하면서 주변 하늘을 올려다보았다.

태양은 진작에 산맥의 그늘로 들어가서 사라졌고, 짙은 남색을 띤 하늘이 번져나갔다.

"그도 그렇군. 사실은 노숙을 예상했는데, 뜻밖에도 빨리 나타났으니 말이야."

카시의 지시 아래, 샌드웜의 거체를 마차의 짐칸에 실었다. 기다란 거체를 뱀이 똬리를 튼 모양으로 싣고 난 일행은 그 자리를 부랴부랴 떠났다.

"근래에 샌드 와이번의 무리가 주변을 얼씬거린다네."

브란베이나로 돌아가는 길에 마차와 나란히 걷던 카시는

위병들이 살짝 불안하다는 듯이 하늘을 두리번거리는 모습을 보고 그런 사정을 알려주었다.

"우리도 브란베이나로 올 때 가도에서 마주쳤소. 떨어뜨린 몇 마리는 그대로 놔뒀지만."

"정말인가? 그럼 스킷토스 군에게 말해서 가져오겠네."

아크도 아리안도 딱히 쓸데가 없다는 결론을 내렸기 때문에 괜찮다고 고개를 끄덕였다.

머지않아 브란베이나가 지어진 언덕이 보이기 시작했다. 브란베이나의 불빛이 가까워질수록 위병들 사이에 감돌던 긴장감이 풀리는 느낌을 받았다.

브란베이나의 도시문은 이미 닫혀 있었다. 그러나 보초를 서는 위병에게 카시가 귀환을 알리자, 곧이어 도시문이 열렸다.

"카시 님, 우리는 이쯤에서 그만 떠나겠소."

브란베이나에 들어온 아크는 영주의 저택으로 가는 도중에 거치는 광장에서 카시 일행에게 작별을 고했다. 그 말에 뒤돌아본 카시는 문득 떠올렸다는 듯이 손뼉을 치더니, 짐칸 구석에 실린 보따리를 들었다.

"오늘은 뜻깊은 하루였네. 이건 약속한 보수인 책일세. 마을에 도움이 된다면 나도 고맙겠군. 바라건대 마을 바깥에 흥미를 느껴주는 동료가 생기면 좋겠는데."

책을 넣은 보따리를 아리안에게 건네면서, 카시는 안경

너머의 눈동자를 그녀에게 향하고 오른손을 내밀었다.

아리안은 잠시 뭔가를 망설인 후 보따리를 받으며 악수를 하였다.

"고마워요. 열람할 수 있는 이의 선정은 후보자를 좁히는 게 좋을지도 모르겠네요."

카시의 말을 들은 아리안이 입가에 어렴풋이 미소를 띠고 대답했다. 그러자 웃으며 손을 흔든 카시는 짐마차와 함께 영주의 저택으로 발걸음을 옮겼다.

"우리도 여관으로 돌아가서 쉬도록 하지……."

"……그래요."

카시의 뒷모습을 지켜보고 나서 아크와 아리안도 아까 구한 숙소로 발길을 돌렸다.

이튿날 아침 일찍 브란베이나를 출발한 아크와 아리안은 【디멘션 무브】를 쓴 전이이동을 통하여, 어제 길을 착각했던 두 갈래로 나뉜 가도 앞에 돌아왔다.

기분 좋을 정도로 맑게 갠 하늘 아래, 폰타는 갈림길 한복판에 가로놓인 바위 주변을 훨훨 날아다니는 나비를 쫓으며 장난쳤다.

바위에 걸터앉은 아리안은 갖고 있던 가죽 물통의 물을 마신 다음 한숨을 내뱉었다.

아크도 땅바닥에 앉아 근처의 강아지풀 비슷한 잡초를 흔들어 폰타의 마음을 끌려고 했지만, 별로 흥미를 보이지 않은 폰타는 꼬리만 살랑거릴 뿐 시선을 돌렸다.

아크는 폰타의 관심을 받지 못한 쓸쓸함을 치유하기 위해 시선을 전방에 펼쳐진 완만한 구릉지로 향했다.

구릉지로부터 까마득한 서쪽, 아크는 약간 안개가 낀 듯한 산의 능선이 북쪽에서 남쪽으로 이어진 모습을 바라보며 저게 리빙 산맥인가 싶었다.

다음 목적지인 랜드발트는 저 산맥 너머에 있다.

브란베이나에서 여행 경로를 자세히 들었을 때의 이야기로는 리빙 산맥 남단을 우회하듯이 뻗은 가도를 거쳐야 하는 모양이다.

전망이 좋은 이 일대는 전이마법을 쓰면 금세 거리를 좁힐 수 있듯이 보이기도 했다. 그러나 위협을 주는 마수가 적은 이 땅은 여기저기 마을과 밭이 있었고, 가도를 오가는 사람들도 나름대로 많아서 눈에 띄기 쉬웠다. 아크는 주위를 둘러보며 의외로 시간이 걸리겠다는 생각에 한숨을 내쉬었다.

"슬슬 가보기로 할까."

"그러죠."

아크의 말에 아리안도 동의하고 자리를 일어났다. 그러자 바위에서 햇볕을 쬐던 폰타도 알아차렸는지, 바람을 다루어 아크의 투구 위를 목표로 쓱 활공하여 얼굴에 달라붙었다. 폰타를 투구 위로 밀어 올린 아크는 길가에 둔 자루를 짊어지고 걷기 시작했다.

이번에는 남서쪽으로 향하는 가도를 나아갔다.

아크는 남의 시선이 없는지 확인하면서 【디멘션 무브】를 발동시켰다. 그리고 이따금 가도를 지나는 사람을 피하여 다른 장소로 전이하거나 잠시 가도를 따라 걸어가자, 어느덧 해 질 녘이 될 시간이었다.

주위의 경치는 여전히 한가로운 구릉지대가 이어졌지만, 점심 무렵에 서쪽 멀리 아른거렸던 리빙 산맥이 지금은 산기슭 근처까지 오면서 몹시 크게 느껴졌다. 머지않아 그 산맥도 저녁 해가 지는 방향이 아니라 북쪽에서 보였다.

오늘은 그 산기슭에 펼쳐진 숲 옆의 작은 도시에서 숙소를 잡아 하룻밤을 묵게 되었다.

제1.5장 아리안의 만취기

그 도시는 북쪽의 리빙 산맥과 산기슭에 펼쳐진 숲을 등진 채 가도에서 조금 벗어난 땅에 있었다.

방벽은 튼튼한 석조 양식이었고, 입구의 도시문은 멋진 보루를 갖추었다. 그러나 보초를 서는 위병이 겨우 두 명밖에 없어서, 멀리서 보기에는 왠지 쓸쓸하게 비쳤다.

도시에 들어가기 위해 위병에게 말을 걸자, 외투로 몸을 감싼 수상한 일행인데도 위병은 그 속으로 엿보이는 아크의 갑옷에 무척 놀라 당황하는 눈치였다. 그러더니 왠지 공손하게 도시로 들여보내 주었다.

가도 가까이 위치해도 평소에는 별로 여행자가 많이 지나다니지 않는 도시인지도 모른다.

일행은 아직 젊은 청년인 위병에게 도시에 있는 여관을 소개받고 그곳으로 발길을 향했다.

거리는 이미 해 질 무렵이어서 서둘러 집에 돌아가려는 인파가 잰걸음으로 스쳐 지났지만, 외지인인 아크와 아리안을 신기하게 여기는 듯이 가끔 힐끔거렸다.

위병이 소개해준 여관은 거리 중앙 부근의 광장과 접한 장소에 자리 잡았는데, 이 시간에도 여전히 오가는 사람이 많았다.

주변 건물들보다 훨씬 큰 그 여관은 아무래도 1층이 주점이었는지, 안에서 구수한 음식 냄새와 쾌활하게 떠드는 사람들의 목소리가 새어 나왔다.

아크가 여관의 낡은 나무문을 밀어젖히자 손님이 왔음을 알려주는 종소리가 실내에 조그맣게 울렸다.

문을 들어선 1층 주점 내에는 둥근 테이블이 몇 개 놓여 있었고, 그 테이블들을 둘러싼 남자 여러 명이 술잔을 손에 든 모습으로 유쾌하게 술판을 벌이고 있었다.

주점 안쪽의 카운터 너머 주방에는 바쁘게 움직이는 중년 남녀가 보였다. 그중 한 명인 풍채 좋은 아주머니는 앞치마로 손을 닦으면서 아크와 아리안에게 눈길을 던졌다.

그때까지 떠들썩하던 주점 안은 썰물이 빠져나간 듯이 조용해지더니, 보통은 좀처럼 보기 힘들 손님 두 명과 한 마리에게 자연히 시선이 모여들었다.

"어서 오세요!"

주방에서 냄비를 지켜보는 주인을 등지고 선 중년 여성이 힘찬 목소리로 일행에게 말을 걸며 웃었다.

아크는 서로 속닥거리는 남자들의 테이블 무리를 갑주로 돌바닥을 울리면서 가로질렀다. 그리고 주방 바로 앞에 설치된 카운터를 끼고 이 여관의 여주인인 듯한 그 여성을 상대했다.

"하룻밤 묵을 방을 두 개 부탁하겠소."

아크의 짤막한 주문을 들은 여주인은 익숙한 태도로 고개를 끄덕였다.

"그러지요. 저녁은 어쩌시려우?"

여주인의 물음에 아크는 술판을 벌인 남자들이 있는 주점을 돌아보았다. 아크를 신기한 듯이 바라보던 남자 몇 명이 허둥지둥 시선을 돌리며 손에 든 술잔을 입에 대었다.

"되도록 시끄럽지 않은 방에서 저녁을 먹고 싶소만, 가능한가?"

아크가 다시 여주인을 쳐다보자, 여주인은 아크의 외투 속으로 엿보이는 갑옷에 시선을 고정한 후 몹시 붙임성 좋은 미소를 띠었다.

"그게 사실 기사님한테 어울릴 만한 멋진 술을 얼마 전에 사들였는데, 여기 사람들은 싸구려 술만 마시지 뭐유. 혹시 그 술을 사준다면 방에서 잔치하든 뭘 하든 상관없는데, 어떻수?"

여주인은 옆에 놓인 작은 술통을 두드리며 웃었다. 여주인이 가리킨 그 술통은 일반적인 술통보다 상당히 작지만, 그래도 넉넉히 5L는 들어갈 정도다.

그때 아크와 여주인의 대화를 듣고 있던 술주정꾼 한 명이 그 말에 끼어들었다.

“그건 아니지이 주인 아주머니야. 우린 집사람한테서 싸구려 술을 마실 돈밖에 못 받으니까 그렇다고오~.”

그 한마디에 그동안 조용했던 주점에 웃음이 터져 나왔다.

아무래도 이 여주인은 자신의 복장을 보고 돈 씀씀이가 클듯한 상대라는 짐작에 흥정하려는 속셈이리라. 한적한 도시인 까닭인지 상인 정신이 굳센 여주인을 만나자, 아크는 무심코 미소를 흘렸다.

“흐음, 괜찮겠지. 그 술통 하나와 방 두 개의 숙박료는 이걸로 충분하나?”

여주인의 제안을 받아들이며 아크는 허리에 찬 가죽 주머니에서 금화 5개를 꺼내어 건네주었다.

“에엣, 이렇게나!? 잠깐 기다려봐요……. 어디 보자~ 5소크니까 거스름돈은――.”

금화를 건네받은 여주인은 살짝 눈을 휘둥그레 뜬 후, 거슬러줄 돈을 계산하기 위해 손을 꼽아 세었다. 아크는 여주인의 그런 행동을 손으로 제지했다.

지금은 일생에 한 번쯤 꼭 해보고 싶은 말을 써먹을 순간이리라.

“아닐세, 주인장. 거스름돈은 넣어두시오.”

아크는 오른쪽으로 얼굴을 비스듬히 기울인 45도 얼짱 각도에 이어, 약간 거드름을 피우듯이 그 말을 입에 담았다.

그러자 여주인은 더욱 놀란 얼굴로 손에 든 금화와 아크를 번갈아 비교하면서 두 눈을 크게 떴다.

민얼굴로 말하기에는 조금 낯간지러웠지만, 투구를 써서 그런 부끄러움도 없었다.

아크는 여주인에게 양해를 구하고 나서 눈앞에 놓인 작은 술통을 겨드랑이에 끼었다.

“주인장, 방은 어디를 쓰면 되나?”

아크가 멍하니 있는 여주인에게 숙소를 재촉하자, 여주인은 허겁지겁 카운터에서 나와 일행이 묵을 방으로 안내해주었다.

2층 안쪽에 자리 잡은 깔끔한 방이었다. 아크는 곧 저녁을 가져오겠다는 여주인에게 전부 이 방에 가져다주도록 부탁하고 문을 닫았다.

또 시끄러워진 아래층 주점의 떠들썩한 소리는 2층 안쪽의 방에서도 어렴풋이 들렸다.

“숙박료 정도는 내가 냈을 텐데……. 그런데 아크는 술도 마셔요?”

아까부터 뒤에서 줄곧 잠자코 있던 아리안이 잿빛 외투의 후드를 살짝 들어 올리고 그 안으로 엿보이는 황금색 눈동자를 아크에게 향했다.

“뭐, 당장은 쓸 돈이 쪼들리지 않아서 말이오. 오랜만에 맛보는 술도 나쁘지는 않겠지.”

아크는 돈 씀씀이가 큰 손님처럼 보이면, 자신들의 기분을 거스르지 않게 여주인이 괜한 간섭을 줄일 거라는 꿍꿍이도 있어서 팁으로 술값과 숙박비를 듬뿍 낸 것이다.

벌써 아크는 갑옷 차림으로 눈에 띄었기 때문에, 돈을 써서 시선을 끈다 한들 예상한 오차 범위 내이리라.

생활 기반을 갖추고자 돈을 벌 수단으로 용병이 되었지만, 최근에는 별로 돈이 부족하지 않다 보니 돈에 대한 집착이 조금 줄어든 경향이 있다. 또 오랜 세월 써온 지폐나 동전과 달리, 이곳에서는 어째서인지 돈을 쓴다는 실감이 딱히 나지 않는다는 점도 원인의 하나인 듯싶다.

이 부분은 좀 더 이 세계에 익숙해지면 인식이 다시 바뀔지도 모른다.

――게다가 이 세계의 술맛을 알고 싶다는 궁금점도 순수하게 있었다.

겨드랑이에 낀 술통은 향기로운 나무와 왠지 약간 별난 향이 서로 어우러지는 듯한 냄새를 풍겼다.

양적으로는 너무 많을지도 모르지만, 짐 자루에 넣고 다닐 정도는 아니다.

얼마 지나지 않아 아크는 여주인이 1층에서 나른 2인분의 저녁을 받은 후, 방문을 잠그고 식사 시간을 가졌다.

방 안의 테이블에 2인분의 식사를 늘어놓자, 비로소 아리안도 외투를 벗었다.

순백의 긴 머리를 살짝 흔든 아리안은 들러붙은 머리 모양을 손으로 매만지며 한숨을 내뱉었다.

아크도 투구에 올라탄 폰타를 천천히 내린 다음, 투구를 벗고 자리에 앉았다.

테이블에 올려진 식사는 엘프 마을의 음식보다 소박했지만 인간족의 여관에 나오는 식사 중에서는 상당히 괜찮은 편이었다.

메뉴는 채소류를 넣은 수프, 흑빵, 구운 고기 따위였다.

"그러고 보니 아리안 양은 술을 마시기도 하나?"

옆에 놓인 작은 술통을 테이블에 올리면서 아크는 맞은편 자리에 앉은 아리안에게 물었다.

그러자 아리안이 무엇 때문인지 울컥한 표정을 짓고 대답했다.

"마, 마시는 게 당연하잖아요! 봐, 봐요, 디엔트에서도 마셨잖아요!?"

아리안은 말을 더듬으면서도 황금색 눈동자를 옆으로 돌려 엉뚱한 방향을 쳐다보았다.

아크는 아리안의 반응에 고개를 갸웃거리며 디엔트에서의 일을 떠올렸다.

——사로잡힌 엘프족을 구출하기 위해 엘프 전사인 단카와 함께 디엔트로 잠입해서 야습 시간을 정할 동안 포장마차에 들렀을 적이었나. 확실히 그때 단카가 아리안 몫의 술

도 사다 주었다.

특별히 문제는 없겠다고 여긴 아크는 술잔 하나를 아리안에게 건넸다.

"그럼 오늘은 잠시 나하고 어울려 주겠소?"

아크는 갖고 있던 작은 술통의 마개를 뽑아서 아리안이 받은 술잔에 술을 부었다. 그러자 아리안은 술이 담긴 술잔을 가만히 노려보듯이 응시했다.

"……별로 술을 잘 마시지 못하면 무리할 필요는 없소만?"

아크가 아리안에게 조심스럽게 말을 걸자, 그녀는 손에 든 술잔을 고개를 젖히며 단숨에 들이켰다.

"난 어린애가 아니니까, 이쯤은 아무렇지 않아요!"

아리안은 다 마신 술잔을 난폭하게 테이블에 내려놓더니, 까칠하게 대꾸하면서 아크를 노려보았다.

"큥! 큥!"

이때 옆에서 폰타가 자기도 뭔가 달라면서 졸라대듯이 꼬리를 흔들며 짖었다.

"오오, 미안하구나. 폰타한테는 이 고기를 나눠주마."

아크는 테이블에 늘어선 저녁 메뉴 가운데 어떤 구운 고기를 나이프로 썰었다. 그리고 자른 고기를 다른 접시에 옮겨 담아 폰타의 눈앞에 두었다.

"큥☆"

접시를 본 순간 기쁘다는 듯이 짖은 폰타는 잘라낸 고기를 덥석 물었다.

그 모습을 지켜보면서 아크도 자신의 술잔에 작은 술통의 술을 따라 술 냄새를 맡았다.

독특한 향이 나는 그 술은 왠지 허브주 같은 향기를 풍겼다.

일단 한 모금을 입에 대자 특유의 쓴맛 속에 조금 향기로운 단맛이 코를 뻥 뚫었고, 목구멍을 흘러내린 술이 입안을 살짝 화끈거리게 하며 몸을 데웠다.

생각보다 알코올의 도수가 높은 술인 듯싶다.

약간 특이한 구석은 있어도, 마시는 데에 익숙해지면 비교적 중독이 될 법한 맛이다.

"으음, 미지근한 점만 참으면 맛은 나쁘지 않군……. 빙계 마법으로 차갑게 할 수 있을까?"

아크가 술을 음미하며 그런 감상을 내뱉자, 갑자기 눈앞에 술잔이 거칠게 놓였다.

"잠까안, 아크으! 놔한테도 한 잔 더 줘여어!"

"!?"

아크는 혀가 잘 돌지 않는 말투로 소리를 지른 아리안에게 놀란 나머지, 얼떨결에 그녀를 두 번이나 쳐다보았다.

방에는 엘프 마을의 마도구 램프와는 달리 조금 코를 찌르는 기름 램프밖에 없었다. 어슴푸레한 실내는 현대의 감각으로 말하자면 손전등 하나를 켠 수준의 밝기였다.

맞은편에 앉은 다크엘프 아리안은 옅은 자주색 피부를 지녔기도 해서, 그녀의 얼굴이 붉게 물들었는지 어떤지는 구별하기 힘들었다.

"이바여! 듣고 있어여어!?"

그러나 언제나 당당한 표정의 아리안이 지금은 황금색 눈동자를 반쯤 뜨고 아크를 노려보는 데다, 혀도 잘 돌지 않는 이상한 말투로 술주정을 부렸다.

"빠~알~리이~!!"

아리안은 두 눈으로 쏘아본 채 텅 빈 술잔을 들고, 아크의 얼굴을 이리저리 누르며 밀어붙이듯이 팔을 뻗었다.

작은 술통의 술이 알코올 도수는 높다고 하더라도, 위스키처럼 30도나 40도를 웃돌지는 않는다. 기껏해야 20도나 될까 말까 한 정도이리라.

더구나 아리안이 마신 양은 한 잔이다.

아무래도 아리안은 술이 별로 세지 않은 체질인 듯하다.

그나저나 디엔트에서 아리안이 술을 받기는 했지만, 그 술을 그녀가 실제로 마셨는지는 본 기억이 없었다. 혹시 그때 술을 마시지 않았던 걸까.

"아리안 양, 역시 더는 술을 마시지 않는 게 좋겠소."

아크가 테이블에 놓인 작은 술통을 뒤로 치우면서 아리안에게 이제 술을 그만 마시라고 넌지시 권하자, 그녀의 양손이 눈에 보이지도 않을 속도로 다가왔다.

한순간 허를 찔린 아크는 어이없이 아리안의 양손에 끼이듯이 두개골을 붙잡혔다.

"아크 주제에 견방지아요오~! 놔한테 술을 못 따르겠다는 고야아~!?"

눈을 반쯤 뜨고 무섭게 째려본 아리안이 목소리를 높이더니, 움켜잡은 아크의 두개골을 앞뒤로 격렬하게 흔들어댔다.

눈앞의 풍경이 크게 흔들렸고, 몸이 덜덜 떨렸다.

술을 마시는 자리에서 맨몸으로 이런 짓을 당했더라면 확실하게 오바이트를 했으리라.

"지, 진정하시오, 아리안 양. 왜 그렇게 날뛰는 거요?"

아크가 두개골을 움켜잡힌 상태로 아리안에게 말을 걸자, 그녀는 반쯤 뜬 황금색 눈동자를 가까이 대고 버럭 화를 냈다.

"날뛰어? 놜뛰긴 뉴가 날뛴댜고 구래여어!?"

아리안의 반쯤 뜬 황금색 눈동자가 눈앞까지 이르렀고, 술에 취한 그녀의 달콤한 한숨이 피부도 없는 두개골을 어루만졌다.

"규보다 아크……. 그 카시랴는 엘프의 말처럼, 인간족햐고 엘프족이 숀을 잡을 미래가 진짜루 온다고 생각해요오?"

시선을 살짝 내린 아리안은 아크의 손에서 낚아챈 작은 술통의 술을 술잔에 따른 후, 또 단숨에 들이켜 술내 나는 한숨을 내뱉었다.

아무래도 브란베이나에서 지내는 카시의 삶의 방식과 사

고방식을 접하고 느끼는 바가 있는 모양이다.

사로잡힌 엘프족의 구출이라는 임무를 짊어진 이상, 인신매매를 생업으로 일삼는 듯한 인간족을 상대하게 된다.

그럼 자연히 인간족에게 부정적인 관점으로 기울어지리란 사실은 이해가 가는 이야기다.

그러나 아리안은 이전에 디엔트에 동행했던 단카처럼 인간족을 부정적으로만 판단하는 느낌은 적었다.

호반의 슬럼에 사는 남매를 만나서 엘프족의 어린아이를 대할 때와 다름없는 태도를 내비쳤고, 인간인지도 모르는 수상한 아크 자신 같은 존재와 말을 나누기도 했다.

그렇게 생각하자, 카시와 아리안이 인간족을 상대하는 모습에는 의외로 공통된 부분이 많은 듯이 보이기도 했다. 그러나 아리안 본인으로서는 스스로 깨닫지 못한 점을 직접 목격한 기분이었는지, 약간 당황해하는 느낌도 들었다.

어쨌든 화제가 상당히 옆길로 샜다고 여긴 아크는 이야기의 조리나 순서가 뒤죽박죽인 술주정은 인간이든 엘프든 마찬가지라며 혼자 고개를 끄덕이더니 그 화제에 끼어들었다.

"아리안 양도 봐왔다시피 사람도 가지각색이오……. 모두와 그러지는 못해도, 누군가와 손을 잡을 미래가 있다면 그걸 믿어도 나쁘지는 않소."

아크 자신과 아리안이 협력 관계를 쌓은 것처럼——. 그렇게 말 바깥에 감춰진 뜻을 포함해서 아리안의 질문에 대답하자, 그녀는 조금 망설이는 듯한 황금색 눈동자를 아크에게 똑바로 향했다.

"……."

"게다가 나 역시 이래 보여도 일단 인간족이지 않나?"

아크는 아리안이 품은 작은 술통을 되찾아, 자신의 술잔에 술을 부어 들이켰다.

"며~가 인간족이에여……. 아크는 어뜨케 뱌도 인간으로는 안 보이는데……."

붉게 물든 얼굴을 아크에게 쓱 들이민 아리안은 여전히 매섭게 노려보는 눈초리로 쏘아붙이면서 아크의 두개골을 사정없이 자꾸 두드렸다.

아무래도 아크는 아리안의 마음속에서 인간족의 범주에 들어가 있지 않은 듯싶다.

"머릿속이 텅 빈 해골 주제에 견방지다요오~. 그런 건 냐도 아라요, 이 해골 대가리이~!"

아래층의 떠들썩한 주점에 지지 않을 정도로 큰소리를 지른 아리안은 테이블 위에 놓인 고기를 힘차게 물어뜯었다.

"우~!! 사람족이랑 엘퓨족이 손을 맞잡댜니, 느긋한 얘기네요. 나 참!"

확실히 그럴지도 모르지만, 그야말로 느긋하게 준비해서 작은 것부터 쌓아나갈 수밖에 없다. 더구나 이런 일은 뜻밖에 뭔가 계기가 생기면 급물살을 타기도 하는 법이다.

——그러나 그 반대의 경우에도 또 그렇다.

아리안은 푸념을 늘어놓으면서도 다른 고기를 찾아 테이블에서 포크를 갈팡질팡했다. 그 모습을 본 아크가 접시의 고기를 포크로 푹 찌르자, 아리안이 반쯤 뜬 짐승 같은 눈으로 아크를 날카롭게 째려보며 빈틈을 노렸다.

황금색 눈동자와 눈구멍 속에서 흔들리는 푸르스름한 불꽃이 테이블을 가로질러 뒤얽혔다.

비좁은 숙소의 실내에 전투를 앞둔 긴장된 공기가 한 발 한 발 자욱이 끼기 시작했다.

"난 당연히 엘프족은 채식주의자라고 생각했소만……!?"

"머에여, 그 말됴 안 되는 편견은!? 잎사귀만 먹고 전사 뇨릇은 못 한다구여."

닥쳐오는 아리안의 포크를 막은 아크가 고기를 자신에게 끌어당기려는 찰나——그녀의 다른 한쪽 손에 쥐어진 나이프가 번쩍이더니, 포크에 찍힌 고기를 베어 날렸다.

그 고기는 허공에 떠올랐고, 아크와 아리안의 포크가 테이블 위에서 뒤엉키며 불꽃을 튀었다.

"후후후, 평소와 다르게 폭식하면 몸을 망가뜨릴 거요…… 아리안 양."

"걱정은 됐네여. 당신이야말로 고기를 주지 않겠다몬 술이라도 내나여……."

아크와 아리안은 포크를 들고 치열한 싸움을 벌이는 한편 상대방을 견제하는 말을 내뱉으며 얼굴을 들이댔다.

"큥☆"

그러나 그 둘의 추한 싸움을 비웃는 것처럼 한 마리의 초록색 털뭉치가 공중의 고기를 멋지게 입에 물자마자, 구석으로 달려가서 전리품인 고기를 맛있다는 듯이 볼이 미어지도록 넣었다.

"헛, 폰타!?"

"아, 폰타!?"

그 괘씸한 짓을 뒤늦게 알아차린 두 남녀의 목소리가 겹쳐졌다.

다시 황금색 눈동자와 눈구멍 속에서 흔들리는 푸르스름한 불꽃이 뒤얽혔다.

"아리안 양, 양보하는 정신을 가져야 하오. 우리는 함께 양보하는 법을 배워야 하네."

"규러네여, 둘이 싸워서는 아무것됴 만들어내지 못해여."

서로에게 화해의 말을 건네는 둘 사이에서 포크 끝이 엉켰다.

"후후후……."

"후후후……."

아크와 아리안은 저마다 뻔뻔한 미소를 흘렸다.

"이런! 폰타!?"

불쑥 꺼낸 아크의 말에 아리안이 반사적으로 폰타의 모습을 찾으려고 시선을 돌렸다.

"가져가겠소, 아리안 양!"

빈틈을 노린 아크가 테이블 위에 남은 고기를 향해 포크를 뻗었다.

"어셜푸군여, 아크!"

그러나 그 말과 더불어 아리안이 갑자기 실내에 일으킨 돌풍이 정면에서 불어닥쳤다.

"이보시오, 마법이라니 비겁하지 않소!"

"먼저 쇽인 아크한테 규런 말은 듣기 싫녜여!"

아리안의 손에는 어느새 아크가 겨드랑이에 낀 작은 술통이 들려 있었다. 아크는 무심코 자신의 옆구리와 작은 술통을 두 번이나 번갈아 쳐다보았다.

"슈비가 약하다고여어, 아크!"

약간 의기양양한 표정을 지은 아리안이 그녀의 풍만한 가슴을 젖히며 말했다.

"서두르지 마시오, 아리안 양! 술을 더 마셔서는 안 되네!"

아크의 진지한 호소도 지금의 아리안에게는 닿지 않는 듯했다.

이미 가벼워지기 시작한 작은 술통을 기울인 아리안은 그대로 술을 마시려는 눈치였다.

당황한 아크는 어떻게든 아리안을 말리기 위해 애썼다.

두 남녀가 술과 고기를 놓고 다투는 가운데, 폰타는 홀로 상관없다는 듯이 남은 고기를 느긋하게 먹어치웠다. 그러더니 몸을 동그랗게 말고 새근새근 숨소리를 내면서 잠들었다.

아크는 좀 더 시간이 지난 뒤에야 술에 잔뜩 취한 아리안을 꼼짝 못 하게 할 수 있었다.

"어젯밤은 꽤 격렬했나 보구려."

이튿날 아침, 아크는 여관의 여주인에게서 듣기에 따라서는 뭔가 오해를 살 만한 말을 듣고 고개를 숙였다.

어제는 여관의 숙소에서 상당히 날뛰었지만, 오히려 아직도 방이 원래 모습을 온전히 지킨다는 사실을 칭찬받고 싶을 정도였다.

아무래도 아리안은 심한 술주정 버릇을 가진 모양이다.

반면에 아크는 술을 마셔도 취하지 않는 몸이다. 전날 둘이서 서로 빼앗다시피 술을 마셨는데도 생각이 둔해지기는 커녕 숙취도 없었다.

술맛을 즐기기에는 좋을지도 모르지만, 눈앞에서 즐겁게 웃으며 술을 마시던 아리안의 모습이 조금은 부러워 보였다.

앞서가는 아리안에게 시선을 옮기자, 아크의 눈길을 알아차린 아리안이 잿빛 외투 속에 드러난 어두운 얼굴로 뒤돌아보았다.

"우으…… 머리 아파……. 어제, 내가 실수한 거 있나요?"

약간 두통이 오는지, 아리안은 관자놀이를 누르면서 쥐어

짜내듯이 물었다.

——다음부터 술을 마실 때는 혼자 마시는 게 안전할 듯 싶다.

아크는 불안한 발걸음을 취하는 아리안을 보고, 앞으로 그녀와 어울릴 때의 주의 사항을 마음에 새겨두었다.

제2장 엘프 신부

다음 날은 어제와는 달리 공교롭게도 흐린 하늘이 펼쳐져 있었다.

아침 일찍 도시를 떠나 서쪽 가도를 죽 나아가자, 이윽고 완만한 구릉 너머로 드넓은 바다가 보였다. 흐릿한 하늘의 영향으로 약간 음울한 색을 띤 바다였지만, 경치에 변화가 생기자 조금은 기분이 좋아진 듯하다.

“겨우 바다로 나왔군.”

아크는 허리에 손을 얹고 한숨을 내뱉었다. 투구 위의 폰타는 바다에서 언덕으로 불어오는 바람을 타고 능숙하게 떠오르며 대해를 바라보았다.

아크가 뒤를 돌아보았더니, 안색이 나쁜 아리안이 비틀거리면서 따라왔다.

“아리안 양, 기분은 여전히 나아지지 않았소?”

몸 상태가 별로인 듯한 아리안에게 말을 걸자 그녀는 관자놀이를 누르며 가까운 곳의 바위에 걸터앉았다. 그리고 짐 속에서 꺼낸 물통의 마개를 뽑은 후 물을 들이켰다.

“아크의 해독마법 덕분에 꽤 편해졌어요……. 고마워요.”

아리안은 전날 저녁에 술을 마셨을 때의 일은 대부분 잊고, 얼마 안 되는 기억의 단편만 남았을 뿐이어서 자신이 무슨 말을 했는지도 떠올릴 수 없었다.

일단 아크는 숙취에 들을지 어떨지 몰랐지만, 승려직에 있는 해독마법을 시험 삼아 사용했는데 아무래도 효과를 나타낸 듯싶었다.

아크가 다시 시선을 눈앞의 드넓은 바다로 옮기자, 바위에서 일어난 아리안이 곁에 나란히 선 채 똑같이 언덕 앞쪽의 대해를 바라보았다.

“나도 이쪽 바다에 와보기는 처음이에요…….”

후드를 벗은 아리안은 바닷바람에 새하얀 머리를 나부끼면서, 살짝 감탄한 목소리로 중얼거리고 눈을 가늘게 떴다.

바람을 쐬어 기분이 한결 상쾌해졌으리라. 아리안의 안색은 거의 원래대로 돌아와 있었다.

“여기서부터는 바닷가를 따라 북쪽으로 올라가면 된다고 했나?”

바다에서 시선을 뗀 아크는 북쪽을 향해 눈길을 돌렸다.

어느 정도의 거리를 북상해야 할지는 알 수 없지만, 점심을 지날 무렵에는 랜드발트에 도착할 터다.

다만 바닷가 근처에도 마을이나 도시가 많은지, 가도에서는 사람들과 번번이 스쳐 지났다. 그 때문에 이곳에서도 선

불리 【디멘션 무브】를 쓰지 못할 듯하다.

가도를 좀 벗어난 장소에서 아크는 주위의 시선을 확인하며 【디멘션 무브】를 이용해 나아갔다. 평소의 이동속도에 비해 몹시 느렸지만, 계속 걷는 것보다는 빨랐다.

그러나 남의 눈을 피해 이동하면 마찬가지로 남의 눈에 띄지 않도록 행동하는 무리와 마주칠 확률이 높아지는 모양이다.

북쪽으로 향하는 도중에 목격한 언덕 능선을 따라 내려온 주변. 관목과 덤불이 시야를 덮은 가운데쯤에 여러 사람이 모여 있었다. 아니, 소수의 인원을 다른 많은 사람이 에워싸고 서로 무기를 들어 견제하는 광경이 보였다.

한복판에 둘러싸인 5인조는 다들 젊은 남자였는데, 가죽 갑옷이나 금속제 경갑 등의 복장으로 무장한 용병 같았다. 그들은 저마다 손에는 방패와 검을 들고 사방을 살폈다.

한편 그 젊은이들을 포위한 십여 명의 남자들 역시 지저분한 옷차림이었다. 가죽 갑옷이나 넝마 조각 비슷한 외투를 걸친 자에 이르기까지 가지각색인 이 남자들은 손에 쥔 무기를 과시하며 빈틈을 노렸다. 도적으로도 용병으로도 보인 까닭에 판단하기 난감했다.

두 세력의 모습이나 태도를 보건대 둘러싸인 이들은 풋내기 용병의 인상을 풍겼고, 에워싼 자들은 노련한 무뢰배의 분위기를 비쳤다. 입가에 엷은 웃음을 띤 채 값을 매기는 듯한 시선을 보내는 짓거리는 도적으로밖에 여겨지지 않았는데, 아마 틀림없으리라.

외투를 깊숙이 뒤집어쓴 아리안이 후드 속의 어둠 속에서 황금색 눈동자를 반짝이며 눈짓으로 물었다.

요컨대 무시하고 갈지, 아니면 끼어들지 묻는 것이다.

이 자리에서 보이는 반대편 언덕으로 전이하여 그대로 지나칠 수도 있지만, 전혀 상관하지 않기에는 조금 찝찝한 마음이 드는 것도 확실하다. 여성이나 어린아이가 습격을 받으면 두말할 필요 없이 도와줄 텐데, 구질구질한 남자들을 구해주는 일은 왜 이토록 귀찮게 느껴지는 걸까.

정확한 사정을 모르는 아크의 입장에서는 너무 극단적인 개입은 피하는 게 좋으리라. 그런 결론을 내린 아크는 투구 위에 달라붙은 폰타의 목덜미를 살며시 집어서 아리안에게 맡겼다.

"큥?"

아리안은 흔들흔들 드리워지는 폰타를 기쁜 표정으로 꽉 껴안더니, 폰타의 머리와 목을 어루만지고 만족스러운 미소를 지으면서 외투의 후드를 다시 깊숙이 눌러썼다.

그 자리에 짐을 놓은 아크는 비교적 부드럽게 말을 걸기 위해 목 상태를 조절하듯이 헛기침을 한 번 내뱉었다.

"엇흠, 아~~. 그럼 잠시 다녀오겠소."

언덕의 경사면을 가뿐히 달려내려 간 아크는 아직 자신의 존재를 알아차리지 못한 두 무리에게 애써 밝은 목소리로 외쳤다.

“어~이, 미안하네만 길을 좀 묻고 싶은데~?”

긴박하고 무척 얼어붙은 분위기 가운데 느긋하게 말을 건 게 잘못이었을까——모든 이의 시선이 일제히 아크에게 모이고 나서, 곧바로 도적 집단 중 한 명이 고함을 질렀다.

“이 새끼들! 동료가 있었던 거냐!!”

아무래도 긴장감을 끊으며 느닷없이 난입한 아크도 표적의 범위 내에 들어간 듯하다.

남자의 성난 목소리와 동시에 용병들을 포위한 도적 집단에서 두 명이 뛰쳐나왔다. 아크를 향해 달려온 도적 둘은 손에 든 무기를 휘둘렀다. 흔한 무구점에서 파는 평범한 검이고, 딱히 날이 날카롭지도 않은 무기다.

그 사실을 증명하듯 아크는 도적들이 휘두른 그 검을 방패로 막는 대신 외투 속에 걸친 갑옷의 토시로 받아냈지만 아무 통증도 느낄 수 없었다. 신화급 방어구인 『벨레누스의 성스러운 갑옷』을 흠집 낼 만한 무기는 그리 쉽게 보지 못하리라.

“뭐야!? 이 자식, 전신 갑주잖아!”

아크가 검을 아주 간단히 팔로 막아내자, 깜짝 놀란 남자는 아크의 걷어 올려진 외투 속을 확인하고 분노를 터뜨렸다.

또 한 명의 남자는 그 모습을 보고 공격을 베기에서 찌르기로 바꾸었는지, 갑옷의 틈새를 노리기 위해 아크의 뒤쪽으로 돌아서 다가왔다.

아크는 그러는 동안 자신의 토시에 닿은 검을 끌어당기려고 한 남자의 칼날을 움켜잡아, 힘을 주어 산산조각냈다.

"아아!! 내 검이이!!"

남자는 검이 부서진 충격으로 놀라기에 앞서 비통한 표정을 띄우며 울부짖었다. 아크가 그 남자의 턱에 주먹을 꽂아넣자, 그는 흰자위를 드러낸 채 몸을 젖히고 쓰러졌다.

"빌어먹을 새끼가!!"

그때를 틈타 다른 남자 한 명이 욕지거리를 내뱉으면서 아크에게 파고들더니, 손에 든 검으로 투구와 갑옷의 목덜미 사이를 겨누어 힘차게 내찔렀다. 그 찌르기를 아무렇게나 움켜쥔 아크는 검째로 끌어당긴 남자의 얼굴에 투구로 박치기를 먹였다.

둔탁한 소리를 내며 코피를 쏟은 남자는 검을 떨어뜨리고 땅바닥에 쭈그려 앉아 신음했다.

아크의 장비를 보는 순간 재빨리 전투 방법을 바꾸는 점은 조금 노련한 놈들 같았다.

"나로서는 좀 더 원만하게 처리할 셈이었는데……."

아크는 쓰러진 남자 두 명을 내려다보고 한숨을 내쉬었다.

시선을 든 아크가 도적들에게 둘러싸인 젊은 용병 남자들을 보자, 자신들을 에워싼 무리로부터 집요한 공격을 받으면서도 서로 등을 맞댄 진형을 이용하여 검과 방패로 공세를 가볍게 받아넘겼다.

젊기는 해도 나름대로 실력을 갖춘 듯싶었다.

반면에 생각보다 고전을 면치 못하는 도적 남자들은 초조한 기색을 비치기 시작했지만, 젊은 용병 남자들도 점차 악화하는 상황이 틀림없었다. 아크는 치킨 레이스를 벌이는 공방 속에서 도적들을 살짝 흔들어보고자 다시 말을 걸었다.

"미안하네만 내 상대를 해주던 이들이 없어졌는데?"

그 말에 모두의 의식이 또 아크를 향했다.

도적 남자들이 어떻게 대처할지 판단하느라 잠시 머뭇거리는 와중에 몇 명은 시선을 갈팡질팡했다. 그 틈을 노렸는지 포위당한 젊은 용병들은 미리 짠 듯이 단숨에 공세로 나섰다.

도적 남자 한 명은 손가락을 잘려서 무기를 놓쳤고, 다른 도적 한 명은 방패로 얻어맞아 그 자리에서 의식을 잃었다. 더욱이 추가로 한 명은 한쪽 눈을 베여서 뒤로 물러났다.

과연 나이는 많지 않아도 전투를 생업으로 삼을 만한 능력은 있었다. 한순간에 허를 찌른 공방의 반전과 연대를 이룬 젊은 남자들은 역시 노련한 용병이라는 느낌을 주었다.

그에 반해 젊은 용병들을 에워쌌던 여덟 명의 도적은 두 명이 전투불능이 되었고 한 명은 눈에 띄게 전의를 잃었다. 순식간에 인원수의 이점이 무너진 도적 집단은 천천히 엉거주춤하게 뒷걸음질 쳤다.

그러나 젊은 용병들은 이 좋은 기회를 놓칠 수 없다는 듯이 눈앞의 상대를 표적 삼아 시선으로 견제했다. 젊은 용병 다섯 명이 저마다 도적들을 공격하자, 운 좋게 표적에서 벗어난 도적 한 명이 등을 보이고 그 자리를 도망치려 했다.

다만 세상일은 그렇게 마음대로 되지 않는다——.

"*하지만 가로막히고 말았다."

아크는 그 도적 남자 앞에서 양손을 크게 좌우로 벌려 진로를 막았다. 그리고 어딘가에서 들어본 말을 내뱉으며 약간 허리를 낮춘 자세를 취했다.

달아나려던 도적 남자는 발걸음을 곧 멈추더니, 눈앞에 나타난 2m 이상의 갑옷 기사인 아크를 올려다보고 초조한 표정을 지었다.

그러나 포기하지 않은 도적 남자는 이번에는 옆으로 빠져나가려고 했지만, 아크가 다시 잽싸게 한발 앞서 움직였다.

"하지만 가로막히고 말았다."

아크는 도적 남자를 막아서면서 같은 말을 기계적으로 외웠다.

도적 남자의 얼굴이 초조함에서 비통함으로 바뀌었다. 강적을 마주쳤는데 달아나지도 못하는 괴로운 심정은 RPG계에서 어떤 의미로는 잘 이해할 수 있는 시추에이션이기는 하다.

---

*일본의 콘솔 게임 '드래곤 퀘스트' 시리즈에서 플레이어가 전투 중 도망에 실패하면 나오는 메시지.

우연히 맞닥뜨린 강적을 피하지 못해서 누구나 맛보는 절망적인 상태——그 직전에 세이브를 하지 않은 자신을 향한 질책과 후회.

"그래도 현실에 세이브 따위는 없다!!"

아크가 비통한 얼굴의 도적 남자에게 세계의 이치를 말하자, 그의 표정이 달라졌다.

현실에서 그런 상황에 부닥치면 인간의 행동은 양자택일로 좁혀지는 일이 많다——단념하든지 승부에 나서든지 둘 중의 하나를 선택하게 된다.

눈앞의 도적 남자는 승부에 나서기로 한 듯싶다.

"비키라고오오오오오오오!!"

도적 남자는 무기를 마구 휘두르며 일직선으로 돌진해왔다. 죽기 아니면 살기 또는 자포자기 같았지만, 도적 남자의 그 단순한 움직임을 피하기란 강화된 반사신경과 운동능력만으로도 충분했다.

무기를 든 도적 남자는 헛손질을 했고, 커다란 빈틈이 생긴 그의 턱에 주먹을 꽂아 넣기 무섭게 간단히 뻗었다.

젊은 용병들에게 시선을 돌리자, 마지막 도적 한 명이 무기를 버리고 투항하는 참이었다.

쓰러진 도적 남자들은 젊은 용병들에게 차례차례 밧줄로 묶였는데, 아크를 부모의 원수라도 대하듯이 노려보았다.

그러는 와중에 용병 청년 한 명이 아크에게 다가와서 한쪽 무릎을 꿇고 머리를 숙였다.

“기사님, 이렇게 도움을 줘서 진심으로 감사드립니다. 덕분에 무사히 도적들을 붙잡을 수 있었습니다.”

용병 청년은 그 자세로 조금 전에 아크가 끼어든 일에 고마움을 나타냈다. 보아하니 저 집단은 진짜 도적이었던 모양이다.

“나는 그저 평범한 용병일 뿐이오. 그처럼 예를 갖출 필요도 없네.”

아크의 대답에 용병 청년은 믿어지지 않는다는 표정을 지었다. 그리고 아크의 외투 틈으로 엿보이는 갑옷을 위에서 아래까지 훑어본 후 뒤쪽 언덕 위의 아리안에게 눈길을 고정했다. 뭔가를 이해했다는 듯이 고개를 끄덕인 용병 청년은 자리에서 일어나 아크에게 시선을 돌렸다.

“그렇습니까, 실례했습니다. 소개가 늦었군요, 저는 이들을 이끄는 액스라고 합니다. 도움에 거듭 감사드립니다.”

아무래도 아크를 미복 차림의 고귀한 신분으로 여긴 것일까. 부담스러운 태도를 고치기는 했어도 말투는 여전히 정중했다.

젊은 용병이었지만, 상당히 착실한 교육을 받은 듯했다.

“죄송합니다만, 이번에 붙잡은 도적들의 신병은 저희에게 맡겨주지 않으시겠습니까? 물론 사례는 확실히 하겠습니다.”

액스는 동료 용병들이 바닥에 나뒹구는 도적들을 구속하

는 풍경을 바라보면서 아크에게 부탁하듯이 머리를 숙였다.

"우리는 어쩌다 지나가는 길이었소. 주제넘은 짓을 할 마음은 털끝만큼도 없네."

"네, 괜찮으시겠습니까? 녀석들을 랜드발트로 데려가면, 노잔의 노예 상회에서 알맞은 값으로 사들일 텐데요?"

아크의 말에 액스는 약간 의외라는 표정으로 고개를 갸웃거렸다.

노예 상회가 있다면 수인이나 엘프를 제외하고 노예 후보에 제일 먼저 오르는 대상은 범죄자들이리라. 그다음은 빚을 진 자나 미납세자 정도일까?

"흐음, 그 노잔이라는 노예 상회에서 도적 모두를 사들이는 건가?"

"아뇨, 노잔은 이곳 부르고만을 낀 맞은편 기슭에 있는 왕국의 이름입니다. 다만 그 나라의 노예 상회가 최근에 대량의 범죄자를 사러 배를 타고 랜드발트에 와 있습니다."

액스는 눈 앞에 펼쳐진 바다를 가리키며 노잔 왕국의 해설을 곁들여주었다.

범죄자 노예는 대량으로 사들여도 일반 가정에서는 별로 쓸 곳이 없을 것이다. 더구나 언제 주인에게 엄니를 드러낼지 모르는 노릇이다. 평범하게 생각하면 국가가 진행하는 공공사업이나 영주 밑에서의 영지 개발 또는 탄광 채굴 등 강제 노동에 쓰는 게 가장 타당하다고 할까.

범죄자 노예가 한 명당 얼마에 팔리는지 알 수 없지만, 그다지 비싼 가격은 아니리라.

"뭐, 어쨌든 우리는 사양하도록 하지. 그럼 이쯤에서 헤어지도록 하세."

아크는 액스에게 다시 노예 매각의 사례를 거절하고 작별 인사를 나누었다.

"감사합니다!"

등 너머로 손을 흔든 아크는 언덕에서 폰타와 장난치는 아리안에게 돌아갔다.

"아리안 양, 오래 기다렸소. 길을 서두르도록 하지."

아크가 아리안이 폰타와 코를 맞대고 눈싸움을 하는 중에 말을 걸자, 그녀는 폰타를 안은 채 일어났다.

"도적이었어요?"

"그런 듯하더군."

아크는 발밑에 놓인 자루를 짊어지면서 아리안의 물음에 짤막하게 대답한 후 랜드발트를 향해 발걸음을 옮겼다.

하늘로 시선을 돌리니 조금 전보다 구름이 두꺼워져서 약간 어슴푸레했다.

"한바탕 비가 쏟아질지도 모르겠소……."

"그러네요, 랜드발트에 도착하면 먼저 숙소를 찾는 게 좋겠어요."

아크가 수상한 날씨를 걱정하여 중얼거리자, 아리안도 하늘을 올려다보고 동의했다.

그때부터 살짝 빠른 걸음으로 【디멘션 무브】를 병행해서 나아갔다. 머지않아 몇 개의 언덕 능선을 넘은 곳, 기슭이 완만하게 경사진 들판에 펼쳐진 커다란 도시가 눈 아래로 보였다.

해안 근처에 펼쳐진 그 도시는 바다와 이어지는 커다란 이중 수로로 둘러싸였다. 수로는 꽤 폭이 넓어서, 노를 젓는 작은 배가 오가는 장면도 시야에 들어왔다. 그 주위에는 방벽도 쌓아 올렸지만, 5m 정도의 방벽은 다른 도시에 비해 딱히 높은 편은 아니었다.

바닷가에는 큰 항구를 지었는데, 멀리에서도 몇 척의 선박이 정박한 모습을 볼 수 있었다. 또한 먼 바다를 지나다니는 배의 그림자는 활기에 찬 도시의 실상을 대신 이야기해 주었다. 다만 너무 큰 배는 없었고, 주로 중간 크기에서 작은 배만 눈에 띄었다.

언덕에 펼쳐진 밭의 초록색과 바다의 푸른색 사이에 낀 랜드발트의 거리는 지붕이 불그스름해서 몹시 풍부한 변화를 지닌 경치를 자랑했다. 그러나 안타까운 사실은 우중충한 날씨 탓에 원래는 화려한 색채를 띠어야 할 거리가 칙칙하게 보인다는 점일까.

일행은 도시에 가까워질수록 랜드발트를 드나드는 사람

들이나 짐들과 잇달아 스쳐 지났다.

아크와 아리안도 도시로 들어가는 남쪽 도시문의 긴 행렬 뒤에 줄을 섰다. 커다란 수로를 가로질러 걸쳐진 멋진 석교를 행렬을 따라 느릿한 걸음으로 건넌 일행은 출입세를 내고 비로소 랜드발트에 들어왔다.

사람들과 마차들이 분주하게 다니는 떠들썩한 거리는 잔뜩 흐린 하늘을 어딘가에서 부는 바람처럼 느껴지도록 할 만큼 활력에 넘쳐 있었다. 거리 자체도 비교적 새로운지 돌벽은 아직 깨끗한 건물이 많았지만, 그 사이를 누비듯이 사방으로 뻗어 나간 골목은 약간 어수선한 분위기를 풍겼다.

또 안쪽 깊숙한 골목에는 땅바닥에 주저앉거나 누더기를 몸에 두른 사람들도 적지 않았다.

빈부의 격차가 극심한 걸까, 치안은 별로인 듯한 모습도 여기저기 보였다.

대로를 나아가자 바로 앞의 광장에 우뚝 솟은 커다란 건조물이 눈에 들어왔다.

건물 주위에는 노점이 늘어섰고, 활짝 열린 출입구를 많은 사람이 드나들었다. 여러 상점이 즐비한 건물 안에서는 손님들이 상품을 비교하며 물건을 샀다.

아무래도 상설 시장인 듯한 그 건물은 깔끔한 백화점 같았다. 그동안 거쳐온 도시에서는 볼 수 없었던 형식의 시장이었지만, 아크의 관점에서 말하자면 익숙해지기 쉬웠다.

그런 시장에 늘어놓은 온갖 식품의 잡다한 냄새를 맡은 폰타가 흥미를 느낀 듯이 아리안의 품속에서 코끝을 바쁘게 벌름거렸다.

"잠시 저곳에서 길을 물어보도록 하지."

아크가 시장 주변에 차려진 가게 한 채를 가리키고 아리안을 쳐다보자, 그녀는 동의하듯이 고개를 끄덕였다.

풍채 좋은 중년 남자가 노점을 꾸려 나가는지, 그는 손뼉을 치며 손님을 끌어들였다. 노점에서 파는 물건은 오렌지 비슷한 과일을 짜내어 만든 주스인 듯싶었다. 다만 과즙 색이 몹시 붉었다.

"미안하지만, 두 잔 부탁하네."

"예이, 감사합니다! 2세크입니다."

미소를 띤 노점 주인은 옆에 놓인 과일을 집더니 압착기를 꺼냈다.

"은화 두 개인가? 꽤 비싸군."

"그렇지 않습니다, 기사님. 컵을 돌려주면 반값에 드립니다요."

노점 주인은 과일을 반으로 자른 후 압착기로 짜낸 과즙을 나무컵에 옮겨 담았다.

아무래도 나무컵의 요금을 포함한 가격인 듯했다.

"좀 묻겠네만, 영주의 저택이 어딘지 아나?"

"영주님의 저택이요? 거기라면 이 시장 앞의 대로를 지나서 제1 수로 너머의 길을 따라가시죠."

노점 주인은 과즙을 부은 컵에 하나씩 짚을 넣어 아크에게 건네주었다. 짚은 빨대 대신이리라. 아크는 은화 두 개를 내고 나무컵을 받았다.

"영주님의 저택에 볼일이 있는 걸 보니, 소문의 신부를 만나러 오신 겁니까?"

"소문의 신부?"

아크가 컵 두 개를 든 채 고개를 갸웃거리자, 노점 주인은 뜻밖이라는 표정을 지었다.

"네? 저는 당연히 영주님의 부인이 된 엘프 신부를 만나러 오신 줄 알았는데……."

노점 주인의 대답에 아크와 아리안은 동시에 서로 얼굴을 마주 보았다.

역시 아리안도 놀랐는지 두 눈을 휘둥그레 떴다. 곧이어 흘러내릴 뻔한 후드를 허둥지둥 눌러썼다.

"주인장, 그 얘기를 자세히 듣고 싶네."

"네에, 알겠습니다. 한 달 전쯤이었죠. 영주님이 근처의 다른 영주님들을 불러서 결혼식을 올리신 모양이더군요. 마차를 타고 사람들 앞에 모습을 드러냈을 때 저도 얼핏 봤지만, 정말 아름다운 분이셨답니다."

당시의 광경을 떠올렸는지, 팔짱을 낀 노점 주인은 계속 고개를 끄덕이며 엉뚱한 방향에 시선을 던졌다.

"목에 무언가 채우지 않았나요? 예를 들어 금속물이라든지——."

감상에 젖은 노점 주인에게 아리안이 한 걸음 다가가서 물었다.

아마 『마나바이트컬러(식마의 목걸이)』를 짐작한 질문일 것이다. 마나바이트컬러는 마법을 마음먹은 대로 쓸 수 없게 만드는 마도구다. 마법 능력이 뛰어난 엘프의 전투력을 극단적으로 낮추는 까닭에, 지금까지 사로잡힌 엘프들은 모두 이 마도구를 차고 있었다.

"아뇨, 그런 건 목에 걸치지 않았는데요? 머리치장은 화려하게 했습니다만."

고개를 갸웃거린 노점 주인은 다시 기억을 더듬으며 말했다.

아리안은 대체 어찌 된 영문이냐는 듯이 눈을 크게 뜨고 신음했다. 그러나 아크는 딱히 이상하다는 생각은 들지 않았다.

이웃 영주들과 주민들 앞에서 그처럼 투박한 금속 목걸이를 하고 결혼식을 올렸다면, 너무 눈에 띄어서 오히려 주위로부터 수상하게 여겨졌을 게 뻔하다. 그럼 다른 수단으로 협박해서 말을 듣게 했거나 엘프 여성이 본인의 의지로 혼인 관계를 맺었거나 그 둘 중의 하나일까.

"혹시 결혼한 영주의 이름이 룬데스 드 랜드발트였소?"

그 인물은 엘프족을 거래한 매매계약서에 적힌, 디엔트의 인신매매 조직으로부터 엘프족을 사들인 자였다.

그러나 노점 주인의 대답은 전혀 의외였다.

"그건 전(前) 영주님인데요? 결혼한 분은 아들인 페트로스 님이십니다."

"영주가 바뀌었나?"

"네, 한 달 전쯤에요."

그 대답을 들은 아크와 아리안은 또 서로의 얼굴을 마주 보았다.

시장의 어느 광장 구석.

아크는 과즙 주스를 담은 나무컵 하나를 아리안에게 건네주었다. 잠자코 나무컵을 받은 아리안은 짚을 입에 물었다.

아크도 아리안을 따라 투구 틈새를 통해 속이 빈 짚으로 주스를 빨아올렸다.

미지근하지만 새콤달콤한 그 독특한 과즙은 오렌지 주스와 몹시 닮았으면서도 약간 신맛이 강했다.

——짚 빨대라니, 갑옷을 벗지 않고도 마실 수 있어서 편하군.

"방금 그 얘기, 진짜 같아요?"

아크처럼 짚 빨대로 주스를 마시던 아리안이 먼저 입을 열었다. 폰타는 아리안의 품에서 필사적으로 나무컵의 내용물을 확인하려는 눈치였지만, 꽉 껴안긴 채 꼼짝달싹도 못했다.

그러고 나서 일행은 다른 노점의 주인이나 근처에 있던 주민에게도 영주의 결혼식 이야기를 묻고 다녔는데, 다들 비슷비슷한 대답을 해주었다.

“엘프를 샀으리라 의심스러운 인물은 전 영주이고, 팔려온 엘프는 현 영주의 부인이 된 건가.”

아크는 조금 전까지 들은 이야기를 간추리며 중얼거렸다.

결국 이번 결혼이 억지로 이루어졌는지, 또는 본인의 의지를 따랐는지에 초점을 맞춰야 한다.

“이 나라에서 엘프를 사로잡고 가두는 게 위법이라면, 굳이 다른 영주들이나 주민들에게 결혼을 널리 알리는 짓을 할 이유는 없을 듯싶은데…….”

혹시라도 강제성을 띤 가능성을 찾자면――.

“『마나바이트컬러』를 발목에 채워도 효과가 나타나나?”

목걸이라고 해서 반드시 목에 두를 필요는 없다. 신체 어디든 동일한 효과를 낸다면 잘 드러나지 않는 발목에 채워서 겉모습을 아주 멀쩡히 꾸밀 수 있다. 그럼 겉으로는 아내를 맞이하듯이 속이고 당당하게 가두는 데다, 나라로부터 어떤 간섭도 받지 않을 터다.

그러나 아리안이 이어서 대답한 말이 아크의 추측을 간단히 부정했다.

"그건 발목에 채우면 별로 효과가 없어요."

"흐~음, 강요에 의한 결혼일 확률은 낮아지겠군."

아리안은 뭔가 말하고 싶다는 시선을 아크에게 보냈지만, 그대로 묵묵히 다시 주스에 입을 댔다. 아리안의 눈에는 난감해하는 기색이 비쳤다. 그도 당연하다.

인신매매 조직에게 얻은 정보를 쫓아 왔는데, 납치된 당사자가 자신을 사들인 자의 아들과 결혼했다는 소리를 들으면 누구나 당황스러울 것이다.

이 자리에서 둘이 얼굴을 맞대고 진상을 밝히려 해본들 시간 낭비이리라. 이렇게 된 이상, 본인에게 직접 사정을 들으러 가는 편이 빠를지도 모른다.

방법은 두 가지다.

평소처럼 영주의 저택에 숨어들어 엘프 부인을 찾아낸 후 이야기를 듣는 방법. 나머지 하나는 정식으로 찾아가서 엘프 부인에게 면회를 요청하는 방법이다.

적어도 확실히 혼인 관계를 맺었다면, 엘프족의 마을에서 찾아온 사절을 무턱대고 쫓아내지는 못할 터다. 만약 그렇다면 흑막을 감추었다고 봐야 한다.

"아리안 양, 어쩌겠소?"

아크는 두 가지 제안을 꺼내어 눈앞의 아리안에게 물었다.

눈을 감은 아리안은 이후의 대응을 고민하는 듯했다. 지금까지의 아리안이라면 망설임 없이 전자의 방법을 선택할 수 있지만, 후자의 방법도 고려하는 이유는 지난번에 만난 카시의 영향 때문인지 모른다.

카시는 엘프족이면서 인간족의 도시에 살았고, 그 사실을 주변의 많은 인간족이 받아들였다. 아리안의 처지에서는 작지 않은 충격을 받았으리라.

마침내 황금색 눈을 부릅뜬 아리안은 뚜렷한 어조로 말했다.

"내가 직접 영주의 저택에 찾아가서 사절로서 면회를 요청해볼게요."

"그럼 나도 저번처럼 아리안 양의 호위로 따라가도록 하지."

아크의 말에 입꼬리를 살짝 올린 아리안이 생글거렸다.

아크는 주스를 다 마신 나무컵을 돌려주기 위해 아리안의 나무컵도 받고 나서 노점으로 발길을 돌렸다. 그때 떠들썩한 광장에서 울려 퍼진 성난 목소리에 주위가 시끄러워졌다.

아크가 눈길을 던지자 중년 남자와 한 가족이 싸우는 모습이 보였다. 다른 사람들은 괜한 다툼에 휘말리기 귀찮다는 듯이 썰물처럼 빠른 걸음으로 지나쳤다.

"이년이 잘도 남의 상품을 훔쳤겠다!"

"아닙니다! 딸아이는 땅에 떨어진 물건을 주워서 돌려주려 했을 뿐이지 절대 훔친 게……!"

"시끄러워! 난민 주제에 핑계 대지 마!!"

침을 튀기며 마구 고함을 지르는 자는 채소를 파는 노점 주인이었는데, 의외로 몸이 좋은 중년 남자였다. 반면에 노점 주인에게 욕을 듣는 작은 여자아이의 모친은 품에 어린 남자아이를 안고 있었다.

별로 몸이 깨끗하다고는 말하기 어려운 그 가족은 약간 꾀죄죄한 모습이었다. 여성은 불에 댄 듯이 우는 여자아이와 남자아이를 달래면서, 필사적으로 노점 주인에게 머리를 숙였다. 작은 여자아이는 뺨을 맞았는지 볼이 붉게 부어올랐다.

아크는 차마 보다 못해 말을 걸었다.

"어린애를 그 정도로 심하게 혼낼 필요도 없지 않나?"

"시끄러! 옆에서 끼어들어 함부로 말참견하지——!?"

버럭 화를 낸 노점 주인은 얼굴을 새빨갛게 붉히고 아크를 보더니, 갑자기 새파랗게 질린 표정을 지으며 덜덜 떨었다. 낯빛이 바뀌는 과정은 리트머스 시험지를 떠올리게 했다.

허리에 손을 얹은 아크는 일부러 외투 속의 갑옷을 슬쩍 드러내면서 말다툼을 하던 일행에게 다가갔다. 뒤에서는 땅이 꺼지라 내뱉는 아리안의 한숨이 들렸다.

"아, 아뇨, 이건 저기…… 아닙니다요, 기사님. 이 꼬마가 남의 상품을——."

노점 주인은 눈동자를 이리저리 굴리고 횡설수설하면서도 여자아이를 흘끗 노려보았다.

"몇 개나 도둑맞았나?"

아크는 노점 주인의 시선을 자신에게 향하도록 하려고 짐짓 위협적인 목소리로 물었다.

“하, 하나——.”

“몇 개냐?”

아크가 대답을 끊으면서 더욱 낮은 음성으로 위협하듯이 다시 묻자, 노점 주인은 말문이 막힌 것처럼 신음했다.

“……아뇨, 아무것도 도둑맞지 않았습니다…….”

겨우 쥐어짜다시피 말한 노점 주인은 맥없이 자신의 가게 속으로 숨듯 틀어박혔다. 아크는 조금 강압적인 처사였다고 반성했지만 후회는 하지 않았다.

울고 있던 여자아이에게 시선을 맞추듯이 쭈그려 앉은 아크는 손을 뻗어 마법을 발동시켰다.

“【힐(치유)】.”

곧이어 부드러운 빛이 흘러넘치더니, 소녀의 부은 뺨에 빨려 들어가서 사방으로 흩어졌다. 마법의 빛을 보고 깜짝 놀란 소녀는 우는 것도 잊었는지 멍한 표정을 지었다.

“저, 저기, 감사합니다, 기사님.”

머리를 숙인 소녀의 모친이 울음을 그치지 않는 남자아이를 달랬다. 아크는 그 인사에 의젓하게 고개를 끄덕이며 한쪽 손을 들어 답례하고는, 그대로 소녀를 돌아본 후 손에 든 나무컵을 내밀었다.

“아가씨한테는 특별히 이 녀석을 주마. 저기 있는 아저씨에게 이걸 갖고 가면 용돈을 받을 거다."

아크가 아까 주스를 산 가게를 가리키자, 맞은편에서 노점 주인이 쓴웃음을 짓는 모습이 보였다.

소녀는 손에 든 나무컵 두 개와 모친을 번갈아 쳐다보고 고개를 갸웃거렸다. 소녀의 모친은 거듭 감사 인사를 하며 머리를 숙였다. 그러고 나서 딸아이와 함께 나무컵을 들고 주스 가게의 노점 주인을 향해 발걸음을 옮겼다.

"아크, 먼저 숙소를 찾는 게 좋겠어요."

아크가 난민 가족을 지켜보자, 뒤에서 아리안의 목소리가 들렸다.

광장의 돌바닥이 조금씩 젖는 광경에 아크는 하늘을 쳐다보았다. 두껍고 낮게 드리운 구름에서 빗방울이 떨어지기 시작했다. 거리를 오가는 사람들도 잰걸음으로 지나쳤다.

랜드발트에 들어올 때도 기다리는 시간이 꽤 길었다. 그 때문에 오늘은 영주의 저택을 방문할 계획은 이튿날로 미루어야 할 듯싶었다. 아크는 한숨을 내뱉고 일어났다.

"그렇군, 빗발이 거세지기 전에 숙소를 찾도록 하지."

아크와 아리안은 가랑비를 맞으면서 여관의 위치를 묻고 다녔다. 둘이서 어떻게든 한 채의 여관을 발견했을 무렵에는 이미 주변이 상당히 어두워진 상태였다.

날이 샌 다음 날, 어제의 어둠침침한 구름을 깔끔하게 흘려보내고 탁 트인 푸른 하늘이 펼쳐졌다. 해안에서 불어오는 바람은 항구 도시 특유의 바다 냄새를 풍겼다.

숙소의 창문에 달린 쇠살문을 열자, 바깥에서 거리의 소음이 쏟아졌다.

벌써 해가 뜬 이후 많은 시간이 지난 모양이다.

굳은 몸을 풀기 위해 맨손 체조를 한 아크는 옆에 포개놓은 검은 외투를 짐 자루에 쑤셔 넣었다.

이번에는 아리안의 호위기사 역할이므로 외투는 걸치지 않기로 했다. 조금 두드러져 보일 테지만, 어쩔 수 없으리라.

어느새 잠을 깨고 앉은 폰타가 고개를 갸웃거리며 아크를 올려다보았다.

"그나저나 면회를 받아들일지 어떨지 모르겠군. 폰타, 갈까?"

"큥!"

가볍게 뛴 폰타는 마법으로 바람을 일으키고 올라타더니, 늘 앉는 자리인 아크의 투구 위에 달라붙었다. 아크는 폰타가 제대로 투구에 자리 잡았는지 확인한 다음 방을 나섰다.

그리고 곧바로 옆방의 아리안을 부르려 했지만, 그녀는 평소의 잿빛 외투 차림으로 거의 동시에 복도에 나타났다.

"아크, 잘 잤어요? 아주 눈에 띄는 모습이네요."

"오늘은 아리안 양의 호위기사라서 그렇소."

아침 인사를 나눈 아크와 아리안은 여관을 떠났다.

전날은 숙소를 구하느라 여기저기 돌아다닌 까닭에, 지금 있는 곳은 어제 들어온 랜드발트의 남쪽 도시문 근처가 아니라 중앙 도시문 부근의 여관 거리였다.

여관을 나와 대로를 거쳐 서쪽으로 나아가 이윽고 제1 수로에 맞닥뜨렸다. 그 수로를 따라 이어진 길로 남쪽을 향한 일행은 큰 다리를 건너 구시가지라 불리는 구획에 들어갔다.

그곳은 제1 수로와 수로 사이에 낀 신시가지하고는 달리, 오랜 세월의 고난을 견뎌온 흔적을 고스란히 간직한 까닭에 역사 그 자체라고 말할 수 있는 석조 건물이 즐비했다. 집터도 신시가지와는 다르게 좀 더 넓었고, 옆에 뻗은 가도도 넉넉한 폭으로 만들어졌다.

대로를 계속 나아가자 약간 비탈길이 되더니, 마침내 막다른 곳에 커다란 성채와 성문이 보였다.

높은 성벽 뒤에는 그보다 더 웅장한 성의 위용이 눈앞에 펼쳐졌다. 성문 앞에는 질서정연하게 늘어선 위병들이 주위를 엄중히 감시했다.

아크가 아리안 앞으로 나서며 다가가자 위병들도 알아차렸는지, 경계를 소홀히 하지 않고 자세를 바르게 고쳤다.

"미안하네만, 이곳 영주인 페트로스 님의 부인에게 면회를 요청하고 싶군."

가까이 온 위병 한 명이 아크를 발끝부터 머리까지 훑어보다가 투구 위에서 시선을 멈추었다. 노골적으로 의심스러운 눈길을 보내는 위병을 본 아크는 그제야 자신의 투구에 달라붙은 존재를 떠올렸다. 폰타를 투구에서 일단 내릴까 고민하자, 위병은 수상쩍다는 표정으로 아크의 신원을 물었다.

"죄송합니다, 어디서 오신 분입니까?"

"우리는 캐나다 대삼림의 사절이네. 부인과의 면회를 거듭 부탁하도록 하지."

아크의 말에 고개를 갸웃거린 위병은 불쾌하다는 듯이 눈썹을 찌푸리며 입을 열려고 했다. 그러나 눈썹을 찌푸린 위병에게 달려온 안쪽의 다른 위병 한 명이 뭔가를 속삭였다.

"엘프라면 그 투구를 벗고 정체를 밝혀주실까."

귀엣말을 들은 위병은 더 바싹 다가와 아크를 노려보았다. 그때 뒤에서 이 모든 과정을 지켜보던 아리안이 불쑥 끼어들더니, 뒤집어쓴 잿빛 외투의 후드를 내렸다.

햇빛을 받은 아리안의 하얗고 긴 머리가 거리에 부는 바닷바람을 타고 은실처럼 나부꼈다. 약간 뾰족하게 솟은 귀와 옅은 자주색의 매끄러운 피부, 그리고 황금색으로 빛나는 눈동자를 겉으로 드러내자, 위병들은 모두 숨을 삼켰다. 위병들뿐만 아니라 주변에서 구경한 주민들도 일제히 놀란 목소리로 웅성거렸다.

"나는 캐나다 대삼림에서 온 사절, 아리안 그레니스 메이플이다. 부인의 접견을 바란다."

조용해진 길목에 아리안의 맑고 또렷한 음성이 울렸다.

서로 얼굴을 마주 본 위병들은 잠시 어떻게 대응해야 할지 모르겠다는 듯이 굳었지만, 겨우 제정신을 차린 것처럼 위병 한 명이 고함을 쳤다.

"영주님께 보고해라!"

"네, 네에!"

전령인 듯한 위병이 성문에 설치된 작은 문을 열고 허겁지겁 들어갔다. 아크는 그 모습을 바라보며 근래에 본 광경과 비슷하다는 생각에 어깨를 으쓱였다.

위병들을 살피던 아리안은 다시 후드를 뒤집어쓴 후 뒤로 물러났다.

영주에게 전령이 달려갈 동안 줄곧 이 성문 앞에서 기다려야 할 듯싶은 상황에 아크가 위병을 향해 얼굴을 돌리자 그는 슬쩍 시선을 피했다. 자신들이 사절이라고 알렸다지만 약속도 없이 갑자기 방문한 이상, 아크는 이대로 참을 수밖에 없겠다면서 내심 한숨을 내뱉었다.

얼마 지나지 않아 성벽 너머에서 호령이 울리더니, 성문 한쪽이 육중한 소리를 내며 안쪽으로 열렸다. 조금 전에 자리를 비운 전령이 안에서 나타나 아크와 아리안에게 경례하고 대답을 들려주었다.

"페트로스 님이 만나시겠답니다!"

성문을 가로막은 위병들이 그 말에 길을 비켜주듯이 좌우로 갈라졌다.

아크는 스스로 제안하고도 새삼스러웠지만, 이렇게 간단히 영주를 보게 되리라고는 생각지도 못했다. 역시 인간족의 도시에 엘프족이 모습을 보이는 경우 자체가 드물기 때문인지, 아리안의 외모만으로 묘하게 설득력을 얻는지도 모른다.

곧이어 얼굴을 내밀고 공손하게 예를 갖춘 한 명의 노신사가 고개를 들어 아리안과 아크를 번갈아 쳐다보았다. 그러고 나서 노신사는 차분한 어조로 아크에게 물었다.

"혹시 호위를 맡은 분이십니까?"

아크가 고개를 끄덕이자, 노신사도 고개를 끄덕인 다음 성안으로 들어가도록 재촉했다. 아크는 아리안에게 시선을 보내 그녀를 앞세웠고, 자신도 한쪽이 열린 성문을 통해 뒤따라갔다.

앞장선 노신사를 쫓아 넓은 안뜰을 지나친 아크와 아리안이 우뚝 솟은 성의 정면 현관을 거쳐 내부로 들어서자, 그곳에는 통층 구조의 홀이 있었다. 잘 닦인 대리석 바닥, 정면 벽에 걸린 거대한 벽화, 장식을 입힌 기둥과 들보, 그에 더해 천장에 매달린 커다란 샹들리에는 실내를 눈부시고 화려하게 꾸몄다.

일행은 양옆에 만들어진 계단 하나를 이용해 2층으로 올라갔다.

그리고 2층의 정면 입구를 지나서 방금보다 작은 안뜰이 양옆으로 내려다보이는 복도를 건넌 후 더욱 깊숙이 이동했다. 비교적 널찍한 방으로 안내한 노신사는 영주를 부르러 가겠다면서 아크와 아리안을 남겨두고 자리를 떠났다.

주위에는 온갖 사치를 다 한 장식품이 우아하게 늘어서서 방의 품격을 높여주었다. 도시가 크고 부유한 까닭인지, 브란베이나에서 본 성내 모습보다 더 궁전이나 성에 있는 느낌을 받았다.

아리안은 방에 마련된 자리에 앉았고, 아크는 호위답게 그녀의 뒤에 서서 팔짱을 낀 채 기다렸다. 외교관은 거들먹거리는 이미지를 가지므로 괜찮다고 생각하지만 좀 잘못된 걸까?

아크가 뒷짐을 지거나 직립 부동자세를 취하는 등 호위로서 어떤 태도를 보일지 고민하자, 안쪽 문이 열리며 한 쌍의 남녀가 나타났다. 그 뒤에는 조금 전의 노신사도 서 있었다.

방에 들어온 남자가 아마 이곳의 영주이리라.

금발과 파란 눈을 지닌 남자는 곱슬한 앞머리를 나른하게 쓸어올리는 동작을 보이면서 웃었다.

살짝 허세를 부리듯이 묘하게 하얀 치아를 드러내는 반짝이는 미소와 가까이 다가오는 경쾌한 발걸음은 영주라기보다는 왠지 희극 배우 같았다.

영주가 분명할 그 남자는 바로 앞까지 걸어오더니, 제자리에서 화려하게 한 바퀴 돌고 멈춰섰다.

왜 돌았지?

아크가 그런 의문을 머릿속에 떠올렸을 때 남자가 먼저 말을 꺼냈다.

"오래 기다렸나? 내가 이 땅을 다스리는 영주, 페트로스 드 랜드발트일세. 스물두 살의 신혼이지!"

페트로스라고 자신의 이름을 밝힌 그 남자는 양팔을 크게 벌리면서 꽃이 피는 듯한 미소를 지었다. 마치 소녀 만화에 나올 법한 왕자님 같은 분위기를 풍겼다. 그러나 마지막에 이상한 자기소개를 곁들였다.

아리안은 어이없어하며 자리에서 일어났다. 페트로스는 그런 아리안에게 나아가 발밑에 한쪽 무릎을 꿇고는 그녀의 손을 잡은 채 올려다보았다.

"이 얼마나 아름다운 사절이신가. 어서 오시오, 내 성에 ——."

뒤에서 헛기침을 내뱉으며 페트로스의 환영 인사를 끊은 이는 그와 함께 온 여성이었다.

옷자락이 긴 연녹색 이브닝드레스로 몸을 감싼 여성은 녹색이 섞인 금발과 길고 뾰족한 귀에 초록색 눈동자 등 틀림없는 엘프의 특징을 지녔다. 선이 가는 늘씬한 체형이면서 키가 크고 살갗이 하얀 그녀는 드레스 차림이 아주 잘 어울렸다.

언뜻 봐서는 억지로 따르는 낌새는 아니었다. 자신을 영주라 일컬은 페트로스라는 청년에게 약간 차가운 오라를 뿜어냈다.

엘프 여성의 불편한 심정을 알아차린 페트로스는 천천히 몸을 일으키고 뒤돌아서서 반짝반짝 빛나는 미소 띤 얼굴로 그녀를 바라보았다.

“하하, 미안하오, 트레아서. 가장 아름다운 이는 물론 당신이지! 하지만 이 세상의 여성은 모두 아름답다오. 난 단지 그 아름다운 꽃을 찬미했을 뿐이니, 부디 용서해주구려.”

희극 배우처럼 손짓을 더한 페트로스는 트레아서라고 불린 엘프 여성의 손등에 가볍게 입맞춤을 하며 미소를 지었다. 이게 본모습이라면 상당히 별난 자다.

엘프 여성은 페트로스의 태도에 익숙한지, 어깨만 으쓱이고 금세 아크와 아리안에게 살짝 고개를 숙였다.

“먼 곳에서 일부러 찾아와주시다니 감사합니다. 설마 메이플의 사절이 오리라고는 생각지도 못했습니다. 저는 트레아서. 지금은 트레아서 다리네 랜드발트라는 이름을 씁니다.”

트레아서는 그렇게 말하면서 아리안의 맞은편 자리에 다가왔다. 남편인 페트로스가 기쁘다는 듯이 뒤에서 의자를 끌어당겨 트레아서를 앉힌 후 그 옆자리에 부리나케 앉았다.

아크도 페트로스를 따라 아리안의 의자를 끌어당기려 했지만, 그녀는 얼른 자리에 앉아버렸다. 당사자인 아리안은 그런 일에는 신경 쓰지 않고, 눈앞의 두 남녀에게 자기소개를 했다.

"처음 뵙겠습니다, 나는 아리안 그레니스 메이플. 그리고 뒤에 있는 남자는 호위를 맡은 아크예요."

"아크라고 하오. 잘 부탁드리겠소."

아크가 약간 공손하게 허리를 굽혀 인사하자, 트레아서는 신기하다는 눈으로 쳐다보았다. 망토에 달라붙은 폰타를 반대편에서는 볼 수 없을 테지만, 뭔가 시선을 끌 만한 요소라도 있었던 걸까.

"과연 엘프의 기사로군. 인간 세상의 기사는 희미하게 보일 정도로 아름답네."

페트로스는 아크의 모습을 보고 눈을 가늘게 뜨며 웃었다. 아크가 『벨레누스의 성스러운 갑옷』 때문인가 싶어서 자신이 걸친 호화로운 갑주에 시선을 내렸을 때 마침 어깻죽지로 올라온 폰타와 눈이 맞았다.

트레아서도 뭔가를 말하려는 눈치였으나, 먼저 입을 연 이는 아리안이었다.

"곧바로 물어봐서 미안하지만, 당신이 이곳 영주와 결혼했다던데……."

아리안의 황금색 눈동자가 트레아서를 살피듯이 고정되었다. 마음을 다잡은 트레아서도 그런 질문을 예상했는지 엷은 미소를 띠고 고개를 끄덕이더니 옆자리의 페트로스를 바라보았다.

"네, 사실이에요. 우리는 한 달 전쯤 부부가 되었어요. 많은 일이 있었지만……."

페트로스와 트레아서는 테이블 위에서 자연스럽게 손을 맞잡았다. 서로를 마주 보는 그 둘 사이에는 끼어들기 어려운 연출이 이루어졌지만, 아리안은 이상하다는 눈길로 지켜보며 고개를 갸웃거렸다.

이들의 분위기를 보건대 강제성을 띤 가능성은 한없이 낮은 듯했다.

"우리는 엘프 사냥을 하는 자들의 발자취를 좇아 여기로 왔어요. 이 도시에 올 때까지 당신이 틀림없이 갇혀 있을 거라고 여겼는데 영문을 모르겠군요."

아리안은 아랑곳하지 않고 두 남녀의 달콤한 공간에 비집고 들어가 트레아서에게 의문을 던졌다.

그 말을 들은 페트로스와 트레아서는 맞잡은 손을 떼고 나서 바로 앉았다.

"역시 당신은 사절이 아니라 구출을 위해 파견된 전사였군요."

그다지 놀란 표정도 비치지 않은 트레아서는 오히려 납득했다는 듯이 고개를 끄덕였다.

"맞아요…… 확실히 엘프 사냥으로 붙잡힌 저는 랜드발트의 땅에 팔려왔어요."

트레아서는 당시의 일을 떠올린 듯이 시선을 허공에서 갈

팡질팡하다가 살짝 눈꼬리를 내렸다.

"트레아서를 산 사람은 내 아버지인 전 영주일세. 설마 왕국에서 맺은 조약을 깨뜨리고 그런 짓을 벌였을 줄이야. 전혀 상상도 못 한 일이어서 그때는 정말 내 눈을 의심했지."

트레아서의 고백을 듣던 페트로스는 자조 섞인 미소를 지으며 힘없이 고개를 숙였다. 트레아서는 걱정스러운 얼굴로 페트로스를 바라보았다.

"잠깐만요. 당신을 샀다는 장본인인 전 영주 룬데스 드랜드발트는 어떻게 됐죠?"

아리안은 약간 혼란스러운 머리를 흔들고 트레아서에게 설명을 구했다. 그러나 대답한 이는 트레아서 옆에 있던 페트로스였다.

"아버지는 현재 성내의 어느 곳에 유폐되어 있소……. 왕국법을 어긴 책임을 물어 내가 실권을 쥔 꼴이지. 솔직히 이런 추문을 가볍게 얘기해도 좋은 일은 아닐 테지만, 트레아서의 모국인 엘프의 나라에서 사절께서 오셨는데 사실을 숨기는 것도 찝찝하니 말이오."

조금 난감하다는 표정을 지은 페트로스는 트레아서와 결혼한 경위를 말해주었다.

페트로스의 이야기로는 트레아서가 이 영지에 팔려온 시점은 약 1년 전이다. 전 영주 룬데스는 도시의 노예 상회를 통해 트레아서를 사들인 듯했다. 그러나 거래 광경을 우연히 목격한 인물이 이를 페트로스에게 알렸고, 그 일이 원인이 되어 그가 왕국법을 근거로 부친에게 반기를 들면서 서로 실권을 쥐려는 다툼이 벌어진 모양이었다.

속사정을 들으면 왕국에 이번 사건이 새어나가지 않도록 꾸민 듯이 보이기도 하지만, 그럼 굳이 증인인 트레아서를 곁에 둘 필요는 없다.

"그런데 어쩌다 그와 결혼하게 된 거죠?"

아리안은 그들의 말이 어떤 식으로 이어지는지 알 수 없어서 자꾸 고개를 갸웃거렸지만, 애써 이해하려는 눈치인지 진지하게 둘의 이야기를 들었다.

그러자 갑자기 페트로스가 자리에서 벌떡 일어나 노래하듯이 그때의 상황을 늘어놓았다.

"간단한 얘기일세! 사로잡힌 그녀를 한 번 본 순간, 난 이미 사랑에 빠졌던 거네! 내 마음은 영원히 당신의 사랑을 갈구하는 가여운 포로지——."

"후후후, 페트로스도 참……."

과장된 손짓 발짓으로 페트로스가 음유시인처럼 사랑을 속삭이자, 트레아서도 뺨을 붉게 물들이고 그와 마주 보면서 손을 맞잡았다. 아크는 어딘가의 희극을 보는 기분이 들었다……. 이쯤에서 자신도 불쑥 노래를 불러야 하는 장면일까?

그들 뒤에 서 있는 노신사는 왠지 기쁜 듯이 눈을 가늘게 뜨면서 두 남녀를 바라보았다.

노신사는 이런 식의 대화에 익숙한 걸까. 아크는 살짝 가슴이 쓰라렸지만, 정작 본인들은 아무도 눈에 들어오지 않는지 둘만의 세계를 만들어 나갔다.

그런 모습을 보고 기가 막힌 아리안은 놀란 얼굴로 고개를 가로저었다.

"당신은 그걸로 괜찮아요?"

아리안은 겨우 쥐어짜는 목소리로 트레아서에게 물었다. 아리안의 표정에서는 트레아서를 순수하게 걱정하는 마음이 드러났다.

인간족과 엘프족이 함께 살아갈 미래를 염려하는 것이리라. 카시의 전례가 없었다면 아리안은 좀 더 반대했을 수도 있다.

이 세계에서 종족간의 차이는 의외로 크다.

예를 들어 당장 눈앞에 있는 인간족과 엘프족의 부부는 수명의 길이부터 다르다.

엘프족의 수명은 약 400년이라고 들었다. 반면에 인간족인 페트로스는 아무리 발버둥 쳐도 기껏해야 100년이다. 아니, 의료 체제가 빈약한 이 세계에서는 60년만 살아도 대단하다.

어지간한 일이 없는 한, 먼저 죽는 이는 페트로스가 분명하다.

아리안이 물어본 말은 그러한 점을 전부 고려한 뜻이리라.

그러나 그 사실을 페트로스나 질문을 받은 당사자인 트레아서 역시 이미 아는지도 모른다.

상대방을 응시하는 두 남녀를 보건대, 대답은 거의 짐작이 갔다.

"네. 제가 결심했는걸요."

"알았어요, 당신이 좋다면 내가 더 해줄 말은 없어요……. 만약 부모님이 계신다면 말을 전해줄게요. 마을은 어디죠?"

아리안은 약간 복잡한 심경을 얼굴에 내비쳤지만, 트레아서의 굳센 의지를 어느 정도 이해했는지 화제를 바꾸어 그녀의 부모님과 마을에 관해 물었다.

"미르에스트예요. 작은 마을이랍니다."

"미르에스트군요……."

그 마을의 이름을 들은 아리안은 뭔가 기억이라도 나는 듯이 조금 마음에 걸리는 대답을 했다. 의아하게 여긴 트레아서가 고개를 갸웃거리며 눈짓으로 물었다.

"미르에스트를 포함한 몇 개의 마을은 커다란 마을로 통폐합시켜서 지금은 없어졌어요."

그 말에 트레아서는 살짝 놀랐지만, 곧 쓸쓸한 표정을 지으며 눈을 내리떴다.

그러고 보니 아리안의 모친인 그레니스는 인간들이 사는 곳과 가까이 위치한 작은 마을을 폐쇄한 후 큰 마을로 흡수

했다는 이야기를 들려주었다.

아리안은 시름에 잠긴 트레아서의 심경을 헤아렸는지, 또 화제를 바꾸기 위해 그녀에게 다른 질문을 던졌다.

"그런데 전 영주를 유폐시켰다고 했는데, 노예 상회는 어떻게 되었나요?"

트레아서는 그 물음에 대답하지 않고, 묵묵히 옆자리의 페트로스에게 시선을 옮겼다.

"아아, 그 노예 상회라면 책임자였던 자에게는 이미 형을 집행했네. ……다만 아버지가 편의를 봐준 탓에 암시장까지 상당히 영향력을 미친 모양이더군. 이쪽의 적발을 눈치챈 계열 상회 등이 방벽 밖으로 달아나서 현재는 이 부근의 도적이 되었지."

팔짱을 낀 페트로스는 미간을 찌푸리며 쓴웃음을 지었다.

"암시장을 도맡은 커다란 가게를 적발한 이후 성 아래의 거리에서도 세력 다툼이 벌어지는 중이네. 바깥에는 도적이 날뛰고…… 골치 아픈 얘기일세."

영주인 페트로스가 도적을 언급하자 아크는 이 도시로 오기 전에 젊은 용병들을 습격한 무리를 떠올렸다. 아리안도 똑같은 생각을 했는지 아크를 돌아보고 눈이 맞았다.

"흐음, 그 도적들인지는 모르겠지만, 어제 이 도시에 올 때 젊은 용병들이 도적 몇 명을 붙잡았소……."

아크의 말에 페트로스는 고개를 끄덕이며 이야기를 이어

나갔다.

"확실히 어제 새로이 열 명쯤 붙잡았다는 보고를 들었네. 뭐, 이제야 겨우 처음에 수배한 인원의 절반을 넘은 셈이지만……."

크게 한숨을 내쉰 페트로스는 의자에 몸을 깊숙이 파묻었다.

그때 트레아서가 조용히 몸을 바싹 붙여 페트로스에게 뭔가를 속삭였다. 그러자 페트로스는 잠시 놀라고 나서 고개를 끄덕이더니, 아크와 아리안에게 다시 몸을 내밀며 시선을 마주쳤다.

"실은 이번 사건과도 조금 관련 있지만, 두 분에게 긴히 부탁할 일이 있어서――."

"잠깐만요."

페트로스가 입을 열고 사정을 말하려는 찰나 옆에서 끼어든 이는 그에게 귀엣말한 트레아서 본인이었다.

"이건 제 부탁이니, 제가 말씀드리죠."

트레아서는 진지한 표정으로 아크와 아리안을 바라보고 담담하게 말을 꺼냈다.

"두 분이 어떤 사람을 찾아주셨으면 합니다."

트레아서의 말에 얼굴을 마주 본 아크와 아리안은 그녀에게 도로 시선을 돌렸다.

"이런 일을 부탁하는 게 도리에 어긋난다는 점은 알지만,

이곳까지 팔려온 저를 찾아낸 두 분이라면 혹시나 해서 신세를 지고 싶습니다…….”

약간 침울한 표정을 지은 트레아서가 시선을 들어 아리안을 응시했다. 트레아서의 촉촉해진 초록색 눈동자가 흔들리며 애처로운 인상을 주었다.

“우리가 찾아주길 바라는 사람이 누구죠?”

의아해하면서도 이야기를 듣는 자세를 취한 아리안은 트레아서의 눈동자에 시선을 고정하고 물었다.

“제가 이 땅에 팔려왔을 때 페트로스에게 그 사실을 알려준 시녀가 있어요. 이름은 프라니 마캄. 최근 사흘째 모습을 감춰서 행방을 모릅니다.”

트레아서는 심각한 표정을 짓고 아리안에게 호소했다.

“그 프라니라는 여성이 당신에게 은인이라서 그런가요?”

아리안이 프라니를 찾는 이유를 트레아서에게 묻자, 그녀는 살짝 눈을 감은 후 고개를 끄덕였다.

“네, 확실히 은인이라서 그렇기도 해요. 하지만 프라니는 인간족의 도시에서 생긴 첫 친구이기도 하답니다……. 페트로스가 부친과 실권 다툼을 벌이며 제 몸에 위험이 미치지 않도록 숨겨주었을 시기에는 프라니가 일일이 저를 돌보고 말동무를 해줬죠.”

“혹시 그 여자가 조금 전에 말한 도적들한테라도 잡혔나요?”

아리안은 나름대로의 추측을 입에 담았지만, 옆자리의 페트로스가 고개를 가로저었다.

"아니오, 프라니는 도시를 벗어나지 않았으니 그럴 가능성은 작을 거요. 지금 이 도시에는 이웃 나라에서 죄인을 노예로 사들이려는 상인이 찾아왔지만, 그중에는 거리의 주민을 납치한 다음 배로 옮기는 괘씸한 놈들도 있는 듯싶소."

방금까지 트레아서를 향해 사랑을 속삭이던 음유시인의 얼굴이 무겁게 가라앉았고, 영주로서의 눈빛이 엿보였다.

"인간족은 무슨 생각을 하는지 모르겠네요……. 동족마저 노예로 삼으려 하다니."

아리안의 혼잣말에 동의를 나타낸 이는 맞은편에 앉은 또 한 명의 엘프족인 트레아서였다.

인간족인 페트로스는 두 여자 사이에 끼어 대화를 듣는 꼴이 되어 쓴웃음을 지었다.

"페트로스 경은 인신매매범들에게 그 시녀가 사로잡혔다고 보시오?"

아크가 페트로스에게 의견을 묻자, 그는 말없이 고개를 끄덕이며 피곤한 얼굴을 보였다.

"아마 그럴 거요. 암시장을 관리하던 노예 상회가 없어져서, 성 아래의 뒷세계는 세력 다툼에 이웃 나라의 상인마저 난입한 상태이다 보니 몹시 무질서하오. 이건 내 지나친 의욕으로 말미암은 결과지만, 권력기반에서 아버지를 제거한

현재도 성내를 완전히 장악하지 못했소. 그래서 프라니의 행방을 찾는 데에도 상당히 시간이 걸리는 중이라네……. 트레아서는 자신이 찾아 나선다고 하는데, 도시의 치안을 생각하면 도저히 찬성할 수 없는 노릇이지."

전 영주 룬데스 밑에서 암약한 가신 등이 페트로스의 대대적인 적발에 반발, 또는 경계하는 것이리라.

그러나 시녀인 프라니라는 여성이 정말로 타국의 인신매매범들에게 유괴되었다면, 반드시 바닷길을 이용할 터다. 그럼 찾아볼 장소는 자연히 좁혀진다.

"하지만 페트로스 경은 다른 나라에서 온 인신매매범들이 사람들을 붙잡아 항구를 통해 실어 나르는 사실을 아는데, 차라리 검문하는 게 낫지 않겠소?"

아크는 배를 한 척씩 검문하면 금방 찾지 않을까 하는 생각에 제안해보았지만, 아무래도 그리 간단히 일이 풀리지 않는 듯했다.

"검문을 할 수 있는 배는 가능하지. 문제는 다른 나라의 귀족을 뒷배로 삼은 이들을 넌지시 떠볼 때는 확증이 없는 한 섣불리 뛰어들지 못하네. 게다가 검문하는 위병들이 뇌물을 받고 입을 다무는 사례도 많으니 말일세……. 당장은 영주 권한으로 항구의 출입을 규제하는 형편이지만, 내일부터 더는 통제하기 어려워질 거요."

페트로스의 말에 트레아서의 얼굴이 어두워졌다. 페트로

스는 실의에 빠진 트레아서의 손을 다정하게 쥐고 위로하듯이 양손으로 감쌌다.

아무리 영주라고 해도 역시 타국 귀족의 배를 함부로 조사하기란 힘든 모양이다. 그렇다면 남은 방법은 수상한 짐이 실리지 않는지를 감시하는 수밖에 없지만, 현재 상황에서 페트로스는 모든 신하를 장악한 게 아닌 까닭에 그것도 어렵다고 해야 하나.

그나저나 어째서 이웃 나라는 죄인을 사들이고 멀쩡한 주민을 납치하는 위험을 감수하면서 노예를 그러모으는 걸까. 짐작할 만한 일은 거대한 공공사업이나 전쟁 정도인가.

"이웃 나라는 왜 그토록 노예를 긁어모으고 있소?"

프라니의 유괴와는 직접적인 관계는 없는 듯하지만, 사건의 배경을 알아두어도 손해는 보지 않는다.

이야기적인 측면에서 말하자면 이런 중요한 인물의 유괴에는 커다란 음모가 보란 듯이 숨겨져 있지만, 과연 그게 현실에서도 들어맞을지는 미묘하다.

아크의 질문에 페트로스는 미간을 찌푸리며 고개를 저었다.

"이웃 나라 노잔이 아니라, 그 맞은편의 힐크 교국이 사람을 모은다더군. 겉으로는 죄인의 속죄를 돕기 위해서라는데, 실제로는 교국이 소유하는 미스릴 광산의 노동자를 구하는 거로 생각하네."

"호오, 미스릴 광산이라."

미스릴은 게임에서도 친숙한 마법 금속 소재다. 소재 등급은 중급부터 상급 수준이지만, 이 세계에서는 비교적 귀중한 위치를 차지하리라.

어쨌든 중요한 광석을 캐려는 목적의 광산 노동력이라고 해도 약간 납득이 가지 않는 점이 있다.

죄인이든 뭐든 다른 나라를 넘어 굳이 로덴 왕국까지 와서 노예를 확보하고, 되돌아가서 팔게 되면 수송비만 해도 엄청나게 뛰어오를 터다.

노예를 대체 얼마에 거래하는지는 모르지만, 한 나라를 넘어서 수송하는 금액이 결코 쌀 리는 없다. 상인에게 그만한 이익을 안겨준다고는 여길 수 없다——그게 아크의 솔직한 감상이다.

"확실히 그렇군."

아크가 그런 의문점을 묻자, 영주인 페트로스도 동의했다. 그러나 그 이면에도 힐크 교국이 얽혀 있다고 말해주었다.

"교국의 교회 기사단이 노잔의 도시를 돌아다니면서 노예를 넘겨받는 듯하네. 게다가 노예를 일정 인원 이상 갖다주면 미스릴 광석도 융통해주는 모양이야. 지금 노잔 서쪽은 마수 피해가 심각해서 마수 토벌에 제격인 미스릴제 무구는 상당히 비싼 값으로 팔린다더군."

수송비를 거의 염두에 둘 필요도 없는 데다 고가에 거래하는 미스릴 광석을 융통해준다는 미끼를 던지면, 혈안이 된 상인들이 알아서 노예를 죄다 끌어모으도록 만드는 상술인가.

하지만 그래서는 도리어 교국이 수송비를 떠안게 될 텐데.

"덤으로 노잔 서쪽의 마수 피해에 쫓긴 사람들 일부가 바다를 건너 이 도시로 흘러들어오기도 해서 치안이 몹시 나빠졌지."

이웃 나라 노잔에서 난민마저 유입되는 듯하지만, 인신매매가 자주 일어난다는 말은 이곳으로 도망쳐온 사람도 붙잡아 힐크 교국에 노예로 보내기 때문일까.

어제 마주친 가족도 확실히 난민이라고 욕을 먹었다——거리에도 누더기를 걸친 많은 사람이 보였는데, 주민들과의 사이에 갈등이 생기기 시작했으리라.

"저기, 다크엘프는 우리 엘프보다 눈도 귀도 밝다고 들었습니다. 부디 제 친구를 구해주는 데에 도와주실 수 없을까요?"

트레아서는 애원하는 표정으로 눈앞의 아리안에게 머리를 숙였다.

곧이어 옆자리의 페트로스도 영주의 신분임에도 불구하고, 명목상 사절에 지나지 않는 아리안에게 머리를 숙였다.

"나도 부탁하겠소. 엘프족 전사는 정예라고 들었네. 힘을 빌려준다면 충분히 사례할 생각이오."

페트로스와 트레아서의 그런 모습을 본 아리안은 뒤에 서 있는 아크에게 시선을 맞추었다. 아리안의 황금색 눈동자는 어떻게 해야 좋을지 묻는 듯했다.

"난 아리안 양의 결정을 따르도록 하지."

아크는 자신의 힘을 빌려주는 게 싫지는 않다. 다만 아리안이 트레아서의 청을 들어줄지 어떨지에 따라 일을 진행하겠지만, 그녀의 확신에 찬 눈동자를 보면 저절로 답이 나온다.

"……좋아요, 우리 둘이서 얼마나 해낼 수 있을지 몰라도 도와줄게요."

그 대답을 들은 페트로스와 트레아서 두 남녀의 얼굴이 기쁨으로 물들었다.

실종된 시녀 프라니의 모습을 마지막으로 목격한 때는 사흘 전이라고 했다. 배가 항구에 들어온 이후 얼마 동안 정박하는지 알 수 없지만, 서둘러 찾아내지 않으면 곤란하리라.

그나마 아직 이 도시에 프라니의 신병이 있을 때나 해당하는 이야기다——.

아크와 아리안은 시녀 프라니의 생김새를 영주 부부에게 전해 들었다. 아리안이 시녀 프라니를 찾아 나설 준비를 하기 위해 재빨리 자리에서 일어나자, 페트로스가 한 손을 들어 올리며 말렸다.

"인간의 도시는 낯설 테니, 안내할 사람을 붙여주겠소."

페트로스는 뒤쪽에 대기한 노신사에게 뭔가를 속삭였고,

그 노신사는 고개를 숙인 후 방을 나갔다. 이윽고 노신사는 괜찮은 장비를 몸에 걸친 남자 한 명을 데려오더니, 다시 그 남자를 페트로스의 뒤에 남기고 물러났다.

방으로 들어온 남자는 페트로스 옆에 서서 자세를 바로잡았다. 남자의 시선은 바로 앞에 앉은 아리안을 향했고, 그는 살짝 두 눈을 휘둥그레 떴지만 금세 원래 표정으로 돌아갔다.

"그 친구는 지오 크린토스. 우리 영지의 기사단 부장을 맡은 남자네. 그에게 안내역을 일임했소."

영주인 페트로스에게 지오라고 불린 기사단 부장은 부드러운 미소를 띤 채 민첩한 동작으로 그 자리에서 머리를 숙였다.

나이는 30대 전반쯤일까. 밤색 머리를 짧게 다듬고 온화한 미소를 지은 그 남자는 투박한 인상은 별로 없었다. 굳이 말하자면 문관에 가까운 얼굴이었다.

그러나 역시 기사라고 해야 할까, 몸매도 단단한 데다 상당히 키도 컸다.

"소개를 받은 지오 크린토스라고 합니다. 잘 부탁드립니다."

군인답게 잘 들리는 목소리와 발음으로 인사한 남자는 한 걸음 물러나 페트로스의 뒤에 섰다.

"이 사람과 함께 다니면 이 도시에서 들어가지 못하는 장소는 거의 없을 거예요. 모쪼록 프라니를 꼭 찾아주세요."

페트로스와 트레아서가 진지한 눈빛을 아리안에게 향했다. 두 남녀의 시선을 받은 아리안은 어렴풋하기는 해도 고개를 확실히 끄덕였다.

영주의 방을 나온 일행 세 명이 성 밖으로 발걸음을 옮기던 중, 아리안은 아크의 걷는 속도에 맞춰 나란히 걷더니 곁눈질로 살피는 듯한 몸짓을 취했다.

"왜 그러시오, 아리안 양."

아크가 아리안에게 시선을 던지며 고개를 갸웃거리자, 그녀는 허둥지둥 엉뚱한 곳으로 눈길을 돌렸다.

"미안해요, 내가 멋대로 굴다가 이상한 일에 휘말리게 해서……."

얼마 지나지 않아 아리안은 다시 아크를 쳐다보며 멋쩍다는 듯이 입을 열었다.

엘프족인 트레아서의 부탁이라지만 그녀의 인간족 친구를 구해야 한다. 아리안의 내면에서는 엘프족과 인간족 사이의 바람직한 관계를 조금 고민하는 마음이 생겼는지도 모른다. 결코 나쁜 변화는 아니다.

아크로서도 그런 아리안의 판단에 다른 의견은 없다. 약간 탐정 놀이 같아서 재미있겠구나 싶은 불순한 생각이 섞여든 느낌은 부정하기 힘들지만 말이다.

"찾아야 할 대상이 트레아서 부인에서 친구인 프라니 양으로 바뀌었을 뿐이오."

아크가 아무것도 아니라는 식으로 대답하자, 아리안은 예쁜 입가를 살짝 올려 미소를 짓더니 부끄러운 것처럼 또 시선을 피했다.

"……고마워요, 아크."

아크는 아리안의 그 말을 듣고 다소 가슴이 들끓었다.

미인의 부탁에 남자가 갑자기 의욕적으로 돌변하는 것은 동물의 본능일까. 아크는 *대도(大盜) 3세의 심정을 일부나마 이해했다면서 속으로 중얼거렸다.

랜드발트 서쪽은 부르고만으로 불리는데, 이 항구는 정확히 그 부르고만의 중간에 위치하여 맞은편 기슭의 노잔 왕국과 가장 가까운 장소인 듯하다. 또한 항구 서쪽 앞바다의 비스섬을 중계지로 삼아 옛날부터 노잔 왕국과는 교역 등이 번창했다고 한다.

확실히 지금 있는 항구에서 앞바다를 응시하면, 희미하게 수평선 너머로 섬의 경치가 시야에 들어온다. 거리는 별로 멀지 않았다. 옆에서 똑같이 앞바다를 바라보던 기사단 부장 지오가 배로는 두 시간도 안 걸린다고 설명해주었다.

항구에 지어진 커다란 부두 두 곳에는 크고 작은 배가 여러 척 정박했지만, 영주 페트로스가 입출항을 제한한 탓인

*일본의 유명 만화가 몽키 펀치가 1967년에 연재한 만화와 그를 바탕으로 제작한 애니메이션 '루팡 3세'. 주인공 루팡 3세는 아르센 루팡의 손자로 예쁜 여자를 밝히는 쾌활한 도둑이다.

지 드나드는 배는 적은 편이었다.

위병은 출입하는 배를 감시하는 까닭에 비교적 여기저기 눈에 띄었으나 근무 태도는 제각각이었다. 지오를 발견하고 그제야 허겁지겁 자세를 바로잡는 위병도 종종 보였다.

이미 규제를 한 지 이틀째로 접어들어서, 역시 더는 이만한 수의 선박 출입을 계속 제한하기란 무리이리라.

항구는 많은 사람으로 북적거렸지만, 긴장되고 불안한 공기가 감돌았다. 항구 근처의 붐비는 장소에는 꾀죄죄한 차림의 사람도 떼 지어 모인 탓에, 전체적으로 평온한 항구 도시라고 말하기 어려운 분위기였다.

아크의 투구에 달라붙은 폰타도 그 사실을 민감하게 알아차렸는지, 목덜미로 내려와서 목도리처럼 휘감긴 후 머리를 전부 처박았다.

"노잔 왕국 서쪽의 이변으로 저희한테도 난민이 밀려들었습니다. 그 때문에 현재는 치안이 상당히 나빠져서……. 항구에 규제를 가한 덕분에 그 수는 줄었지만, 도로 규제를 풀면 몰려오는 사람이 늘어나겠죠. 정말 난감한 상황입니다. 더구나 근래는 부르고만 앞바다에서 유령선을 목격했다는 괴담까지 나돌아, 주민의 불안과 불만이 계속 쌓이는 형편입니다."

항구에 안내해주던 기사단 부장 지오는 눈썹을 찌푸리며 약간 불쾌하다는 어조로 말했지만, 금세 표정을 되돌린 그는 아크와 아리안을 데리고 앞장서듯이 나아갔다.

“노잔 왕국은 서쪽의 이변에 대비해서 아무런 대책을 세우지 않소?”

바다가 육지로 쑥 들어온 지형이라 해도 난민이 부르고만을 건널 정도라면, 그 이변은 몹시 대규모일 터다. 물론 나라에서 손가락을 문 채 구경만 한다고는 생각하기 어렵지만, 그런 모습이 일상화되었을 경우는 왕국의 지배체제에 금이 갔을 가능성도 있다.

“난민들 얘기로는 서쪽에 위치한 힐크 교국의 교회 기사단이 대처한다지만, 노잔 왕국의 입장에서는 그들에게 선수를 빼앗긴 셈이지요.”

힐크 교국은 노잔 왕국의 먼 서쪽에 자리잡은 나라라고 한다. 그 힐크 교국으로서도 이번 이변은 가볍게 넘길 수 없는 일이리라.

그러나 이변에 대응하는 주체는 이웃 나라인 힐크 교국뿐일까.

아크가 지오에게 그 점을 물어봐도 고개만 갸웃거리고, 그다지 자세한 사정은 모르는 눈치다.

현대처럼 고도로 발달한 정보화 사회와 달리, 정보를 지닌 이는 극히 일부일 것이다. 정보 수집에 엄청난 노력이 드는 이 세계에서는 이웃 나라의 내정까지 꽤 정확히 파악하는 인간은 적은 모양이다.

단순히 정보를 흘리지 않으려고 입을 다물었을 수도 있지만, 당장은 사실 여부를 알아낼 방법이 없다.

페트로스는 힐크 교국이 수많은 노예를 긁어모은다고 했다. 그러면서 미스릴 광석을 캐내기 위해서일 거라는 말도 덧붙였다――.

마수 대책의 일부분인 미스릴제 무구 개발 및 그에 따른 미스릴 광석 채굴의 노동력을 구하려는 목적으로 노예를 징용하는 것이다. 그 취지를 모르는 바는 아니지만, 마구잡이로 노예를 확보한들 도저히 비용 대비 효과를 얻는다고는 여겨지지 않는다.

아크가 그런 생각에 빠졌을 때 옆에서 외투의 후드를 깊숙이 눌러쓴 아리안이 살짝 몸을 움직이며 눈길을 맞추었다.

"아리안 양, 뭐라도 찾았나?"

아크가 뭔가를 말하려는 듯한 아리안의 시선에 그렇게 묻자, 그녀는 집게손가락을 살며시 입술에 대었다. 아리안은 주위를 둘러보고 나서 황금색 눈동자를 아크에게 향했다.

"아까부터 우리를 감시하는 자들이 몇 명 있어요."

그 말에 아크가 고개만 들고 투구 속에서 주변으로 눈을 돌렸다. 확실히 아크와 아리안을 살피면서 몸은 다른 방향에 둔 수상한 남자 한 명이 보였다. 다만 아크의 관찰력으로는 아리안이 언급한 여러 명의 미심쩍은 인간들을 발견하지 못했다.

엘프족 전사는 이처럼 많은 사람이 오가는 장소에서도 민감하게 기척을 구분하여 알아차릴 수 있는 걸까, 아니면 아리안이 다크엘프라서 가능한 걸까.

어쨌든 남다른 감각을 가진 듯싶다.

그러나 자신들을 감시하는 움직임을 보이다니 대체 무슨 의도일까. 아크와 아리안이 둘 다 조금 눈에 띈다고는 해도 처음 들른 도시에서 갑자기 주목받을 만한 짓을 한 기억은 별로 없다.

역시 실종된 시녀 프라니와 관련된 일인가――그 이외에는 자신들을 감시할 이유가 짐작이 가지 않지만, 그럼 저 남자는 유괴 조직의 정찰대나 그와 비슷한 부류일까.

자신들이 영주 페트로스와 그의 부인에게서 시녀의 행방을 찾아달라는 의뢰를 받은 사실을 아는 사람은 거의 없을 터다.

그렇다면――.

아크는 앞에서 걷는 지오에게 시선을 돌렸다.

암시장에서 장사하는 인간에게 이곳 영지의 기사단 부장은 경계해야 할 상대임이 분명하다. 수상한 남자는 자신과 아리안이 아니라, 지오의 동향을 파악하기 위해 미행하는 걸까.

"놈들은 기사단 부장 지오 님을 감시하는 건가?"

아크가 발길을 멈추고 옆에 있던 아리안에게 묻자, 그녀는 살짝 고개를 가로저었다.

"그자들의 의식은 우리한테 고정된 듯해요……."

아크는 그런 것마저 알 수 있나 싶어서 아리안에게 스토커짓은 못하겠다며 묘한 감탄을 했다.

그러나 아리안의 말대로라면 점점 이해하기 어려웠다.

어떻게 된 걸까 의아해진 아크는 아리안과 서로 눈을 마주 보았다. 앞서 걷던 지오가 아크와 아리안이 멈춰 선 것을 눈치챘는지, 뒤돌아본 후 성큼성큼 다가왔다.

"왜 그러십니까?"

지오는 이상하다는 듯이 아크의 얼굴을 들여다보았다.

아크가 잠시 아리안에게 시선을 옮기고 나서 지오의 질문에 바로 대답했다.

"아무래도 줄곧 우리를 감시하는 자들이 있는 모양이오……."

눈을 휘둥그레 뜬 지오는 주위를 살피려다 가까스로 그만두고 시선만 움직였다.

"……정말입니까?"

약간 목소리를 낮추며 묻는 지오에게 아리안이 고개를 끄덕였다.

"목적은 몰라도 항구에 들어오기 전부터 따라붙었어요."

"프라니 양을 납치한 무리라고 잘라 말할 수는 없소만……."

말을 중간에 끊은 아크는 문득 다른 의문이 떠올라서 지오를 바라보았다.

“그러고 보니 지오 님. 프라니 양은 어디서 소식이 끊겼는지 파악되었소?”

아크의 질문에 지오는 동요하듯이 눈동자를 좌우로 움직이고는 시선을 내렸다.

시녀는 보통 성내에서 일하며 지내는 경우가 많을 터다. 자세히는 모르지만 더부살이를 하는 이가 대부분일 듯한 시녀가 그리 간단히 사로잡혔다고는 생각하기 힘들다.

반대로 성내에서 사라졌다면 범인상은 또 다른 모습을 취하는 셈이다.

“……제 탓입니다.”

지오는 눈을 내리깐 채 낮은 목소리로 쥐어짜듯이 대답했다.

“제가 성 밖으로 심부름을 부탁했습니다. 부하 병사한테라도 시켰으면 좋았을 텐데, 자기도 성 밖에 볼일이 있다고 해서——. 그 때문에 수색을 겸한 이번 안내역은 제가 먼저 페트로스 님께 말씀드려 지원한 겁니다. 하다못해 조금이나마 보탬이 되길 바라는 마음에서요.”

“일단 우리와 지오 님은 이곳에서 헤어지는 게 어떻겠소?”

아크가 힘없이 고개를 숙인 지오를 보면서 대답하자, 그는 화들짝 놀란 듯이 머리를 치켜들었다. 아크와 아리안을 번갈아 쳐다보는 지오의 시선이 흔들렸다.

"어째서입니까!? 저는 프라니 양 수색에 도움을——."

동요한 어조로 말하는 지오를 손으로 제지하며 입을 연 이는 아리안이었다.

"우리가 미끼가 되어서 녀석들을 끌어낸다는 거죠?"

아크는 자신의 의도를 짐작하고 묻는 아리안에게 고개를 끄덕였다.

"맞소, 지오 님은 이 도시에서 얼굴이 널리 알려진 인물이오. 놈들을 꾀어내려면 우리와 잠깐 헤어지는 게 좋을 거요."

"하, 하지만……."

여전히 뭔가 머뭇거리는 지오를 본 아리안도 냉정한 말투로 아크의 제안에 찬성을 나타냈다.

"그러네요, 별로 시간도 없죠? 지금은 조금이라도 단서가 필요해요."

다짜고짜 밀어붙이는 아리안에게 지오는 망설이면서도 고개를 끄덕인 후 머리를 숙였다.

"알겠습니다……. 그럼 전 항구에 있는 대기소를 다녀오지요."

"한 시간쯤 뒤에 다시 이 부근에서 만나도록 하겠소."

아크의 말에 아리안과 지오는 동의를 했고, 지오는 이 자리에서 따로 움직이게 되었다.

아크는 멀어져 가는 지오의 뒷모습을 지켜보며 아리안에게 말을 걸었다.

"놈들이 우리 꼬임에 넘어오겠소?"

"둘이서 못한다면 최악의 상황에는 홀로 미끼 노릇을 해야죠."

살짝 입가를 올리고 웃은 아리안은 태연하게 대답했다.

혼자라도 그리 간단히 제압당하지는 않을 아크와 아리안이지만, 그렇다고 방심해서도 곤란하다.

가능하면 함께 행동할 때 상대가 노림수에 걸려들기를 비는 수밖에 없다.

아리안과 동행한 아크는 이따금 항구에 보이는 선원에게 시녀 프라니의 특징을 말하면서 행방을 찾아 나섰다.

주위를 수소문하며 깨닫게 된 사실은 뭔가를 아는 눈치인 자들도 한결같이 말끝을 흐리거나 입을 다물거나 해서 올바른 대답을 들을 수 없었다는 점이다. 영주 페트로스가 말한 뒷세계의 항쟁에 휘말리기 싫다는 반응인지도 모른다.

아크와 아리안은 아무런 성과도 얻지 못한 채 주변의 감시자를 데리고 항구 남쪽 깊숙이 위치한 창고 거리에 발을 들여놓았다. 바로 앞의 대로는 비교적 지나다니는 사람이 많았지만, 안쪽 길로 들어서자마자 갑자기 그 수가 줄었다. 부두에서 멀리 떨어진 이 근처의 창고는 자주 쓰이는 구획이 아닌 듯했다.

길모퉁이에 부랑자 비슷한 자들이 웅크려 앉아 아크와 아리안을 수상쩍다는 표정으로 올려다보았지만, 딱히 시비를 걸지도 않고 시선만 고정했다.

"아리안 양, 어떤가?"

아크가 가까운 곳의 기척을 살피면서 아리안에게 묻자, 후드 속에서 황금색 눈동자를 빛낸 그녀는 씩 웃었다. 보아하니 잘 풀린 듯싶었다.

"뒤에 여섯 명이 따라붙었어요. 그리고 이 일대에도 열 명 이상이 나란히 달려서 빙 둘러오는 중이에요."

아리안의 말대로 사방이 창고로 에워싸인 조금 깊숙한 광장에 막다르자, 그곳에는 히죽거리는 얼굴을 드러낸 십여 명의 남자들이 기다리고 있었다.

아크가 돌아보았더니 뒤쪽에서도 다수의 남자가 퇴로를 끊듯이 쫓아왔다. 근방에 있던 몇몇 사람들은 이변을 민감하게 알아차리고는 괜히 말려들지 않기 위해 부리나케 모습을 감추었다.

대충 훑어도 스무 명 정도의 남자들이 아크와 아리안을 둘러쌌다.

"이건 또 꽤 성대한 환영이군……."

"하지만 별로 뛰어난 사람은 없어 보이네요."

광장 중앙에서 아크가 아리안과 서로 어깨를 으쓱이며 너스레를 떨자, 자신들을 포위한 남자들이 비웃음을 흘렸다.

"여유 부리지 마, 이 멀대 자식아! 투구 속이 흔들려도 그럴 수 있을 거 같냐?"

남자 한 명이 손에 둔기류인 배틀 메이스를 들고 놀려댔다. 곁에 있던 남자의 동료들 사이에서도 일제히 웃음이 터져 나왔다.

"어이, 거기 갑옷 자식도 알맹이는 엘프일지 모른다고. 될수록 정중하게 다뤄! 뭐, 이번 목적은 여자다. 그쪽은 실수로라도 상처 하나 내지 마라!!"

이 집단을 이끄는 듯이 말한 짧은 머리의 질 나쁜 남자는 아크에게 시선을 돌린 후 입맛을 다시며 웃었다.

인신매매 집단의 보스라는 분위기는 느껴지지 않았고, 단순히 허접스러운 인상의 풍채를 지녔다.

아무래도 그들의 목적은 옆에 있는 아리안인 듯했다.

"헤헤헤, 다크엘프가 인간의 도시에 나타나다니 우린 운이 좋아! 대체 얼마에 팔릴지 벌써부터 흥분이 멈추질 않는다고!"

"끝내준다, 나도 엉뚱한 데에 힘이 들어가서 발딱 서버렸어!!"

주위의 시선을 귀찮게 여긴 아리안이 잿빛 외투의 후드를 벗자, 그녀를 둘러싼 남자들이 그 모습에 더욱 들끓었다.

그러고 보니 아리안은 엘프족 중에서도 희소종이라고 불리는 다크엘프족이었다. 엘프족은 인간에게 화수분 같은 존재여서, 인신매매 무리의 눈에 띄면 몸값을 노리고 접근하는 것은 필연적인지도 모른다.

브란베이나의 사람들과 이 땅의 영주가 뜻밖에 평범하게 대해주었기 때문에 깜박 잊고 있었다.

아마 이 패거리는 아크와 아리안이 영주와의 면회를 요청했을 때, 성문 앞에서 얼굴을 드러낸 그녀를 목격하고 여태껏 기회를 살피며 쫓아왔으리라.

"역시 인간족은 결국 인간족인가봐요. 나를 노린 걸 후회하게 해주겠어요……."

황금색 눈동자에 분노를 담은 아리안이 섬뜩한 말을 꺼내며 허리에 찬 『사자왕의 검』을 쓱 뽑았다. 그 장면을 지켜본 주변 남자들은 한층 더 히죽거리고 시끄럽게 떠들어댔다.

이들은 엘프족이 숙련된 전사라는 사실을 잊은 건지 아니면 그저 집단의 우위를 확신할 뿐인지, 그 태도는 여유가 지나쳐서 몹시 방심하고 있었다.

아크는 자신들을 에워싼 남자들을 둘러보면서 한숨을 내뱉었다. 그리고 등에 멘 방패를 들더니, 뒤쪽을 맡긴 아리안에게 쓴소리를 건넸다.

"이놈들한테는 나중에 묻고 싶은 말도 있소. 모쪼록 숨통을 끊지 않도록 해주시오. 영주의 의뢰라고는 해도 인간의 도시에서, 더구나 이런 대낮에 말썽을 일으켜서는 성가셔질 테니까."

"마, 말하지 않아도 알아요."

아크가 호전적인 눈빛으로 변한 아리안에게 못을 박아두자, 그녀는 불만스럽다는 듯이 입을 삐죽 내밀었다.

아크도 대체로 단순무식한 사고방식을 가졌지만, 아리안도 보기와는 달리 자신과 동류인 듯했다.

"먼저 갈게요!"

얼버무리는 것처럼 힘차게 달려간 아리안은 입꼬리를 살짝 올리고 나서, 가까이 있던 남자들에게 검을 쥔 채 다가갔다. 그 순간 남자들의 비명이 사방에 메아리쳤다.

아리안이 표적으로 고른 자들의 지면이 날카롭게 치솟으면서 세 명의 발을 그 자리에 꿰매어 놓았다. 인신매매범들의 의식이 일제히 비명을 지른 이들에게 향했을 즈음, 아리안은 그 세 명에게 돌진해서 검을 꽂아 넣었다.

아리안이 휘두르는 검의 속도는 예전보다 빨라졌다. 그 현상이 아리안의 진짜 실력인지 그렇지 않으면 손에 든 『사자왕의 검』으로 인한 효력인지는 불확실하지만, 일단 이곳에 있는 남자들로는 맞설 수 없다고 여겨질 만한 검속과 검기이다.

팔과 가슴을 베인 두 명은 통증에 주저앉았고, 검의 칼자루로 관자놀이를 얻어맞은 자는 당장 흰자위를 드러내며 쓰러졌다. 주위의 남자들이 아리안을 노려보고 무기를 휘두르려 했을 때 이미 그녀는 다른 세 명을 공격하는 참이었다.

주변에서 토해내는 성난 고함을 등으로 느낀 아크도 방패를 왼손에 들고 전방의 거친 몸을 지닌 남자들에게 접근했다. 남자들의 얼굴에서는 어느덧 조금 전의 여유는 사라졌다. 그들은 살기등등한 기세로 아크를 노리고 손에 든 무기를 높이 쳐들었다.

방패강타
“【실드 배시】!!”

전사직이 가진 매우 초보적인 스킬인데, 방패를 들고 상대를 때려눕힐 뿐인 기술이다. 그러나 손에 든 신화급 방패와 놀라운 신체 능력을 활용한 그 전투 기술은 단순하면서도 위력은 따로 말이 필요 없었다.

아크가 청백색 빛을 희미하게 뿜는 방패를 크게 휘둘러 올려 남자들을 후려쳤다. 그러자 거친 몸집의 남자 두 명이 무기를 든 상태로 날아가서, 뒤쪽의 동료 다섯 명을 끌어들이며 벽에 처박혔다.

방패를 맞고 날아간 남자 두 명은 팔이 이상한 형태로 꺾였고, 그 남자들한테 깔린 자 중에는 목이 엉뚱한 방향으로 구부러진 이도 있었다.

“으옷, 미안하군! 이건 뜻하지 않은 사고다!”

사고라면 정상 참작을 받을 터다.

자신에게 핑계를 댄 아크는 정말 힘 조절이 어려운 몸이라면서 혼잣말을 중얼거리고 이리저리 시선을 던졌다. 자신을 둘러싼 무리는 진작에 앞다투어 도망치기 시작했다. 반대편의 아리안을 보았더니, 벌써 여섯 명째를 베어 쓰러뜨렸다.

아크는 달아나는 놈들 가운데 방금까지 위세를 떨던 짧은 머리의 질 나쁜 남자도 섞여 있는 사실을 알아차렸다.

"네놈만은 어떡하든 놓치지 않으마!"

그 남자의 뒷모습을 목표로 달린 아크가 단숨에 거리를 좁혔다. 이번에는 힘 조절을 정확히 하고 남자를 방패로 힘껏 튕겨냈다.

"갸아히이이이이이이이이잇!!"

괴상한 비명을 지른 짧은 머리의 남자는 바람에 날리는 우산처럼 땅바닥을 요란하게 구르면서 그대로 상처투성이가 되어 엎어졌다.

평범한 인간을 상대로는 전투 기술을 쓸 정도도 아니었군.

아크가 그 남자의 목덜미를 움켜잡자, 그는 비통한 목소리로 목숨을 구걸했다.

"히이이!! 그, 그마안!! 목숨만은, 목숨만은 살려줘어!!"

"일일이 시끄러운 녀석일세. 입을 다무는 법을 좀 배워야겠어."

질질 끌려오는 남자에게 쓴소리를 내뱉은 아크는 뿔뿔이 흩어지는 남자들을 지켜보던 아리안을 향해 다가갔다.

"아리안 양도 그걸로 끝인가? 말을 할만한 놈들은 조금 남겨둔 모양이오."

"아크야말로 저 사람들, 살아 있기는 해요?"

아크가 여기저기 베인 팔다리를 누른 남자들이 아리안의 발밑에서 신음을 흘리는 모습을 보고 말하자, 아리안은 어처구니없다는 표정으로 아크의 공격을 받고 날아가 여전히 벽에 처박힌 무리를 턱짓으로 가리켰다.

"뭐, 뭐어 가끔 이런 사고도 생기지. 그보다 자세한 내막을 가장 잘 떠벌려줄 자는 붙잡았소."

아크는 아까부터 죽을상을 지은 남자의 목덜미를 잡은 채 허공에 들고 쑥 내밀었다. 아리안은 황금색 눈동자를 살짝 가늘게 뜨더니, 그 남자에게 날카로운 시선을 던졌다. 아리안이 손에 쥔 사자를 본뜬 칼자루의 검이 피로 물들고 괴이한 빛을 뿜어서 그녀의 눈동자가 더더욱 무섭게 비쳤다.

한심한 비명을 지른 짧은 머리의 남자는 바짓가랑이를 미지근한 액체로 축축하게 적셨다.

아무래도 아리안의 박력에 오줌을 지린 듯했다.

마침 좋은 기회다. 이럴 때는 형사물 드라마에서 자주 보는 심문방법을 시험하기로 하자. 착한 경찰과 나쁜 경찰로 역할을 나누고 상대를 심문했던가?

"그리 겁먹지 않아도 된다. 내 질문에 두세 번 솔직하게 말해주면 문제없으니까. 아, 미리 말해두지만 저 여자를 화나게 하지 않는 편이 나을 거다. 대답할 기회는 양팔과 양다리의 수만큼 주마. 제대로 된 답을 얻지 못할 경우는 그녀가 네 사지를 차례차례 잘라낼 테지."

아크가 남자의 목덜미를 놓지 않고 귓가에서 상냥하게 속삭이는 순간, 얼굴이 새파랗게 질린 짧은 머리의 남자는 몸을 덜덜 떨었다. 착한 경찰역은 이런 느낌이었을까?

눈앞의 아리안이 약간 따지는 듯한 시선을 보냈지만, 지금은 그녀에게 나쁜 경찰역을 맡기도록 하자.

"그럼 먼저 오른팔부터다. 네놈들은 인신매매하러 노잔에서 왔나?"

아크가 남자의 팔을 붙잡아 아리안에게 들이밀면서 그의 귓가에 대고 부드럽게 물었다. 아리안도 어쩔 수 없다는 눈빛으로 아크를 보더니, 손에 든 검으로 남자의 오른팔을 겨누었다.

"히이잇, 마, 맞다! 우린 노잔의 노예 상회다!"

남자는 굳은 얼굴로 어떻게든 자신의 오른팔을 오므리기 위해 몸을 비틀며 말했다. 그 대답에 만족한 듯이 과장하게 고개를 끄덕인 아크가 남자의 뺨을 툭툭 친 후 다음 질문을 건넸다.

"으음, 이제 왼팔 차례다. 확실히 답해야 할걸? 네놈들은 도시 주민을 사로잡은 일이 있나? 어떠냐?"

아크는 짧은 머리의 남자 뒤에서 어깨를 세게 움켜잡고 매우 다정하게 귓속말을 했다. 아리안은 검끝을 남자의 왼팔로 천천히 옮겨서 딱 갖다대었다.

"이, 있다! 하, 하지만 우리가 주로 노리는 대상은 도시에서 지낼 곳이 없는 난민이다! 믿어줘!! 이번에 돈이 될만한 엘프족이 나타났다는 말을 들어서 혹한 거라고!!"

"그렇군. 주로 노린다는 뜻은 가끔 이 도시의 주민도 납치한다는 소리겠지?"

아크가 남자의 얼굴을 들여다보고 투구 속에서 씩 웃으며 확인하자, 두 눈을 휘둥그레 뜬 남자의 시선이 좌우로 흔들렸다.

역시 투구를 써서 온화한 미소가 닿지 않는 걸까, 남자의 어깨는 점점 굳어져 갔다.

"아, 아주 이따금 그랬을 뿐이다! 주민만 노려서는 꼬리를 잡히기 쉬워진다고! 정말이다!!"

"그런가, 다른 질문을 하지. 이따금 주민을 유괴했을 때 시녀 차림의 여성을 못 봤나? 이름이 아마…… 그래, 프라니 마캄. 네놈은 프라니라는 여성에 대해 짚이는 구석이 있나?"

아크는 잘 알아듣도록 이르듯이 느릿느릿 말했다. 그리고 남자의 딱딱해진 어깨를 풀어주려는 생각에 힘을 적당히 주어 살살 주물렀다. 남자는 땀을 잘 흘리는 체질인지 등이 축축하게 젖어들었다.

"몰라!! 그런 여자는 모른다고, 진짜다!! 시, 시녀 차림의 여자라고 했지!? 말도 안 돼! 그처럼 신원이 분명한 여자를 대놓고 붙잡아오지는 않는다!!"

애원하듯이 아크와 아리안을 올려다본 남자는 울부짖으면서 매달렸다.

"네놈 말이 사실인지 확인하러 가볼까. 너희가 잡아 온 자들은 어디로 빼돌렸지?"

"내, 내일 아침에 첫배로 항구를 떠날 예정이었으니까……벌써 다들 배에 실렸을 거다!"

"그렇다면 그 배까지 안내를 받아야겠는데?"

"용서해줘! 그런 짓을 했다간 내가 죽는다고!!"

싹싹 비는 남자의 말을 깡그리 무시한 아크가 그의 목덜미를 움켜잡은 채 질질 끌 듯이 항구를 향해 발길을 돌리자, 아리안도 검을 검집에 넣고 그 뒤를 따라갔다.

일행은 소란을 알아차린 항구 어부들의 시선을 온몸에 받으며 창고 거리를 벗어났다. 얼마 지나지 않아 배를 정박시킨 곳이 보이는 부두까지 오자, 왠지 어수선한 분위기 가운데 시끄러운 소리가 귀에 들렸다.

"배를 멈춰라!! 그 배에는 아직 출항 허가를 내리지 않았다! 지금 당장 정선해라!!"

소리를 지른 다수의 위병이 바다에 뜬 한 척의 배를 불러세웠다. 많은 배가 정박한 항구를 떠나는 그 배는 더디기는 해도 앞바다로 나아가는 중이었다.

보아하니 출항 허가를 받지 않고 항구를 빠져나가려는 듯했다.

그러나 곁에서 힘없이 고개를 숙인 노예 상회의 끄나풀 남자는 그 배를 발견하는 순간 기운을 되찾았는지 새파랗게 질린 얼굴로 갑자기 고래고래 고함을 쳤다.

"젠장! 어떻게 된 거냐! 날 버려두고 출항했잖아!! 빌어먹을 새끼, 우리한테 엘프를 잡으라는 명령을 내렸으면서, 위험해지니까 먼저 줄행랑치다니!!"

자신의 잘못을 덮어둔 남자는 멀어져 가는 배를 노려보면서 거친 욕설을 내뱉었다. 아크가 남자의 뒤통수를 가볍게 때리자, 흰자위를 드러낸 그는 실이 끊어진 인형처럼 그 자리에 쓰러졌다.

이 녀석을 심문하는 동안 도망친 다른 놈들이 자초지종을 보스에게 알려서 재빨리 달아날 계획을 세운 모양이었다.

로덴 왕국은 공식적으로는 엘프의 포획과 매매를 엄금한다. 따라서 그런 규정을 어기고 엘프를 포획하려다 실패하면, 이곳의 영주나 나라로부터 죄인 취급을 받는다.

도주하는 것도 당연한가——. 그러나 저들을 놓아줄 마음은 눈곱만큼도 없다.

"아리안 양, 이 남자를 부탁하오!"

그 말만 남긴 아크는 항구의 부두를 질주했다.

서둘러 출발한 노예상인의 배는 주변에 정박한 배들 사이를 누비듯이 나아가서, 속도도 그리 빠르지 않은 데다 항구와의 거리도 별로 벌어지지 못한 상태다.

【디멘션 무브】를 쓰면 단숨에 배 위까지 이동할 수 있겠지만, 현재 항구에는 보는 눈이 너무 많았다.

그렇게 판단한 아크는 부두 근처에 정박해 있던 한 척의 배에 뛰어들더니, 곧장 옆의 배로 올라탔다.

아크가 착지한 배는 크게 흔들렸고, 선원 몇 명이 바다에 빠지며 내지르는 비명과 고함이 메아리쳤다. 속으로 사과하면서도 다시 잇달아 배를 옮겨 다닌 아크는 마침내 목표물인 배에 다가갔다.

맞은편 배의 선원들도 소동을 듣고 아크에게 시선을 돌렸지만 이미 늦었다.

노예상인의 배와 가장 가까이 정박한 배를 발판 삼아 높게 뛰어오른 아크는 범선 오른쪽 뱃머리의 뱃전을 움켜잡았다.

당황한 선원 한 명이 무기를 뽑고 아크에게 덤벼들었다. 그러나 아크가 선원의 팔을 붙잡아 힘껏 집어던지자, 그 선원은 공중에 커다란 포물선을 그리며 바다에 떨어졌다.

그와 교대하듯이 아크는 뱃머리의 갑판에 올라섰다.

"저, 저 녀석이야!! 쫓아왔다!!"

선내에서 우당탕 발소리를 울리며 뛰쳐나오는 선원들 가운데 한 명이 그들을 둘러보는 아크를 가리키고 날카롭게 외쳤다. 아무래도 창고 거리에서 놓친 무리의 일원이리라. 선원은 초조한 탓인지 이마에서 비 오듯이 땀을 흘리고 두 눈을 휘둥그레 떴다.

"어서 그 침입자를 죽여버려!!"

웅성대는 선원들에게 큰소리로 기합을 넣은 이는 온몸이 털북숭이인 거한이었다. 이 배의 선장일 테지만, 그 모습은 해적으로밖에 보이지 않았다.

그 남자의 지시를 받아 제정신을 차린 선원들은 손에 무기를 쥐고 아크에게 몰려들었다. 아크는 등에 멘 방패를 잽싸게 들더니, 밀어닥치는 선원들을 향해 돌진했다.

"【실드 배시】!!"

충돌과 동시에 뿜어낸 전투 기술의 위력으로 방패를 얻어맞아 튕겨 날아간 선원들이 바닷속에 처박혔다.

맹위를 떨치는 방패의 강타에 선상은 난장판이 벌어졌고, 계속해서 배 주위의 수면에 파문을 그렸다.

나머지 소수의 선원도 아크를 당해낼 수 없다는 현실을 깨달았는지, 스스로 바다에 뛰어들어서 갑판 위에는 털복숭이 선장 혼자만 남겨졌다.

"뭐, 뭐냐, 네놈은!! 이런 짓을 하고도 무사히 넘어갈 줄 아느냐!!"

손에 든 검은 끝이 덜덜 떨렸지만 선장은 침을 튀기면서 큰 소리로 떠들었다.

아크가 말없이 위세만큼은 그럴듯한 선장에게 다가가자, 아크의 움직임에 맞춰 뒷걸음질 치는 선장의 얼굴이 비통한 표정으로 바뀌었다.

선장은 방패를 크게 휘둘러 올린 아크의 동작에 눈을 질끈 감았다. 그러나 아크는 손에 든 방패로 근처의 돛대 두 개 중 하나에 【실드 배시】를 꽂아 넣었다.

요란한 충격음과 진동에 이어 돛대가 부서지고 나무 조각이 튀어 올랐다. 곧이어 삐걱대는 소리와 함께 굵은 돛대는 비스듬히 기울기 시작했다. 잠시 후 돛대에 매어놓은 밧줄이 서서히 끊기더니, 바다에 쓰러진 주 돛대가 수면을 때리면서 엄청난 물보라를 일으켰다.

항구 주변에서 구경하던 사람들의 비명인지 감탄인지 모를 목소리가 한꺼번에 터져 나왔다.

그 모습을 바라본 아크가 조금 지나쳤나 싶은 생각에 시선을 돌리자, 발밑에서 선장이 커다란 몸을 작은 동물처럼 움츠리고 덜덜 떨었다.

일단 인신매매를 일삼는 노예 상회 무리를 도주 전에 붙잡은 듯했다. 남은 일은 시녀 프라니가 잡혔는지 어떤지를 알아내는 것이리라.

랜드발트의 항구는 지금 사람들로 북적거렸다.

주 돛대를 잃고 부두에 인항한 노예 상회 범선의 선창에서는 갇혀 있던 많은 사람이 발견되었다. 정보를 토해낸 남자의 말대로 난민이 대부분을 차지했지만, 그중에는 이 도시의 주민인 젊은 여성도 섞여 있었다. 그 때문에 선장을 비롯하여 바다에 빠진 다수의 선원이 위병들에게 끌려갔다.

"이런 행동을 할 때는 미리 제게 귀띔해주시지 않으면 곤란합니다."

아크와 아리안이 그 과정을 지켜볼 때 가까이 다가온 지오가 부드러운 미소를 띠면서도 난감하다는 듯이 눈썹을 찌푸린 채 쓴소리를 했다.

아크는 지오의 관자놀이가 약간 굳어진 사실을 눈치챘다.

상당히 화가 난 모양이다. 죄인의 검거는 본래 영내의 위병이나 기사가 해야 하는데, 외부자인 자신들이 처리했으니 당연한 반응이다.

그러나 옆에 있는 아리안은 지오의 쓴소리에 이상하다는 표정으로 고개를 돌렸다.

"그 사람들은 전부 죄인이잖아요? 우리가 붙잡으면 무슨 안 좋은 일이라도 생기나요?"

"인간족에게는 인간족의 규정이 있습니다! ……아니, 그 놈들을 잡아들이는 데에 힘써 주신 점, 기사단을 대신해서 감사드립니다."

지오는 다소 험악한 말을 내뱉은 후 금세 겸연쩍다는 얼굴로 그 발언을 거두고 머리를 숙였다.

그 모습을 눈을 가늘게 뜨고 보던 아리안은 지오가 알아차리지 못하도록 아크에게 살짝 몸을 기대어 귓속말했다.

『아크, 이 남자 왠지 수상해요. 아까 서로 헤어지고 나서 우리를 따라오는 인원이 한 명 늘었는데, 어쩌면 이 사람이 몰래 뒤를 밟았을지도 몰라요.』

아크는 눈앞에 있는 지오의 얼굴을 들여다보았다.

아리안의 말대로 정말 수상한 걸까?

정체를 알 수 없는 남녀에게 영내를 안내해주는 역할을 영주로부터 맡았다지만, 갑자기 단독행동을 취하려는 남녀의 목적을 파악하고 감시하는 의미에서도 미행을 붙였을 가능성이 전혀 없지는 않다.

그러나 지오가 아크와 아리안에게 실제로 미행을 붙였다면, 창고 거리에서 습격당한 시점에 기사단이나 위병이 달려와도 이상하지 않았을 터다. 그럼 한 명 늘어난 감시원을 단순히 노예 상회의 일원이었다고 여기는 편이 타당할 테지만, 만약 그자가 지오의 지시를 따랐다면 아크와 아리안이 습격당한 사실을 알면서도 못 본 척했다는 말인데 뭔가 이유라도 있을까.

다만 어디까지나 억측일 뿐이고, 이런 일에 확증도 없이 이래저래 추론을 내세운들 결말이 나지 않는다는 점은 명백하다.

일단 아크는 지오에게서 시선을 떼고, 위병들에 의해 끌려가는 노예 상선의 무리를 쳐다보았다.

"결국 위법을 저지른 노예 상회 집단은 모조리 잡았지만, 정작 꼭 찾아야 할 사람을 찾지 못했군."

아크가 팔짱을 끼면서 누구에게랄 것도 없이 중얼거리자, 아리안도 그 말에 고개를 끄덕이며 아무렇지 않게 주위를 살폈다. 그러나 아리안은 잿빛 외투 속에서 엿보이는 황금색 눈을 살며시 가늘게 뜨고 있었다.

"아크, 또 한 척 의심스러운 배를 발견했어요."

아리안은 아크의 팔을 끌듯이 그 자리를 벗어나 걸음을 옮겼고, 아크도 그 상태로 아리안을 뒤따랐다.

"의심스러운 배라 했소?"

"네, 조금 전부터 우리를 자세히 눈여겨보는 자들이 있어요."

"하지만 이번에는 확실한 증언도 없어서, 너무 요란하게 올라타기도 망설여지는데……."

"갇힌 사람들이 있다는 확증을 얻으면 되는 거죠? 괜찮아요."

아크는 묘하게 자신만만해 하는 아리안의 표정을 곁눈질했다. 곧이어 그 둘은 사람들로 붐비는 항구를 비집고 안쪽 부두에 매어진 검은 배 가까이 다가갔다.

노예 상회의 배보다 훨씬 큰 상선이었는데, 선상에는 많은 선원의 모습이 보였다. 그러나 다들 배에 접근하는 아크와 아리안에게 경계심을 비치고 진로를 방해하듯이 앞을 가로막았다.

그 검은 상선 앞까지 왔을 때는 이미 십수 명의 선원이 벽을 쌓는 것처럼 주위를 둘러쌌다.

"우리 배에 볼일이라도 있나?"

단련된 몸의 웃통을 벗은 거구의 남자 한 명이 나서며 아크와 아리안에게 용건을 물었다. 양팔에 칼자국으로 여겨지는 여러 개의 흉터를 지닌 그 남자는 콧방귀를 뀌면서 수상쩍다는 눈초리로 노려보았다.

그러나 아리안이 질문에는 답하지 않고 손바닥에 살짝 입김을 불어 넣어 뭔가를 속삭이자, 희미한 빛이 나타났다가 금세 눈앞에서 사라졌다.

아리안은 그 광경을 확인하더니, 거구의 남자를 쳐다보고 어깨를 으쓱였다.

"배가 신기해서 잠시 구경하러 왔을 뿐이에요. 당신들한테 볼일은 없어요."

"그럼 여기서 당장 돌아가! 일하는 데에 방해된다!! 나리, 당신도 마찬가지요!"

건성으로 대답하는 아리안의 태도가 거슬렸는지, 흉터를 지닌 거구의 남자는 눈썹을 추켜세웠다. 그러면서 위협하듯이 목소리를 높이고 한 걸음 더 내디뎠다.

이때 화려한 옷을 입은 상인 남자 한 명이 인파를 헤치며 모습을 드러냈다.

"이런, 저희 데오인 상회의 배에는 어떤 용건이신지?"

얼굴에 미소를 띤 그 남자는 끈적거리는 시선을 아크와

아리안에게 향하면서 물었다.

“아직은 없어요.”

그 물음에 대답한 이는 잿빛 외투를 깊숙이 눌러쓴 아리안이었다. 아리안을 본 상인 남자는 고개를 갸웃거리고 의심스럽다는 듯이 눈을 가늘게 떴다.

그런데 마침 귀에 익숙한 목소리의 남자가 끼어들었다.

“잠깐 기다려주십시오! 아리안 님, 아크 님.”

아크가 뒤돌아보자 낯익은 남자 한 명이 이쪽으로 뛰어오는 중이었다. 그 남자는 랜드발트령(領) 기사단의 부장인 지오였다.

“비치오 님, 혹시 문제라도 생기신 겁니까?”

“이거 지오 님이로군요. 아뇨, 여기 두 분이 우리 상선에 용건이 있는 듯해서 말입니다.”

지오에게 비치오라고 불린 그 상인 남자는 징그러운 미소를 지으며 몹시 난감하다는 몸짓으로 어깨를 으쓱였다.

“아리안 님, 이 배는 노잔 왕국의 오르나트 백작님에게 비호받는 데오인 상회의 소유입니다. 이번 사건과는 무관한데다, 이미 검문도 마쳤습니다.”

지오는 약간 비난을 품어 말했지만, 아리안은 딱히 귀를 기울이지 않고 다른 일에 집중하는 듯싶었다.

지오는 그런 아리안과 비치오 사이에 일어난 말썽을 어떻게든 잘 풀어보기 위해 애썼다.

아무래도 그리 쉽게 손을 댈 수 있는 배는 아닌 모양이다. 타국 귀족이 뒷배를 봐준다면 확증도 없이 발을 들여놓지는 못한다.

양자가 서로를 노려보는 가운데 갑자기 한바탕 바람이 불고 나서, 조금 전 사라진 희미한 빛이 아리안의 곁에 되돌아왔다. 자세히 살피지 않으면 모르겠지만, 주위에 있는 자들은 느닷없이 불어온 바람에 얼굴을 찌푸리기는 했어도 전혀 알아차리지 못한 눈치였다.

그러나 그 희미한 빛도 순식간에 사라져 보이지 않았다. 다만 아리안은 그것을 신호처럼 여긴 듯이 돌연 비치오에게 시선을 돌리나 싶더니, 그동안 주고받은 이야기의 흐름을 무시하는 말을 꺼냈다.

"이 배에 갇힌 사람들이 있어요. 배 안을 보여줄래요?"

"무슨 얘기인지? 게다가 방금 지오 님이 말했듯이 이 배는 노잔 왕국의――."

쓴웃음을 지은 비치오는 자신들의 뒷배를 거론하려 했지만, 눈앞의 아리안이 깊숙하게 눌러쓴 잿빛 외투의 후드를 벗자 숨을 삼켰다.

아리안의 옅은 자주색 피부와 뾰족한 귀를 보고 그녀의 종족에 짚이는 구석이 있었는지, 주변을 둘러싼 자들은 커다란 동요를 일으켰다.

"나는 캐나다 대삼림의 엘프족, 아리안 그레니스 메이플.

노잔 왕국의 일개 영주에 불과한 오르나트 백작은 우리 엘프족과 진심으로 분란을 만들려는 걸까요?"

아리안은 황금색 눈동자를 가늘게 뜨고 상인 남자 비치오를 응시했다. 어느 정도 도발적인 말투였지만, 얼굴을 굳힌 비치오는 무척 당황해서 할 말을 잃었다.

"아무것도 꺼릴 게 없다면, 배에 오르는 걸 허가해주길 바라죠."

미소를 띤 아리안에게 모욕을 받았다고 생각한 비치오는 얼굴을 시뻘겋게 붉히며 마구 고함을 질러댔다.

"고작 미개한 엘프족 따위가 우리 인간을 우롱하고도 이 만저만 건방진 게 아니구나!!"

주위에 있던 자들은 비치오의 말을 듣고 돌변해서 험악한 분위기를 사방으로 뿜어냈다.

보통 이런 상황에서는 누구든 신원을 알 수 없는 이를 배에 태우지 않으리라.

그러나 아예 무시한다는 듯이 엷은 미소를 머금은 아리안은 흉터를 지닌 거구의 남자를 향해 달음박질하더니, 가뿐히 뛰어올라 그의 머리를 발판 삼아서 사람들을 넘었다.

"뭐야! 이 자식!!"

어안이 벙벙해지거나 화를 내고 놀라는 자들을 내버려 둔 아리안은 경쾌한 동작으로 배에 달려갔다. 그 모습을 멍하니 바라보던 비치오는 곧이어 새된 소리를 질렀다.

"저 엘프를 잡아!! 얼른 움직여!! 이 자식, 얘기가 다르지 않나!! 이게 어찌 된 일이냐, 지오!! 우리 배는 검문을 받을 필요가 없다고 했을 텐데!!"

당장에라도 관자놀이의 혈관이 끊길 것처럼 핏대를 올린 비치오는 급변한 사태에 얼굴이 새파래진 기사단 부장 지오를 몰아세웠다.

비치오의 서슬에 당황한 지오는 무심코 슬슬 뒷걸음질 치며, 주위로부터 쏟아지는 시선을 벗어나려 했다.

"호오, 아무래도 지오 님은 뭔가 사정을 아는 것 같소만?"

아크가 지오에게 눈길을 돌리고 묻자, 그는 초조한 듯이 빠르게 지껄였다.

"그, 그보다 아크 님, 아리안 님을 말려주십시오!! 이대로는 우리 영지와 노잔 왕국 사이에 불씨를 만들게 될 겁니다!! 그 일만큼은 반드시 피해야 합니다!!"

상인 비치오의 말과 지오의 태도를 본 아크는 그럭저럭 꿍꿍이속을 읽어냈다.

그러나 이 자리에서는 일부러 그들의 말을 따라도 재미있을지 모른다.

"알았소! 아리안 양을 붙잡도록 하지!"

아크는 배를 향해 서둘렀다. 주변의 선원들은 이미 아리안을 뒤쫓았고, 항구에 남은 다른 위병들은 소란을 들었는지 모여들었다.

선상에는 곡예사처럼 돌아다니는 아리안을 쫓아, 남자들의 성난 목소리가 이리저리 뒤섞였다. 벌써 얻어맞고 바다에 빠지거나 흰자위를 드러내고 뻗은 자들도 있었다.

아크는 그런 가운데 아리안을 제압한다는 명목으로 배에 오른 후, 갑판에서 난투극을 벌이는 그녀에게 뛰어들었다.

"우옷~ 아리안 양~, 얌전히 구시오~!"

아크가 교과서를 읽듯이 약간 어설프게 말하면서 아리안에게 덤벼드는 척하자, 그녀는 미리 짐작하고 훌쩍 피하더니 닻을 감는 장치인 캡스턴 위에 올라탔다.

아크는 아리안을 공격하던 기세 그대로 갑판에 있는 힘껏 주먹을 꽂아 넣었다.

두꺼운 상갑판은 조금 전의 일격으로 커다란 구멍이 간단히 뚫렸고, 멈추지 않은 그 여파가 중갑판을 관통하면서 아크는 선실까지 굴러 떨어졌다.

"내 배가아~~~!!"

갑판에 뚫린 커다란 구멍을 통해 비치오의 비명 같은 절규가 들려왔다.

"큐~웅……."

아크의 목덜미에 휘감겼던 폰타도 덩달아 말려든 탓인지, 몹시 놀라 바닥에 떨어지고 나서 머리를 흔들어 자세를 바로잡았다.

아크도 비뚤어진 두구를 고쳐 쓴 다음 어슴푸레한 선내를

응시하듯이 둘러보았다. 발밑에는 배에서 쓰는 듯한 굵고 기다란 밧줄이 뭉쳐 있었다.

비교적 커다란 선실인 모양이었다.

아까 아리안은 이 배에 사람들이 갇혔다는 확신을 했다. 아크도 일단 그 말을 믿고 이 배에서 그들을 찾아낼 필요를 느꼈다.

"구해주러 왔소! 사로잡힌 사람은 소리치시오!!"

아크는 선내에서 크게 외쳤으나 잠시 술렁거리는 기척만 났고, 그밖에는 손에 무기를 든 선원 몇 명이 달려들었을 뿐이다.

갑자기 나타나 구해주러 왔다고 고함을 쳐도 덫이 아닐까 의심해서, 좀처럼 쉽사리 대답할 수 없었는지도 모른다.

아크는 자신을 공격한 선원들을 기절시키고 선내에 사람들을 가둘 만한 장소를 찾아다니는 한편 부르는 방법을 바꿔보기로 했다.

"트레아서 님의 사자요! 프라니 마캄 양은 있는가!!"

선내에 갇혔을 가능성도 고려해서 아크가 구체적인 이름을 대며 소리를 지르자, 이번에는 여성이 또렷한 목소리로 대답했다.

"정말 트레아서 님의 사자인가요!? 저는 여기 있습니다, 프라니 마캄입니다!!"

안쪽 선실 아래에 있는 격자 덮개를 덮은 선창 입구였다.

그 틈새로 손가락이 엿보였고, 그곳에서 여성의 필사적인 말소리가 새어 나왔다.

여성 주변의 다른 사람들도 비로소 자신들을 구하러 왔다는 사실을 믿었는지, 잇달아 도움을 바라는 소리를 외치기 시작했다.

아무래도 찾아야 할 인물을 제대로 발견한 듯싶었다.

망을 보던 선원 두 명을 가볍게 처리한 아크가 선창 입구를 가로막은 격자 덮개에 달린 자물쇠를 검으로 자르자, 안에서 많은 사람이 우르르 밀려 나왔다.

아크는 갇혀 있던 사람들 속에서 자신이 찾는 프라니 마캄을 금세 알아보았다.

검은 머리를 *시뇽 형태로 틀어 올리고 영주 저택에서 본 고용인들의 복장을 몸에 걸친 여자와 눈이 맞았다. 그 여자는 커다란 검은색 눈동자로 아크를 올려다보면서 쭈뼛쭈뼛 다가왔다.

"프라니 마캄입니다……. 저기, 트레아서 님의 사자는 기사님이신가요?"

"내 이름은 아크. 기사가 아니라, 트레아서 님에게 의뢰를 받은 용병이오."

아크는 조심스레 묻는 프라니에게 신원을 밝혔다. 그러자 프라니는 아크가 고용된 용병이라는 말을 듣고 믿기지 않는

*프랑스어로 '쪽진머리' 라는 의미. 뒤로 모아 틀어올린 머리 모양.

다는 표정을 지었다.
"이곳에 오래 머물 필요는 없소. 다들 내 뒤를 따라오시오."
앞에 서서 프라니를 보호한 아크는 선실 문을 부수고 나갔다.
이따금 선원이 습격하기는 했지만, 주먹을 살짝 꽂아 넣으면 벽으로 날아가거나 나무통에 엉덩이가 끼어 꼼짝달싹 못 해서 장해물도 되지 않았다.
이윽고 아크가 상갑판으로 이어지는 계단을 올라 밖으로 얼굴을 내밀자, 다수의 선원이 쓰러진 가운데 그들을 짓밟듯이 서 있는 아리안이 보였다.
아크를 뒤따라온 사람들도 눈을 휘둥그레 뜨고 그 모습을 바라보았다.
"마법도 쓰지 않고 갑판에 커다란 구멍을 낼 만한 이는 아크뿐이겠네요. 그런데 찾아야 할 사람은 있었어요?"
옅은 자주색 피부를 지닌 다크엘프 아리안이 하얗고 긴 머리를 바닷바람에 나부꼈다. 아리안은 상처 하나 입지 않은 채 뭇사람들의 시선을 받으면서 다가와 웃었다.
아크의 뒤에서 몇 사람이 감탄과 동시에 숨을 삼키는 소리가 들렸다.
"그렇소, 이 여성이 트레아서 님이 애타게 찾은 프라니 양이오."

아크가 옆으로 비키며 뒤쪽의 프라니를 아리안에게 소개하자, 프라니도 허둥지둥 앞으로 나서서 인사하듯이 머리를 숙였다.

"그럼 이걸로 트레아서의 의뢰도 별 탈 없이 마무리 짓게 되었네요."

아리안은 약간 안도한 표정으로 가슴을 쓸어내렸다.

배 주변에 모여든 위병들은 프라니를 보호하는 한편 사정 설명을 듣고 선상의 선원들을 잇달아 포박했다. 아크와 아리안은 단지 그 광경을 구석에서 바라볼 뿐이었다.

아무래도 기사단 부장 지오는 인신매매를 거들었던 모양이다. 그러나 지오는 이미 주위에서 사라지고 없었는데, 아마 아리안이 난투극을 벌이는 동안 행방을 감춘 듯했다.

사후 처리를 위병들에게 맡긴 아크와 아리안은 영주의 저택에서 기다리는 트레아서의 곁으로 돌아갔다.

"트레아서 님!"

"프라니!"

랜드발트의 영주 저택, 영주인 페트로스 앞에서 그의 부인이 된 트레아서와 시녀 프라니가 서로 이름을 부르며 부둥켜안았다.

"이번에 아내의 부탁을 들어주고 프라니를 무사히 구해줘서 감사드리오."

페트로스는 아리안에게 손을 내밀었다. 아리안은 페트로스의 손과 그의 얼굴을 번갈아 쳐다본 후 악수를 하였다.

"아뇨…… 난 딱히 대단한 일을 하지 않았어요."

아리안은 살짝 고개를 돌리고 무뚝뚝하게 대답했다. 페트로스는 흐뭇하다는 듯이 미소를 짓고 나서 다들 자리에 앉도록 재촉했다.

전신 갑주 차림인 아크는 눈앞의 고급스러운 소파에 앉을 수 없었으므로, 처음처럼 아리안의 호위로서 그녀 뒤에 섰다.

영주 페트로스와 그의 부인인 트레아서 뒤에도 아크같이 꼿꼿한 자세로 선 고령의 낯선 남성이 있었다.

"그나저나 잘도 그 배에 사로잡힌 프라니를 찾아냈군. 그 배는 노잔 왕국 귀족 오르나트 백작의 면허장을 갖고 있었소. 만약 프라니나 도시 주민이 갇힌 사실이 없었다면 큰일이 벌어졌을 거요……. 어디서 확증을 얻었는지 물어도 되겠소?"

페트로스가 쓴웃음을 짓고 아리안에게 묻자, 옆에 있던 프라니는 뭔가를 퍼뜩 떠올렸는지 손뼉을 치며 입을 열었다.

"그러고 보니 선창에 갇혔을 때 누군가 제 이름을 부른 여성분이 계셨어요. 얼떨결에 대답하기는 했지만, 주위의 다른 사람들은 아무도 저를 부르지 않았다더군요……. 지금 와서 돌이켜보면 그 목소리는 아리안 님이었어요."

프라니의 이야기를 흥미 깊게 듣던 페트로스의 곁에서 트레아서가 문득 납득했다는 표정을 지었다.

"아아, 바람의 정령을 쓴 거죠?"

트레아서의 말에 아리안도 작게 고개를 끄덕였다.

"바람의 정령과 계약을 맺지 않아서 내가 말을 전할 수 있는 거리는 고작 십수 미터일 뿐이에요."

"변덕이 심한 바람의 정령을 계약도 맺지 않고 부린다는 자체만으로도 충분히 굉장하답니다."

트레아서가 몹시 감탄했다는 시선을 아리안에게 던지자, 그녀는 조금 부끄럽다는 듯이 고개를 돌리며 뺨을 긁적거렸다.

아까 아리안의 손바닥에서 뭔가가 나타난 장면을 목격했지만, 아무래도 바람의 정령을 날리던 순간이었으리라. 정령 마법을 사용한 무선통신 같은 수단인 모양이다.

페트로스도 아리안과 트레아서의 대화에 놀랍다는 듯이 자주 고개를 끄덕이고 들었다.

"그건 그렇고 프라니 양의 유괴를 꾸민 게 기사단 부장 지오 님이라니……."

아크가 약간 탄식하면서 이번 사건의 소감을 말했더니, 페트로스 뒤에 있던 고령의 남자가 앞으로 나와 머리를 깊숙이 숙였다.

"제 소홀한 감독이 불러일으킨 불상사로 여러분께 폐를 끼쳐서 정말 드릴 말씀이 없습니다. 책임은 전부 기사단장인 저 헤리드 간코너에게 기인——."

백발을 올백으로 빗어 넘기고 *카이저 수염을 기른 기사단장 헤리드가 모든 책임 소재는 자신에게 있다고 점점 목소리를 높였다. 그러나 영주 페트로스는 기사단장 헤리드의 말을 막듯이 가볍게 손을 저었다.

"헤리드 자네만의 잘못으로는 볼 수 없네. 아버지를 영주 자리에서 끌어내리고도 여전히 실권을 전부 장악하지 못한 내게도 책임은 있으니 말일세……."

기사단 부장 지오는 소동이 벌어진 혼란을 틈타 달아났으나, 기사단장 헤리드가 이끄는 기사들이 연락을 들은 즉시 그의 잠복처에서 붙잡았다고 한다.

"역시 목적은 돈이었소?"

"확실히 그런 이유도 있는 듯합니다. 하지만 녀석은 근래 많이 흘러들어온 난민을 데오인 상회에 넘겨줌으로써 치안 회복도 노렸던 모양입니다. 다만 데오인 상회는 녀석의 묵인하에 도시의 주민마저 다수 유괴한 것 같습니다. 녀석도 한통속인 까닭에 데오인 상회의 행위를 눈감아주었더군요."

지오의 목적을 묻는 아크의 말에 헤리드는 벌레라도 씹은 듯한 얼굴을 숙였다.

곰곰이 생각해 보면 기사단 부장 지오는 난민에게 그다지 좋은 감정을 보이지 않았다.

아크는 시녀 프라니가 데오인 상회에 납치된 경위도 물었

*양쪽 끝이 위로 굽어 올라간 콧수염. 독일 황제 빌헬름 2세의 수염 모양에서 유래한다.

다. 기사단 부장 지오는 난민 대책으로서 도시의 난민을 데오인 상회의 비치오 무리에게 넘겨주는 거래를 했는데, 그 장면을 우연히 지나던 프라니가 목격하자 입막음을 겸해 그녀를 팔아치웠다는 것이 사건의 진상이었다.

지오는 돈을 받고 프라니를 건네기로 결심했고, 비치오는 교양을 지닌 시녀를 노예로 사들여 기뻐했다. 어쩌면 두 남자가 욕심을 부린 덕분에 프라니는 무사할 수 있었는지도 모른다.

"다른 나라의 문서라지만 백작의 면허장을 가진 상회가 타국 영지에서 만행을 벌였소. 상대편 백작한테 이 일을 따질 셈이오?"

아크의 질문에 페트로스는 쓴웃음을 지으면서 고개를 가로저었다.

"오르나트 백작에게는 가짜 면허장으로 데오인 상회를 사칭한 자들을 구속했다고 전할 심산이네. 섣불리 다른 나라의 영주와 다투기도 싫고, 우리도 그들 배에 강제로 침입한 꼴이니 말일세. 오르나트 백작도 배를 잃어서 심한 타격을 입겠지만, 체면은 유지할 테니 크게 비난하지는 않겠지."

아리안의 정령 마법으로 확증을 구했다고는 해도, 아무런 수순을 밟지 않고 돌입한 것은 지나친 행위였을까. 그러나 착실히 수순을 밟았더라도 배의 점검이 제대로 이루어지지도 않았으리라.

"소란을 일으킨 사죄의 의미는 아니지만, 영내에 넘쳐나는 난민을 거둬줄 곳으로 짚이는 데가 있소."

그 말에 영주 페트로스는 물론, 옆에 있던 기사단장 헤리드도 흥미를 나타냈다.

아크가 랜드발트로 올 때 들은 브란베이나령(領)의 이야기를 들려주자, 의아해하던 아리안도 그제야 떠올렸다는 듯이 손뼉을 쳤다.

브란베이나의 영주 스킷토스는 카시의 시책으로 새로이 늘어난 경작지를 보살필 사람이 없는 데다 관리할 일손도 부족하다고 한숨을 지었다. 대량 이주는 힘들 테지만, 이곳의 난민 대책 일환으로서 고려할 수 있을 터다.

"그 영지는 별로 사람을 늘리지 못할 거라고 여겼는데……. 우리 영지처럼 엘프족을 떠맡은 건가. 그렇다면 엘프족과의 우호를 추진하는 유리아나 전하의 파벌로 끌어들이는 김에 난민 문제도 자작에게 상담해봐야겠군."

아크의 제안을 받은 페트로스가 뭔가 생각에 잠긴 얼굴로 혼잣말을 중얼거리자, 소파에 앉은 아리안이 관심을 보이며 앞으로 몸을 내밀었다.

"그 유리아나 전하라는 인물은 로덴 왕국의 왕족인가요?"

"그렇소, 전하는 이 나라의 왕위 계승권을 가진 이들 가운데 유일하게 엘프족과 우호 관계를 맺으려는 분이오. 우리 영지는 아버지가 제2왕자인 다카레스 전하의 파벌에 속했지만, 아내의 처지 때문에라도 제2왕녀인 유리아나 전하의 휘하로 들어갈지 고민 중이요."

아리안은 페트로스의 이야기를 흥미진진하다는 듯이 들었다.

이 나라의 왕족에도 어쨌든 엘프족과의 교류를 바라는 이가 존재했다. 엘프족인 아리안의 주의를 끌 만한 내용이다.

아리안과 페트로스의 대화를 듣던 아크는 왠지 유리아나라는 이름에 기시감을 느끼며 고개를 갸우뚱했다. 당장 기억해내지 못하는 이유는 딱히 중요하지 않은 까닭이라고 결론을 내렸다.

이번 사건의 답례로 영주 페트로스는 무슨 일이 생기면 편의를 봐준다는 약속을 했다. 그리고 그 뜻을 적은 봉랍으로 봉한 서한과 랜드발트 영내에서 쓰이는 동 통행증 두 개를 건네주었다.

엘프족과 인간족의 앞날을 걱정한다면 이런 물건은 여러모로 도움이 될 테고, 이후에도 번번이 찾아올 가능성을 예상하면 통행증도 매우 유용하다.

영내에서 조금 요란하게 움직였지만, 모름지기 소문은 49일을 못 간다는 옛말도 있으니 조만간 잠잠해지리라.

아니, 49일은 49재를 치르는 불교식 제사의례의 일정이었나?

아크가 그처럼 쓸데없는 잡념에 빠졌을 때 대화를 마친 아리안이 옆구리를 쿡 찔러서 겨우 제정신을 차렸다.

그 후 영주 페트로스와 그의 부인이 된 트레아서, 그리고 시녀 프라니에게 인사를 하고 작별을 고했다. 랜드발트를 벗어난 아크와 아리안은 장거리 전이마법【게이트】를 써서 일단 엘프족의 마을 라라토이아에 돌아가기로 했다.

엘프족의 대부분이 사는 광대한 캐나다 대삼림. 우뚝 솟은 거목이 자라고 강력한 마수가 날뛰는 숲 한복판에 자리 잡은 라라토이아는 아리안의 출신 마을이기도 하다.

인기척이 없는 부르고만을 바라보는 언덕 위에서【게이트】를 발동시키자, 풍경이 뒤바뀌더니 근래 자주 오게 된 저택 앞에 서 있었다.

정면에 거대한 나무가 나타나고, 그 거대한 나무와 일체화한 듯한 엘프족의 독특한 저택이 시야에 들어왔다. 자연과 융합한 형태의 그 저택은 라라토이아를 대표하는 장로의 자택이었고, 그의 딸인 아리안에게는 친가이기도 했다.

원래는 인간족을 들이기를 꺼리는 엘프족의 마을에 전이마법으로 직접 이동한 행위는 별로 칭찬받을 일은 아니다.

그러나 이 마을을 다스리는 아리안의 아버지가 장로라는

이유도 있어서 그에게 허가를 받은 데다, 눈앞의 저택이 뿜어내는 인상이 강렬하다 보니 전이마법을 쓸 때 떠오르는 이미지에 이끌려 늘 이곳으로 오게 된다.

몹시 우거진 가지와 나뭇잎으로 석양빛을 가린 거목은 그 아래에 지어진 저택에 주위보다 이른 땅거미를 드리웠다. 저택 창문에서는 마도구로 만든 램프 불빛이 새어 나왔고, 저녁 준비를 하는지 허기진 배를 자극하는 구수한 냄새를 풍겼다.

"큐~웅."

그 냄새에 사로잡힌 투구 위의 폰타가 한 번 짖고 나서 코를 벌름거렸다.

앞장선 아리안은 잘 아는 자기 집인 저택의 커다란 두쪽문을 열고 안으로 발걸음을 옮겼다.

정면 현관을 거쳐 통층 구조의 홀로 들어서자 중심에는 거대한 기둥이 저택을 꿰뚫듯이 서 있었다. 마침 그 홀의 바깥 둘레에 놓인 2층 건널 복도에서 엘프족 남성 한 명이 내려오는 참이었다.

외견상의 나이는 20대 후반에서 30대 정도로 보였다. 녹색이 섞인 금발은 조금 길었고, 엘프족 특유의 문양을 넣은 신관복 차림이었다.

이 남자가 이 마을의 장로이며 아리안의 친아버지인 딜런터그 라라토이아다.

딜런은 딸 아리안의 얼굴을 보더니, 싱글벙글하면서 가까이 다가왔다.

"돌아오는 게 꽤 이르구나. 뭔가 성과라도 있었던 거냐?"

딜런은 딸과 아크에게 순서대로 눈길을 던지고 물었다. 그러자 아리안은 랜드발트에서 트레아서를 찾아간 경위를 들려주었다.

"그렇구나……. 그녀 자신이 인간족과 함께 살기로 결정했다면 우리가 끼어들 필요도 없겠지. 게다가 로덴 왕국의 유리아나 전하에 관한 얘기는 상당히 재밌구나. 이전에 디엔트의 영주를 살해한 사건을 빌미 삼아 저쪽이 접촉해올 경우, 그 사람과 대화를 나누면 좋은 방향으로 매듭을 지을 수 있겠어."

딜런은 아리안에게 건네받은 랜드발트의 영주 페트로스의 서한을 손에 들고 흥미진진하다는 듯이 바라보았다.

"그리고 랜드발트로 가는 길에 들른 브란베이나라는 도시에서 엘프족의 마수학자 카시 헬드를 만났어요."

"카시 헬드…… 분명 랜드프리아 출신이고 마수 생태서를 쓰던 이였지. 한참 전에 숲을 떠났다는 소문은 들었지만, 그런 곳에서 지냈구나. 그 건도 이번에 대장로들에게 말해두마."

딜런은 부드러운 미소를 띤 후 약간 진지한 눈빛으로 아크를 쳐다보았다.

"이제 남은 인물은 드라스소스 드 발리시몬뿐인데……. 그 자의 소재지 정보를 준 치요메라는 산야의 민족 말에 따르면, 다음 목적지는 동쪽의 신성 레브란 제국이더구나?"

딜런은 아리안이 작게 고개를 끄덕이는 모습을 보고, 복잡한 심경으로 미간을 찌푸렸다.

"동서에 위치한 제국은 영토도 넓거니와 엘프족은 눈에 띄면 무슨 짓을 당할지 모른다. 애당초 북대륙에 흩어져 살던 우리 엘프족을 이 땅으로 쫓아낸 원흉도 그 두 제국의 전신인 나라였지. 아리안 너도 충분히 강할 테지만, 너무 무리하지는 말거라."

"알아요. 그래도 아크가 동행하니까 웬만한 상황은 넘길 수 있을 거예요."

아버지의 걱정스러운 시선에 아리안은 옆쪽을 올려다보면서 아크의 갑옷을 두드렸다. 아무래도 아리안에게는 비교적 높은 평가를 얻은 모양이다.

솔직히 아크는 충동적으로 움직인 일이 많아서 딱히 칭찬받을 구석도 없다고 여겼다. 그러나 아리안이 그 덕분에 조금이나마 믿음을 가져준다면 아주 헛되지는 않은 셈이다.

"딜런 장로, 아리안 양은 내가 책임지고 무사히 마을로 돌려보내겠소."

그 말을 들은 아리안이 옆에서 눈을 반쯤 뜬 채 아크를 쳐다보더니, 미심쩍다는 듯이 투구 속에 시선을 고정했다.

"그러고서 설마 또 길을 착각하지는 않겠죠?"

그 지적에 문득 아크가 신성 레브란 제국에는 어떻게 가야 좋을지 몰라서 고개를 갸웃거리자, 아리안이 옆구리를 팔꿈치로 찔렀다.

역시 방향감각에 관해서는 그다지 믿음을 주지 못한 듯싶다.

제3장 재앙을 부르는 존재

로덴 왕국의 동쪽, 리브루트강을 끼고 이웃하는 린부르트 대공국.

그 나라를 다스리는 대공의 거성이자 하얗게 치솟은 마이소와르 궁전의 어느 방. 동쪽에 펼쳐진 알드리아만(灣)을 한눈에 내다볼 수 있는 호화로운 방에서는 다수의 여성이 바쁘게 돌아다녔다.

그리고 커다란 거울 앞에서 시녀가 머리를 빗겨주는 여성 한 명이 화려한 자수를 놓은 의자에 살짝 걸터앉아 있었다.

그 여성은 짙은 노란색의 아름다운 금발이 약간 곱슬했는데, 거울에 비치는 분주한 시녀들의 모습을 사랑스러운 갈색 눈동자로 좇았다.

"유리아나 님, 머리 장식은 어떻게 할까요?"

윤기 흐르는 검은 머리를 둥글게 묶어 올린 시녀는 몸에 걸친 옷으로도 감추기 힘든 풍만한 가슴과 길고 가느다란 눈이 인상적이었다. 거울 속 여성의 머리를 빗겨주던 그 시녀는 시선을 맞추면서 물었다.

유리아나라고 불린 여성은 자신의 뒤에 서 있는 시녀에게 시선을 조금 돌렸다.

"페르나, 너무 화려하기보다는 수수하게 꾸며줄래?"

"알겠습니다."

시녀에게 스스럼없이 페르나라고 이름을 부르는 그 여성은 다름 아닌 이웃 나라 로텐 왕국의 제2왕녀인 유리아나 메롤 메리사 로텐 올라브였다.

유리아나의 금발에 우아한 머리 장식 몇 개를 꽂은 다음 거울을 눈여겨보는 페르나는 왕녀를 어릴 적부터 섬긴 시녀이자 소중한 친구였다.

"이게 좋을 듯싶습니다."

페르나는 여러 개의 후보 중에서 옅은 광택이 나는 꽃잎을 은세공한 머리 장식을 골라내고 유리아나 왕녀의 머리를 가다듬었다.

다른 시녀들은 곧이어 입고 나갈 드레스 한 벌을 왕녀의 짐에서 가져왔다. 시녀들은 왕녀 옆에 서서 드레스를 보여주었고, 왕녀가 고개를 가로저으면 다시 돌아갔다.

그런 어수선한 분위기의 동료들을 곁눈질하던 페르나는 주인이기도 한 유리아나가 지루해하지 않도록 이야기를 꺼내기 위해 입을 열었다.

"세리아나 왕비님께 엘프족과의 회담을 주선해달라는 부탁을 드린 게 바로 얼마 전이었는데, 설마 이렇게 빨리 그쪽에서 연락을 주리라고는 생각지도 못했네요."

페르나의 말에 유리아나도 크게 고개를 끄덕이며 동의했다.

세리아나 왕비란 이곳 린부르트 대공국을 다스리는 대공의 정비인 한편, 유리아나 왕녀의 친언니인 인물이다.

린부르트 대공국은 인간족의 국가 가운데 유일하게 엘프족과 교역하는 보기 드문 나라다. 그러나 유대 관계를 맺지 못한 로덴 왕국은 이번 엘프족과의 회담을 성사시키고자, 유리아나의 언니이며 린부르트 대공국의 정비인 세리아나에게 중개를 요청하려던 것이었다.

유리아나 왕녀로부터 모든 사정을 들은 세리아나 왕비는 흔쾌히 승낙했고, 궁전에 상주하는 엘프족 사절에게 당장 그 뜻을 전했다.

그게 이틀 전쯤의 일이다.

"이토록 빠른 대응이 가능하다니 도무지 믿기지 않구나. 그나저나 엘프족의 연락 수단은 대체 어떤 식일까……."

혼잣말하듯이 중얼거리는 유리아나는 창문에서 보이는 알드리아만의 맞은편 기슭—— 그 앞쪽의 산맥과 깊은 대삼림을 안개 속을 응시하는 것처럼 눈을 가늘게 떴다.

엘프족의 대부분이 사는 중심 도시 삼도 메이플은 압도적으로 펼쳐진 녹색 결계의 보호를 받는 오지에 자리 잡은 까닭에 인간족이 쉽게 찾아가지 못하는 장소로 알려져 있다.

실제로 교역을 하는 린부르트의 사람들조차 엘프족의 도시를 가봤다는 자가 누구도 없다는 사실이 현재의 상태다. 그 위치는 정확하지 않지만, 린부르트에서 가깝다는 이야기도 전혀 들어본 적이 없다.

그런데 연락을 하고 나서 며칠 만에 회담 절차가 결정된 것이다.

"더구나 상대쪽은 엘프족 대장로라는 분이 온다고 하더군요."

유리아나 왕녀의 혼잣말에 페르나는 맞장구를 치듯이 이야기를 이었다.

그 말에 유리아나도 동의하며 고개를 끄덕였다.

"엘프족 대장로는 몹시 중요한 인물이야. 우리 나라로 비유하자면 대공가의 당주에 해당하지."

유리아나 왕녀가 덧붙인 설명에 페르나는 감탄했는지 고개를 끄덕였다.

"다른 나라와 회담을 나눌 때 보통은 사절의 의견을 절충하면서 시작되는 거로 알았습니다."

"그래……."

페르나의 반응은 유리아나도 당연히 이해할 수 있었다.

원래 회담이 열리면 사절끼리 사전에 협의를 거쳐 일정이나 세세한 협정 등을 상담하여 진행한다. 그 때문에 이번처럼 갑자기 회담 신청을 했을 때는 준비 기간과 회담 참석자의 이동 시간까지 합해서 한 달은 걸릴 만한 안건이다.

또한 로덴 왕국의 유리아나 왕녀가 정면에 나선 입장이라 해도, 정식 절차를 밟지 않고 회담을 신청한 탓에 여러 날을 이 나라에서 기다릴 각오도 했다.

그러나 실제로는 그런 예상을 훨씬 밑도는 회담 일정이 정해졌다.

"무슨 방법으로 연락을 취하는지 모르겠지만, 이 빠른 속도는 틀림없이 위협적이네. 일찍이 로덴은 엘프족이 다스리는 땅으로 쳐들어가서 수호룡 따위의 압도적인 무력에 밀려서 졌다는 얘기를 들었어. 그런데 지금은 그들이 가진 힘이 단순히 그뿐만은 아니라는 걸 목격한 기분이야."

유리아나는 깊은 탄식을 하며 어깨를 늘어뜨렸다.

"그럴수록 이곳에서 그들의 힘을 빌릴 수 있다면, 분명히 유리아나 님에게 크나큰 도움이 되겠죠."

페르나는 유리아나 왕녀의 머리를 우아하게 다듬더니, 거울 속의 그녀를 향해 미소를 지었다.

그 미소를 본 유리아나는 축 늘어진 어깨를 올리고 숨을 내뱉었다.

"맞아. 어떡하든 그들의 도움을 얻어야 하겠지……."

유리아나는 뭔가를 떨쳐낸 듯한 결의에 찬 눈동자로 거울에 비친 자기 자신을 바라보았다.

"페르나, 좀 더 색이 뚜렷한 머리 장식으로 바꿔줄래?"

유리아나 왕녀의 말에 페르나는 잠시 눈을 휘둥그레 뜬 후 입가에 살짝 미소를 띠었다.

"알겠습니다."

오늘 이후 로덴 왕국이 나아갈 미래는 자신에게 걸려 있다——그렇게 강렬한 의지를 담은 유리아나의 갈색 눈동자가 궁전에서 멀리 떨어진 캐나다 대삼림을 응시했다.

광대한 캐나다 대삼림의 오지.

그 땅에 있는 거대한 그레이트 슬레이브 호수 부근에는 이 대삼림에 사는 엘프족들의 중심지인 삼도 메이플이 존재한다.

튼튼한 이중 방벽 내에는 거목과 일체화한 고층 건축물들이 늘어서서 10만 명 이상이 지내는 대도시를 이루었다.

그처럼 엄청나게 큰 도시 중심에는 다른 거목 건축물보다 훨씬 높고 탑 같은 거대한 수목의 건조물이 우뚝 솟아 있다.

이곳은 캐나다 대삼림에 여기저기 흩어진 여러 마을을 통괄하는 족장을 바탕으로 열 명의 대장로들이 모든 마을의 방침을 한데 모으는 기관이며 중앙원이라 불리는 장소다.

그 중앙원 최상층 근처의 어떤 방은 그레이트 슬레이브

호수가 내려다보이는데, 발코니에는 남자 두 명이 테이블을 끼고 마주 앉아 있었다.

한 명은 라라토이아 마을을 맡은 딜런 장로다. 딜런은 녹색이 섞인 조금 긴 금발을 바람에 나부끼면서 앞에 놓인 찻잔을 입에 댔다.

그리고 딜런의 맞은편에 앉은 이는 옅은 자주색 피부를 가진, 우람하고 다부진 몸과 우락부락하게 생긴 얼굴에 큰 흉터가 난 다크엘프 남자다. 턱수염을 손으로 어루만지면서 딜런을 바라보는 짧게 쳐올린 백발 남자의 이름은 펑거스프란 메이플.

열 명의 대장로 가운데 한 명이자 딜런의 아내인 그레니스의 부친이다.

"번번이 미안하군. 라라토이아에서 여기까지 오는 전이진에 쓰이는 마석량도 무시할 수 없었을 텐데."

굵고 낮은 목소리로 신음하듯이 말하는 펑거스는 건장한 신체를 지니는 다크엘프 중에서도 상당한 체격을 자랑했고, 그 목소리와 얼굴도 서로 어울려서 평소부터 다가가기 어려운 분위기를 풍겼다.

그러나 오랜 세월을 알고 지낸 덕분인지 딜런은 애써 평소처럼 미소를 띠더니, 작게 고개를 가로저은 후 손에 든 찻잔을 내려놓고 장인에게 대답했다.

"아뇨, 집에 와 있는 손님에게 와이번의 마석을 여덟 개나 얻어서, 전이진을 쓰는 데에 딱히 부담은 들지 않았습니다."

"전에 얘기한 손녀가 고용했다는 용병인가……. 믿을 수 있겠나?"

펑거스는 약간 눈썹을 찌푸리며 사위의 얼굴을 응시했는데, 옆에서 보면 거한이 예쁘장한 남자에게 시비를 거는 모습으로밖에 비치지 않았다.

그러나 딜런은 펑거스를 똑바로 바라보고는 눈꼬리를 살짝 내리며 어깨를 으쓱였다.

"네, 뭐. 좀 별난 자이지만, 사람 됨됨이는 믿어도 괜찮습니다. 아리안에게 꽤 도움을 주는 듯해서, 저희도 편해졌거든요."

"……알겠네, 자네 판단이 그렇다면 내가 더 할 말은 없겠군."

펑거스는 굵은 통나무 같은 팔로 팔짱을 끼고 코웃음을 쳤다.

펑거스에게 아리안은 귀여운 손녀다. 그런 손녀 곁에 낯선 인간족 남자가 있다니 걱정이 되기도 하리라.

아무리 그래도 대장로인 펑거스가 겨우 그만한 일로 라라토이아의 장로를 삼도 메이플의 중앙원에 불러들이지는 않았을 것이다.

딜런은 펑거스에게 쓴웃음을 지으면서도 본래의 용건을 물었다.

“그런데 장인어른, 오늘은 무슨 일이십니까?”

“아아, 그렇군. 지난번 디엔트 영주 암살 건과 관련해 로덴에서 사절이 왔다는 연락을 린부르트로부터 받았네. 그리고 회담 자리를 린부르트가 마련하겠다고 해서 중앙원은 나와 자네를 보낸다는 결정을 내렸지.”

그 내용을 들은 딜런은 자신이 이곳에 불려온 이유를 대충 짐작했는지, 별로 당황한 모습도 없이 고개를 끄덕이며 맞장구쳤다.

“그랬군요, 의외로 일이 빨리 진행되었습니다.”

펑거스는 사위의 여유로운 태도를 재미없다는 듯이 바라보고 한숨을 내뱉었다.

“하지만 이번에 린부르트를 방문한 이는 단순한 사절이 아닐세……. 로덴의 왕족인 제2왕녀 유리아나라고 하는 자가 온 모양이네.”

딜런은 사절의 이름을 듣자 약간 놀란 표정을 지었다. 곧이어 의미심장한 미소를 띤 딜런은 봉랍으로 봉한 한 통의 서한을 꺼내어 펑거스에게 내밀었다.

“우연이군요. 교섭할 때 꼭 한번 그 유리아나라는 분과 자리를 만들고 싶었는데 수고를 덜었습니다.”

딜런이 건넨 서한을 꼼꼼히 살펴보고 손에 든 펑거스는 그 말의 의미를 묻듯이 맞은편에 앉은 사위에게 시선을 돌렸다.

그러자 딜런은 어제 아리안이 말한 랜드발트에서 벌어진 사건의 경위를 그대로 들려주었다.

"납득이 가는군. 그렇다면 우리도 일을 너무 복잡하게 끌지 않고, 대화로 잘 풀어나갈 수 있을지도 모르겠어……."

펑거스는 자신의 턱수염을 쓰다듬으며 넉살 좋은 미소를 지었다.

다음 날, 호위 전사들을 데리고 딜런과 펑거스는 메이플에 설치된 중앙전이진이 있는 사원을 향했다. 일행은 이웃해 있는 린부르트 대공국의 중심지 린부르트와 가장 가까운 마을인 새스커툰으로 이동했다.

알드리아만에 다다르는 커다란 사그네강은 린부르트 대공국과 캐나다 대삼림을 가르듯이 흐르는데, 새스커툰은 그 강의 하류에 위치한다.

캐나다 대삼림의 중심지인 삼도 메이플에서 새스커툰까지는 일반적으로 매우 먼 거리이지만, 전이진을 쓰면 마석을 대량으로 소비하기는 해도 순식간에 갈 수 있다.

또한 로덴 왕국과의 중개역을 맡은 대공국의 중심지 린부르트는 알드리아만을 끼고 캐나다 대삼림의 맞은편 기슭에 지어진 거대한 항만 도시다.

현재 캐나다 대삼림의 엘프족과 교역을 하는 인간족의 나라는 린부르트 대공국뿐이다. 따라서 엘프족이 만들어내는 상징의 마도구를 구하기 위해 북대륙의 모든 인간족 나라가 이 항구를 찾는다.

그 때문에 린부르트 대공국은 국토는 소국이면서도 경제적으로는 몹시 부유한 나라다. 자연히 그 중심이 되는 린부르트도 눈부신 발전을 이루었다.

새스커툰 마을에서 배를 타고 사그네강을 내려간 딜런과 펑거스 일행은 만안을 따라 린부르트 항구로 들어갔다.

항구 한구석에는 엘프족만 이용 가능한 구획이 있어서 배를 그곳에 대었다. 배에서 내리자 항구에는 이미 엘프족 일행을 맞이하러 온 여러 대의 마차가 대기 중이었던 까닭에 저마다 나뉘어 올라탔다.

사실은 호위하는 자들은 말을 빌려 마차를 경호해야 할 테지만, 평소에 숲속을 걸어 다니는 엘프족에게 말을 잘 타는 이는 없다.

더구나 호위 대상 중 한 명인 대장로 펑거스는 그 다부진 몸에서도 알 수 있듯이 원래는 전사였다.

펑거스의 허리에 매달린 배틀 메이스는 단순한 장식이 아닌 드워프의 특제품이다. 펑거스가 진심으로 배틀 메이스를 휘두르면 그랜드 드래곤의 두개골마저 부술 정도로 용맹하다. 대장로 중에는 그처럼 무예에 뛰어난 자도 많아서 지금 동행하는 호위들도 대외적인 압박감만은 갖추었다.

린부르트 대공국군이 주변 경계에 나선 후 마차가 천천히 움직였다.

딜런 일행을 태운 마차는 곧장 린부르트 중앙에 위치한 대공의 거성을 향했다.

성벽 주위의 커다란 해자에 걸쳐진 석교를 건너 성문을 통과한 마차가 성벽 내로 미끄러지듯 들어가자, 눈앞에는 린부르트 대공국의 대공이 지내는 하얀 궁전이 우뚝 솟아 있었다. 여러 개의 첨탑을 가진 궁전은 모든 벽면에 우아한 조각을 새겨서 장엄한 분위기를 풍겼다.

엘프족의 삼도 메이플에 있는 중앙원과는 모양을 달리하지만, 이 또한 보는 자의 마음을 끌어들이는 건물이다.

딜런은 린부르트의 궁전에 발을 들여놓는 경험이 처음인 탓인지, 마차 창문에서 그 모습을 흥미진진하다는 듯이 올려다보았다.

머지않아 마차가 하얀 궁전 앞의 정면 대계단 아래에 멈춰섰고, 고용인 몇 명이 재빨리 딜런 일행을 궁전 안으로 데려갔다. 고용인들의 안내를 받은 장소는 궁전 깊숙이 위치한 어떤 방이었는데, 여성 한 명이 딜런과 펑거스를 기다리던 참이었다.

"오랜만입니다, 펑거스 님."

짙은 노란색 금발을 예쁘게 땋아 올린 그 여성은 펑거스를 보고 부드러운 갈색 눈동자를 가늘게 뜬 다음 아름다운 하늘색 드레스를 살며시 잡아 올렸다.

여성의 환영 인사에 미소를 띤 펑거스도 조금 과장스러운 몸짓으로 예를 나타냈다.

"대공비인 세리아나 님이 직접 마중을 나와주시다니 정말 영광이오."

펑거스를 맞이한 여성은 이 린부르트 대공국을 다스리는 대공의 정비인 세리아나 메리아 드 올라브 티시엔트다.

"갑작스러운 요청에도 불구하고 빠른 방문에 감사드립니다."

"우리와 회담하기를 바란 로덴 왕국의 사절께도 약간 관심이 생겨서 그렇소."

엷은 미소를 머금은 세리아나에게 펑거스는 굵은 웃음을 터뜨리며 입가를 올렸다.

"이번에 사절로 온 유리아나 전하는 제 친여동생입니다. 모쪼록 너그럽게 대해주세요."

"오오, 그거 만나는 게 기대되는군."

세리아나의 안내로 일행은 더 안쪽 방으로 자리를 옮겼다.

그 방은 별로 넓지는 않았지만, 큰 창문을 통해 햇빛이 가득 쏟아져서 밝았다. 고상한 취향의 실내 장식으로 꾸며진 중앙에는 다소 널찍한 원형 테이블이 놓여 있었다.

그곳에는 이미 자리에 앉은 여성과 그 옆에 선 시녀, 그리고 기사 복장의 젊은 남성까지 모두 세 사람이 기다리는 중이었다.

펑거스와 딜런이 들어오는 모습을 본 여성은 자리에서 일어나 가볍게 인사했다.

세리아나를 몹시 닮아 짙은 노란색의 긴 금발은 머리끝이 곱슬했고, 하얀 피부와 단정한 얼굴에 자리 잡은 사랑스러운 갈색 눈동자는 긴장한 빛을 띠었다. 세리아나만큼 어른스러운 분위기는 아니어서 아직 앳된 티가 남은 소녀였지만, 눈에 깃든 강렬한 의지를 한눈에 봐도 알아차렸다.

"처음 뵙겠습니다. 로덴 왕국 제2왕녀, 유리아나 메롤 메리사 로덴 올라브라고 합니다."

"캐나다 대삼림의 조정자인 대장로 펑거스 프란 메이플이네. 애당초 무식해서 예의범절은 잘 모르니 이해해 주면 고맙겠군."

펑거스는 무시무시한 표정으로 미소를 지었다. 그러자 유리아나 곁에 서 있던 젊은 기사의 얼굴이 약간 굳었지만, 펑거스는 신경도 쓰지 않고 바로 옆의 딜런에게 시선을 돌렸다.

"그리고 이쪽이——."

"캐나다 대삼림의 마을 라라토이아를 맡은 장로입니다. 딜런 터그 라라토이아라고 합니다. 앞으로 잘 부탁드립니다."

딜런이 펑거스와는 달리 정중하게 인사를 하자, 젊은 기사는 굳은 얼굴을 살짝 풀면서 안도의 한숨을 내뱉었다.

젊은 기사는 물론 유리아나와 시녀에게서도 비슷한 느낌을 받았다. 덕분에 긴장된 실내의 공기가 조금은 부드러워졌다.

그 모습을 보고 천천히 미소를 띤 딜런은 분위기를 바꾸려는 듯이 말했다.

"장인어른은 겉보기는 이렇지만, 말하는 것처럼 무례하지는 않으니 안심하십시오."

딜런에게 재촉받듯 자리에 앉는 유리아나를 뒤따라 펑거스도 착석했다.

마주 보는 양자 사이의 가운데쯤에 린부르트의 대공비 세리아나가 자리를 잡자, 딜런도 펑거스의 옆에 앉았다.

서로 다시 인사를 나눈 후 로덴 왕국의 제2왕녀 유리아나가 입을 열었다.

"엘프족 여러분에게 회담을 요청한 이유는 우리 로덴 왕국 내에서 벌어진 디엔트령에 관한 일 때문입니다."

유리아나가 꺼낸 이야기에 팔짱을 낀 펑거스는 눈을 내리깔고 침묵했다. 딜런 역시 유리아나에게 시선만 고정할 뿐 딱히 어떤 반응도 나타내지 않았다.

"실은 부끄럽게도 디엔트의 영주는 조약을 깨고 엘프족 납치에 손을 댔지만, 우리 왕가가 그 내정을 조사하는 와중에 후작이 암살당했습니다."

유리아나는 일단 그쯤에서 말을 끊더니, 맞은편에 앉은 펑거스에게 눈길을 던졌다. 펑거스는 미동도 하지 않고 한쪽 눈을 치켜세우며 유리아나를 뚫어지라 보았다.

"이 건에 관해서는 자세한 내막을 알고 있는 데다, 그 일은 저희가 사죄를 해야 할 입장입니다. 하지만 이 문제를 방치해서는 왕가의 위신이 서지 않습니다. 그래서 드리는 말씀입니다만, 영주 암살 건과 관련된 모든 사항을 왕가가 묵인하면 어떻겠습니까?"

유리아나는 디엔트 후작 암살에 엘프족이 관여한 사실을 알면서도 그 행위를 허가하는 형태로 눈감겠다는 것이다.

그 말을 재미있다는 듯이 들은 펑거스는 다소 험악한 미소를 띠며 하얀 이를 내보였다.

"흐음, 그래서 우리한테 무엇을 바라나?"

원래는 조약을 어긴 왕국이나 영주를 주살하고 왕국 측에 알리지 않은 엘프족이나, 양쪽 모두 과오를 범해서 뭔가를 요구할 수 있는 입장은 아니었지만 펑거스는 일부러 그런 식으로 물었다.

왕녀는 펑거스의 질문에 의연한 태도로 상대를 바라보았다.

"아뇨, 이제부터 하는 얘기는 단순히 개인적인 청입니다만――."

말을 끊고 나서 펑거스와 딜런을 살핀 왕녀는 뜻을 결심한 듯이 다시 입을 열었다.

"제가 왕위에 오르기 위해 캐나다 대삼림의 엘프족 여러분이 뒷배가 되어주실 수 없는지요?"

자리에서 일어난 유리아나는 천천히 머리를 숙였다. 그러자 펑거스는 고개를 끄덕이는 한편 다음 말을 재촉했다.

"왕가의 치부를 드러내는 듯싶지만……."

유리아나는 로텐 왕가 내에서 벌어지는 왕위 계승 소동을 설명했다.

그 이야기를 들은 펑거스는 자신의 우람한 몸을 조금 앞으로 내밀었다.

"우리가 유리아나 님의 뒷배를 맡으면 무슨 이익을 얻나?"

"제 오라버니인 섹트 제1왕자 뒤에는 서쪽의 레브란 대제국이 있습니다. 그 옛날 레브란 제국은 드워프의 비극을 일으킨 나라입니다. 지금은 우리 나라와 풍룡산맥을 사이에 두고 국경을 나누지만, 오라버니가 왕위에 오르면 자연히 레브란 대제국의 간섭도 늘어나겠죠. 그리고 불확실한 정보이긴 해도, 레브란 대제국이 엘프족을 이용하여 새로운 마도구를 개발했다는 소문마저 들립니다."

유리아나가 말하는 『드워프의 비극』이란 야금술에 뛰어난 드워프족의 기술을 탐낸 인간족이 북대륙 전체에서 벌인 드워프 사냥을 뜻한다. 그리고 제일 선두에 나선 나라가 동서로 분열되기 전이었던 당시 레브란 제국이다. 혹독한 사냥과 더불어 타국에 그들의 기술을 넘기지 않으려는 제국의 짓으로 드워프족은 그 모습을 감춰버렸다. 그것이 인간족에게 전해지는 역사다.

그러나 드워프족은 마찬가지로 인간들에게 노려지던 엘

프족과 손을 잡고 캐나다 대삼림의 오지에 위치한 삼도 메이플에 아직도 숨어 살지만, 인간족에게는 알려지지 않은 사실이다.

"유리아나 님이 왕위에 오르도록 우리가 뒷배의 역할을 맡으면, 직접 제국과의 벽이 되어주겠다는 겁니까?"

그동안 펑거스 옆에서 묵묵히 대화를 듣던 딜런이 펑거스의 시선을 받고 왕녀의 진의를 확인하듯이 되물었다.

유리아나는 말없이 고개를 끄덕였다.

"엘프족은 인간족 국가의 복잡한 사정은 잘 모르네. 그런 우리가 귀하의 뒷배를 담당해도 큰 힘이 된다고는 생각하지 않소만?"

여전히 두꺼운 팔로 팔짱을 낀 펑거스는 어깨를 으쓱이며 한숨을 내쉬었다.

"확실히 직접적인 영향을 따지자면 그렇겠죠. 그래서 저와 엘프족 여러분이 교역 얘기를 주고받으면 어떨까 싶습니다."

"하지만 그건……."

유리아나의 말을 들은 딜런은 그녀 곁에 조용히 앉아 있는 세리아나를 바라보았다.

딜런이 보내는 시선의 의미를 이해한 유리아나는 다시 말을 이었다.

"물론 린부르트 대공에게 먼저 말씀드려서, 『풍요의 마결석』에 관해서라면 진행해도 좋다는 승낙을 받았습니다. 현재 린부르트를 제외하고는 이 『풍요의 마결석』을 거래하는 나라는 없습니다. 만약 『풍요의 마결석』을 교역으로 얻을 수 있게 된다면 왕가의 위엄과 권위도 높아지고, 그 교역을 성사시킨 제 밑에는 많은 귀족이 모여들겠죠."

"그렇군. 유리아나 님은 우리 엘프족과 앞으로 우호 관계를 적극적으로 추진할 셈이오?"

펑거스는 자리에 앉은 채 하얀 턱수염을 쓰다듬으면서 커다란 몸을 살짝 움직였다. 잠시 눈을 감았지만, 금세 넉살 좋은 미소를 띠었다.

"귀국의 랜드발트 영주가 우리 동포를 아내로 맞아들였다는 얘기도 전해 들었네. 귀국과의 우호 관계가 진척되고 우리 엘프족을 잘 이해해 주는 이도 늘어난다면 검토할 여지는 있겠지. 교역 건은 이 자리에서 확약하기 어렵지만, 대장로 회의를 거쳐 긍정적인 대답이 나오도록 하겠소."

펑거스의 말에 두 눈을 크게 뜬 유리아나는 옆에 서 있던 시녀와 기사에게 시선을 던졌다.

그러나 두 사람 다 서로 놀란 얼굴로 고개를 가로저을 뿐이었다.

랜드발트는 로덴 왕국 서쪽에 있는 부르고만과 접한 영지다. 그곳의 영주와 엘프족이 혼인했다는 정보는 아직 왕도 중앙에서도 파악하지 못한 사실이다.

유리아나 일행의 반응을 유쾌하다는 듯이 바라본 펑거스

는 천천히 자리에서 일어나더니 손을 내밀어 악수를 권했다.

그러자 맞은편의 유리아나도 약간 당황하며 펑거스의 손을 마주 잡고 안도한 표정을 내비쳤다.

신성 레브란 제국 라이브니차령(領).

이 땅은 레브란 대제국과 국경을 나누듯이 남북으로 뻗은 서쪽의 시아나 산맥 및 동쪽의 험준한 화산 봉우리들이 죽 늘어선 화룡산맥 사이에 끼인 토지다.

동서로 벽같이 우뚝 솟은 산들 틈에 있어도 라이브니차령 주변의 토지는 가파르지 않다. 신성 레브란 제국 내에서는 꽤 남부 지방에 자리 잡아서 기후도 제도보다 따뜻하고, 작물을 재배하기 쉬운 토지인 까닭에 비교적 풍요로운 영지가 드문드문 눈에 띈다.

그 라이브니차령을 다스리는 영주 드라소스 드 발리시몬 자작의 거성 한 곳에는 거대한 투기장 같은 시설이 지어져 있었다.

중앙에 커다란 철격자 문을 설치하고 원형처럼 본뜬 그 시설 주위는 높은 석벽을 쌓아 올려 만든 2층 부분이 중앙 무대를 내려다보는 형태였다.

투기장 중앙 무대에는 한 마리의 거대한 생물이 낮은 울

음소리를 내듯 그르렁거리면서 조용히 자리를 지켰다. 네 개의 다리를 가진 거체에는 청록색 비늘을 몸에 두른 다섯 개의 뱀머리가 달렸는데, 그 기다란 목을 치켜들면 높이 10m쯤은 될 만한 엄청나게 큰 생물이었다.

한 마리로도 도시 하나를 멸망시킨다고 일컬어질 정도의 흉악한 마수였다.

그 마수를 2층의 테라스에서 바라보는 남녀들이 있었다.

손에 든 술잔을 기울이면서 야비한 미소를 띤 이는 턱수염을 기른 키가 큰 거구의 남자다.

검은 머리는 여러 가닥으로 비비 꼬아서 특이한 모양이었고, 크게 벌린 앞가슴에는 독특한 문양의 문신을 여기저기 새겨 넣었다.

양옆에서 남자를 시중드는 선정적인 옷차림의 여자 둘이 그의 단련된 앞가슴을 하얀 손가락으로 어루만지듯이 더듬으며 올려다보고 달콤한 목소리를 냈다.

"훔바 님~, 저 괴물은 정말 날뛰거나 하지 않나요?♪"

여자 한 명은 훔바라고 부른 그 남자의 뽐내듯 벌어진 앞가슴에 두 팔을 대면서 그에게 바싹 몸을 붙였다.

훔바는 얼굴에 호색한 미소를 띤 후 우쭐한 표정을 짓더니 눈앞의 마수를 가리켰다.

"물론이지! 저 히드라는 이 몸의 힘으로 지금은 충실한 종복이다! 나를 다정하게 대해주는 여자한테는 실수로라도

난폭한 짓은 하지 않는다고. 헤헤헤."

신이 나서 웃은 훔바는 술잔에 남은 술을 들이켜 다 마셔버렸다.

그때 다른 여자 한 명이 훔바의 빈 술잔에 술을 다시 따르면서, 한쪽 팔을 그의 허리에 감고 앞가슴에 뺨을 비벼댔다.

"에에~? 그럼 저 큼직한 마수는 훔바 님의 명령으로 재주도 부릴 줄 아나요?"

"오오? 의심하는 거냐? 좋아, 당장 재밌는 여흥을 보여주지. 헤헤헤."

여자의 말에 한쪽 눈썹을 살짝 치켜세운 훔바는 기분 나쁜 미소를 띠고 턱짓을 했다.

그러자 아래층 투기장에 접한 작은 입구가 열린 후 쇠사슬로 묶인 남자 한 명이 병사 둘에게 질질 끌리듯 들어왔다.

"그만둬!! 그만두라고!!"

너덜너덜한 옷을 걸친 남자는 쇠사슬을 쥔 병사에게 필사적으로 애원하듯이 소리를 질렀지만, 병사 두 명은 그 남자를 묵묵히 투기장 무대 중앙의 히드라에게 끌고 갔다.

그들을 본 히드라가 거체를 흔들며 일어났다. 히드라는 다섯 개의 뱀머리에서 가늘고 길게 갈라진 혀끝을 날름거리며 쉿쉿하는 울음소리를 냈다.

넓은 원형 투기장 내에 남자의 절규가 메아리쳤고, 훔바 곁에 있던 여자 둘이 몸을 굳혔다.

그 모습에 기분이 좋아진 훔바는 여자들의 어깨를 꽉 껴안고 낮은 목소리로 무섭게 말했다.

"자알 보라고."

한 여자의 어깨에 입맞춤한 훔바는 천천히 앞으로 나아가 외쳤다.

"기다려!!"

훔바의 고함에 반응하는 것처럼 히드라는 치켜든 다섯 개의 머리를 꿈쩍도 하지 않았다.

기다렸다는 듯이 병사 두 명은 쇠사슬로 묶인 남자를 데리고 히드라 옆의 말뚝에 재빨리 다가갔다. 곧이어 병사 둘은 쇠사슬을 그 말뚝에 매더니 부리나케 달음박질하여 히드라에게서 멀어졌다.

그 광경을 한참 지켜보던 훔바는 웃음을 터뜨린 다음 투기장 내에 울리도록 손뼉을 쳤다.

"됐다!!"

훔바의 목소리를 듣자마자 히드라의 뱀머리 하나가 눈에 보이지도 않는 속도로 남자를 덮치며 몸통을 물었다. 그러고는 큼직한 엄니를 남자의 몸에 박았다.

"갸아아아아아아아앗!!!"

비명이 울려 퍼진 뒤 금세 입가에 하얀 거품을 뱉어낸 남자는 부들부들 경련하듯이 조금씩 들썩거렸다. 그러자 히드라는 물고 있던 남자의 몸을 통째로 삼켰다.

겨우 몇 초 만에 남자의 몸이 히드라의 뱃속으로 들어갔고, 훔바는 만면에 미소를 띠며 여자 둘을 돌아보았다. 죽을 힘을 다해 미소를 짓는 두 여자 중 한 명이 약간 흥분한 목소리로 기분이 좋아 보이는 훔바에게 물었다.

"저, 저기, 훔바 님. 저 남자는 대체……."

"보다시피 저 커다란 덩치는 많이 먹거든. 먹이는 죄인이나 노예지. 너희도 너무 나쁜 짓을 했다간 먹이가 될지도 모르니 조심해라. 크크큭."

낄낄대며 여자들에게 접근한 훔바는 굳은 미소를 띤 여자의 스커트 속에 불쑥 손을 집어넣더니 가랑이를 손가락으로 쑤셨다.

목구멍까지 튀어나올 뻔한 비명을 어떻게든 참은 여자는 요염한 신음을 흘리면서 애써 아양을 떨 듯이 훔바에게 몸을 기댔다.

"이 몸한테 붙어 있으면 맛난 술이나 돈이든 부족하지 않을걸?"

훔바는 웃음을 지으면서 또 다른 여자 한 명의 앞가슴에 손을 쑥 넣었다. 여자는 살짝 몸부림치지만 훔바의 손길을 거부하지 않은 채 달콤한 목소리를 내뱉었다.

그때 더욱 들떠서 야비하게 웃는 훔바를 무시하고 나타난 인물이 있었다.

"훔바 님! 폐하에게 받은 임무를 내팽개치면서 유흥을 즐기는 게요!? 더구나 기밀로 다뤄야 할 이 자리에 창녀를 들여 방탕하게 놀다니 무슨 짓이오!!"

턱이 가늘고 신경질적인 얼굴의 남자는 정확히 삼대칠 가르마를 한 밤색 머리 아래에 핏대를 올리며 호통을 쳤다. 그러는 동안에도 여전히 여자들을 만지작거리는 훔바에게 분노의 시선을 보냈다.

옷차림은 화려하지 않았지만, 딱 들어맞는 복장의 빈틈없는 바느질을 보면 일급품이라는 사실을 알 수 있었다.

그 남자를 매섭게 쳐다본 훔바는 몹시 귀찮다는 듯이 대꾸했다.

"드라소스 양반, 난 마수를 붙잡고 원정길에서 이제 막 돌아왔수다. 조금은 느긋하게 굴어도 도미티아누스 폐하는 봐주실 거요."

킥킥대는 훔바가 양옆의 여자들을 껴안고 남자 앞에서 또 그녀들의 몸을 주물렀다. 여자들은 다시 흐릿하고 달콤한 한숨을 토해냈다.

"……네 이놈!"

드라소스라고 불린 그 중년 남자는 눈앞의 훔바에게 막 덤벼들 것처럼 분노를 품은 채 발을 성큼 내딛으려 했다. 그러나 갑자기 훔바가 살짝 휘파람을 불자, 드라소스는 자신의 사각에서 무언가 어슬렁거리며 크게 움직이는 기척을 느끼고 무심결에 발걸음을 멈췄다.

투기장의 기둥 그늘에서 기어 나온 존재는 몸길이 2m에 달하는 거대한 늑대였다.

온몸이 하얀 털로 뒤덮였고, 꼬리 끝이 희미한 청백색 빛을 뿜어냈다. 앞다리 한쪽에는 복잡한 문양을 새긴 담흑색 고리를 족쇄처럼 채웠지만, 그 자체는 단순한 쇠고리인 듯해서 쇠사슬은 전혀 매여 있지 않았다.

그 늑대는 드라소스 앞에 서서 가볍게 엄니를 드러내더니, 목구멍을 울리듯이 으르렁거렸다.

"힛!"

늑대의 사나운 모습에 허겁지겁 뒷걸음질 친 드라소스는 아직도 여자들과 장난을 치는 훔바를 노려보았다.

"무서운 표정 짓지 말라고, 이 양반아. 어떻소, 헌티드 울프는 꽤 똑똑한 마수요. 이 몸의 힘이 없으면 임플로이 링(사역의 쇠고리)을 써도 이렇게까지 고분고분하게 길들이지 못할걸? 여기서 기력을 회복하면 또 폐하를 위해서 힘낼 테니까, 뭐 너무 딱딱하게 대하지 마쇼."

드라소스의 겁에 질린 꼴을 본 훔바는 무척 우습다는 듯이 킥킥거린 후 여자의 손에서 술병을 낚아채고 직접 들이켰다.

"게다가 이년들 교육은 끝냈수다. 여기 비밀을 흘리면 녀석의 먹이로 준다고. 하지만 영리한 애들이니 주변에 떠벌리진 않겠지?"

훔바는 자신을 노려보는 드라소스의 시선을 아예 신경 쓰지도 않았다. 양옆에 안겨 있던 여자들은 훔바가 웃으면서 묻는 말에 필사적으로 고개를 끄덕이는 한편 그에게 몸을 맡기듯이 기대고 아양을 떨었다.

그러자 훔바는 더욱 우쭐한 미소를 띠고 드라소스를 바라보았다.

귀족인 드라소스는 훔바의 그 건방진 태도에 이를 갈더니, 발길을 되돌려 난폭하게 발소리를 울리면서 투기장을 떠났다.

드라소스는 분노로 어깨를 들썩이며 자신의 거성을 발로 쾅쾅 구르듯이 성큼성큼 걸었다. 주위의 고용인들은 몸을 움츠리고 조심스럽게 주인을 배웅했다.

"빌어먹을!! 야만족 술사 나부랭이가!! 폐하에게 총애를 받는다고 내 성에서 제멋대로 행동하다니!! 두고 보자, 야만인 자식!!"

그날, 라이브니차령을 다스리는 발리시몬 자작의 원한에 찬 고함이 성내에 끊임없이 메아리쳤고, 그를 섬기는 신하들 사이에는 무거운 공기가 널리 퍼져 나갔다.

약간 흐린 이른 아침, 길을 조금 내려가자 눈 앞에 도시의 외관이 펼쳐져 있었다.

도시 둘레를 약 3m 폭의 수로가 둘러쌌고, 옆쪽에 흐르는 시푸르트강에서 끌어온 물이 그 수로를 가득 채웠다. 그 수로 주위 일대에는 보리밭이 바람에 나부끼면서 녹색 잔물결을 일으켰다.

눈앞의 루비에르테는 이 세계에 떨어졌을 때 처음 들른 도시다.

이전에 오고 나서 그리 오랜 시간은 지나지 않았지만, 꽤 그리운 분위기를 느꼈다.

투구에는 언제나처럼 폰타가 자리 잡았고, 아리안도 옆에서 도시의 전경을 바라보았다.

어째서 또 이 도시에 왔는지 묻는다면, 제국으로 들어가기 위해서라고밖에 대답할 수 없다.

【게이트】를 써서 전이할 경우 제국과 가장 가까운 도시가 이곳 루비에르테였다.

그러나 이제부터는 제국에 들어가는 길을 누군가에게 물어봐야만 한다. 라라토이아에서 북대륙의 대략적인 지도를 보기는 했지만, 자세한 경로나 인간족의 도시는 거의 적혀 있지 않았다. 하물며 인간족 나라의 가도를 잘 아는 이는 엘프 마을에 아무도 없었다.

지도를 보건대 북쪽으로 나아가면 신성 레브란 제국으로 들어갈 수 있는 듯했지만, 여기에서 똑바로 북쪽을 향하면 화룡산맥이라 불리는 화산지대와 맞닥뜨리게 된다. 브란베이나의 일도 겪었으므로, 가는 길을 정확히 조사하고 움직일 필요가 있다.

아크는 지난번에 영주의 딸을 구해준 보답으로 받은 동 통행증을 손에 든 자루에서 꺼내어 도시문 앞의 위병에게 보여주었다. 그리고 제국까지 가는 길을 물어보았지만 위병은 고개를 갸웃거릴 뿐이었다.

이 세계의 사람들은 태어난 곳에서 일생을 보내는 게 대부분이기 때문에 먼 땅으로 가는 길을 자세히 아는 자는 별로 없다. 오히려 출신 마을 근처의 도시로 이어진 길 이외에는 모르는 이가 많다.

도시문을 거친 아크는 어쩔 수 없이 거리를 다니며 이런 정보에 밝을 법한 행상인 등에게 물어보려고 했다. 그때 갑자기 뒤에서 아크를 부르는 목소리가 들렸다.

"아크 님!?"

아크가 뒤돌아보자 낯익은 얼굴의 여성이 서 있었다.

붉은 곱슬머리를 뒷덜미까지 짧게 기른 여성은 아크를 올려다보고 놀랐는지 녹색 눈동자를 휘둥그레 떴다. 시녀복 차림의 20대 여성은 아크가 이 세계에 떨어진 이후 제일 먼저 대화를 나눈 인물이었다.

"오오, 리타 양. 이런 곳에서 만나다니 정말 우연이오."

잿빛 외투를 두른 아리안이 후드 속에서 뭔가 묻고 싶은 듯이 황금색 눈동자를 옆에 있는 아크에게 향했다.

『일전에 도적들한테 습격당하던 일행을 마주쳤는데, 그 인연으로 알게 됐소.』

아크는 왠지 의심스러운 눈으로 자신을 보는 아리안에게 리타를 만난 경위를 간단히 귀띔해 주었다.

『아크는 늘 그래요?』

그러나 돌아온 반응은 점점 더 눈이 가늘어지는 아리안의 시선이었다.

아크는 어딘가 석연치 않은 얼굴의 아리안에게서 천천히 고개를 돌렸다.

옛날부터 시대극인 *망나니 장군을 아주 좋아했지만, 곤경에 처한 사람을 보면 자꾸 끼어들고 싶어지는 이유는 그 영향 탓일까?

아크가 어린 시절의 정서교육 효과에 고개를 갸웃거리자, 리타 뒤에서 남자의 미심쩍어하는 목소리가 들렸다.

"리, 리타 씨, 그분은 대체 누구십니까?"

조금 가냘픈 목소리의 당사자에게 눈길을 옮긴 곳에는 좋은 옷차림의 청년 한 명이 아크를 살피듯이 서 있었다.

약간 가늘고 부드러운 금발에 콧날이 오뚝한 단정한 외모를 지녀서, 전체적으로 선이 가늘고 어쩐지 귀족 청년 같은 인상을 안겨주었다. 그러나 청년의 허리에 매달린 검을 본

---

*아바렌보 쇼군. 1978년부터 2002년까지 TV 아사히에서 방영한 인기 드라마 시리즈. 에도 막부 8대 쇼군 도쿠가와 요시무네가 정체를 숨기고 에도 주민과 지내는 한편 세상에 횡행하는 악을 처단한다는 권선징악의 내용이다.

아크는 오래 써서 길들인 흔적을 알아차렸다.

"아, 조반니 님. 예전에 얘기한 습격 사건 때 도적들한테서 구해주신 아크 님입니다!"

청년의 목소리에 돌아선 리타는 조반니라고 부른 청년을 향해 나긋나긋한 미소를 지으며 아크를 소개했다.

그러자 허둥지둥 자세를 바로잡은 청년은 아크에게 예의 바르게 인사했다.

"소개가 늦었습니다. 제 이름은 조반니 보를로, 루비에르테령의 기사입니다. 아크 님께서 제 주인의 따님, 로렌 아가씨는 물론 리타 씨를 구해주셔서 진심으로 감사드립니다."

정중한 인사를 하며 기사라고 일컬은 청년에게 아크도 머리를 숙였다.

"내 이름은 아크. 단순한 떠돌이 용병이오. 그 일은 마침 길을 헤매다 운 좋게 도와줬을 뿐이네. 리타 양한테는 그때 충분한 사례를 받았소."

아크의 대답에 가장 먼저 반응한 이는 조반니가 아니라 리타였다.

"아크 님은 루비에르테령을 떠난 다음 역시 여행을 다니셨나요?"

리타는 아크를 올려다보면서 근황을 물었지만, 그 시선은 아크의 투구 위에 빨려들 듯이 고정되었다.

아크는 투구 위에서 살랑살랑 흔들리는 커다란 솜털 꼬리를 느끼고 리타의 시선이 무엇을 의미하는지 깨달았다.

"그렇소, 뭐 여기저기를 다녔지. 투구 위에 있는 이 녀석도 여행지에서 만나게 된 벗이요."

"큐큥!"

아크가 투구 위의 폰타를 가볍게 소개하자, 위쪽에서 어째서인가 뽐내는 듯한 울음소리가 났다.

이제는 아크도 폰타의 존재에 익숙해진 나머지, 이따금 자신의 모습이 다른 사람 눈에 기이하게 비친다는 사실을 까맣게 잊기도 한다.

"그러고 있으니 왠지 무척 보기 좋네요."

리타가 투구 위의 폰타를 올려다보고 눈을 가늘게 뜨면서 살짝 웃었다.

방금 그 말은 칭찬하는 걸까.

"그런데 여행지는 어떤 곳을 가셨나요?"

"흐음, 로덴 내를 여러 군데 돌아다녔소. 그러고 보니 왕도에도 들렀군……."

"어머, 왕도에요? 저는 아직 가본 적이 없답니다."

즐거운 듯이 이야기하는 리타를 보면서 뒤쪽의 조반니는 복잡한 표정을 지었다.

"왕도는 크고 번화한 도시였네. 리타 양도 그쪽의 연인과 한번 가보는 게 어떤가?"

아크의 말을 들은 조반니의 얼굴이 밝아졌다.

"아니에요, 아크 님. 조반니 님은 장을 보러 나온 절 걱정해서 호위를 떠맡았을 뿐이에요. 영내에서도 1, 2위를 다투는 검의 명수랍니다. 저한테는 과분하죠."

환하게 웃으며 대답하는 리타의 뒤에서 조반니는 절망을 짊어진 듯한 분위기를 두르고 어깨를 축 늘어뜨린 채 떨었다.

눈치채지 못한 걸까, 알면서도 일부러 피하는 걸까…….

아크는 조금 판단하기 난감했지만 괜히 쓸데없는 말을 해서 두 사람의 관계에 문제를 일으키기도 찝찝했다.

턱을 어루만지며 다른 화제를 꺼내려던 아크는 문득 이곳에 온 목적을 떠올렸다.

눈앞의 여성은 이곳 영주의 딸인 로렌의 시녀다. 그리고 그녀 뒤의 좌절에 빠진 남성은 영내의 기사라고 한다.

보통 사람들보다는 세상 물정에 밝으리라 기대한 아크는 속으로 손뼉을 치며 리타에게 시선을 돌렸다.

"실은 볼일 때문에 이제부터 동쪽의 신성 레브란 제국으로 가게 되었는데 길을 묻고 싶소."

아크의 말에 약간 눈썹을 찌푸린 리타는 곤란하다는 표정을 지으면서 아리안에게 눈길을 던졌다.

아크가 그 모습에 고개를 갸웃거리자, 리타는 어쩐지 말을 꺼내기 어렵다는 듯이 입을 열었다.

"길은 분명히 있습니다만, 지금 국경 부근의 가도 주변은 많은 마수가 날뛰는 모양이에요. 최근에는 오가는 상인들도 눈에 띄게 줄었다고 합니다. ……저기, 여성과 둘이서 가도를 가는 건 상당히 위험할 듯싶어요."

"맞습니다. 근래에는 거의 본 적이 없는 마수를 목격했다는 소문도 들립니다. 두 분이 국경을 넘는 건 매우 위험한 행동입니다."

두 사람의 말을 들은 아크와 아리안은 서로 얼굴을 마주 보았다.

"난 괜찮아요. 아크 다리도 문제없죠?"

옅은 웃음을 띤 아리안은 크고 탱탱한 가슴을 젖히더니, 허리에 찬 『사자왕의 검』을 외투에서 내비치며 가볍게 두드려 보였다.

확실히 아크의 【디멘션 무브】를 이용하면 설령 마수 집단을 마주치더라도 따돌릴 수 있는 데다, 아크나 아리안도 어지간한 위협쯤은 섬멸할 힘을 지니고 있었다.

"그렇군, 딱히 문제가 될 만한 점은 없겠소."

아크가 아리안의 말에 고개를 끄덕이며 대답하자, 리타와 조반니 두 사람은 떨떠름한 반응을 보였지만 제국까지 향하는 여정을 알려주었다.

그 후 두세 가지 잡담을 나눈 아크는 리타에게서 저택으로 초대를 받았다. 그러나 갈 길이 바쁘다며 사양하고 그 자리에서 헤어진 아크와 아리안은 루비에르테 거리의 서문을

빠져나왔다.

루비에르테에서 길을 따라 나아가는 가도의 완만한 경사면을 올라간 다음 주변을 내다볼 수 있는 언덕에 다다르자 갑자기 시야가 탁 트였다. 아크는 왼쪽의 시푸르트강이 남서로 크게 굽어 구불구불 흐르는 모습을 곁눈질하면서 가도를 바라보았다.

가도는 언덕을 조금 내려간 부분에서 두 갈래로 나뉘었다. 하나는 그대로 강을 따랐고, 다른 하나는 북서 방향으로 이어졌다. 이 북서 방면을 향하는 가도 끝에 국경 도시 그라드가 있다고 한다.

그 그라드를 넘으면 신성 레브란 제국으로 들어가는 듯하지만, 리타도 당연히 제국 영내의 길은 몰랐다. 결국 그라드에서 제국과 가장 가까운 도시까지 가는 길을 물어보기로 했다.

루비에르테를 출발해 그라드에 도착하려면 마차로 하루 반쯤 걸린다는데, 【디멘션 무브】를 써서 이동하는 아크와 아리안에게는 한 시간도 걸리지 않을 정도의 거리다.

북서쪽으로 뻗은 가도 주변에는 정말 마수들이 드문드문 눈에 띄었지만, 그다지 위협이 될 대상은 보이지 않았다. 게임으로 말하자면 비교적 평범한 광경일 테다. 그러나 원래는 마수들이 가도 주변을 서성거리는 것 자체가 중대한 사태이리라.

단거리 전이를 되풀이하며 나아가는 아크와 아리안에게는 대수롭지 않은 사파리 공원 같은 느낌이다. 반면에 일반적으로 다리를 사용해 걷는 사람들에게는 바로 앞에서 마수들이 어슬렁거리는 장면은 누가 봐도 위험 지대로밖에 비치지 않으리라.

실제로 그동안 전이를 쓰면서 가도를 이동했지만, 스쳐 지나는 사람이나 마차를 보지 못했다. 평소에는 가도를 이용하는 사람들이 좀 더 많아서 전이마법을 자제하는 편이었다. 그런데 이번만큼은 거의 걷지 않고 전이마법으로만 목적지를 향했다.

이미 눈앞에는 그라드가 보였다.

국경 도시라는 이야기를 들었기 때문에 크다고 상상했다. 그러나 멀리 보이는 도시는 어림잡아도 루비에르테보다 소규모였고, 굳이 말하자면 커다란 마을에 가까웠다.

좌우를 숲으로 둘러싸인 그라드는 보통 때도 마수의 위협에 대비하는지, 도시의 규모를 고려하면 단단한 석조 방벽을 쌓았다.

약간 일그러진 타원형의 도시는 방벽 주위에 밭이 펼쳐져서, 여태 보아온 다른 도시들과 다르지 않았다. 그러나 오전 경인데도 그 밭을 돌봐야 할 사람들이 없었다.

작물의 그늘에 가려 보이지 않나 여긴 아크는 전이마법을 쓰는 대신 마을을 향해 걸어갔다. 그러자 갑자기 어린아이의 비명이 들렸다.

"우와아아아아아아아!!"

그 목소리에 아크와 아리안은 얼굴을 마주 보았고, 투구 위의 폰타가 귀를 쫑긋 세우며 주변을 살폈다.

조금 떨어진 밭의 작물 그늘에서 소년 두 명이 구르다시피 튀어나왔다. 그리고 소년들을 쫓듯이 모습을 드러낸 것은 이전에 라타 마을 근처의 숲에서 본 마수와 똑같았다.

흑회색 털로 뒤덮였고 아래턱에 난 양옆의 엄니 네 개는 위를 향해 똑바로 솟았다. 겉모습은 멧돼지 비슷한 그 마수는 전에도 아크가 잡은 적이 있는 팽보어였다. 다만 라타 마을에서 죽인 놈과는 달리 몸길이는 2m에도 못 미쳤는데, 기껏해야 1m 반 정도이리라.

도망쳐 나온 소년 한 명은 얇은 철판이 움푹 들어간 단순한 나무방패와 약간 짧은 검을 손에 들고 팽보어를 겨누었다. 자세히 보자 몸에 몇 줄기의 핏자국이 난 팽보어는 검을 쥔 소년을 노려보면서 앞발로 땅을 긁었다.

아무래도 팽보어를 없애려다 도리어 화를 돋웠으리라. 저 엄니에 한 번 찔리기라도 했다가는 끝장이다.

검은 외투를 펄럭이며 어린아이들에게 달려간 아크는 등에 멘 검을 뽑아 들었다. 뒤에서 아리안이 정령 마법으로 날린 바윗덩어리가 팽보어와 어린아이들 사이에 떨어지면서 요란하게 흙먼지를 피워 올렸다.

팽보어는 약삭빠르게 뒤로 물러나더니 아크에게 머리를 돌리고 울부짖었다. 아크를 새로운 적으로 인식했는지 몸의 방향을 바꾸려 했지만, 그 동작은 별로 날래다고 말하기는 어려웠다.

팽보어가 돌아보았을 때는 벌써 아크가 추켜올린 검의 간격 내에 들어와 있었다. 아크는 손에 든 『칼라드볼그』의 검끝을 위협적인 울음소리를 내는 팽보어의 정수리에 내리쳤다.

팽보어의 머리를 간단히 두 동강 내고도 그 기세를 잃지 않은 검이 지면을 세차게 도려내어 큰 도랑을 만들었다.

두 소년은 그 모습에 입을 떡 벌린 채 어안이 벙벙하다는 듯이 아크를 올려다보았다.

“꼬마들, 다치지는 않았나?”

아크는 검에 묻은 피를 털어낸 후 검집에 넣었다. 그러면서 엉덩방아를 찧은 소년들에게 말을 걸자, 검을 든 소년이 허둥지둥 몸을 일으켰다.

“머, 멀쩡해! 이 몸이 좀 더 있었으면 숨통을 끊어놓을 참이었다고!!”

짧은 갈색 머리는 약간 곱슬했고, 아크를 노려보는 다갈색 눈동자는 얄미운 인상을 자아냈다. 소년은 손에 쥔 검을 들이댔지만, 검끝이 부들부들 떨려서 제대로 겨누지 못했다.

그러자 시건방진 소년과 함께 엉덩방아를 찧은 다른 소년이 새파랗게 질린 얼굴로 당황하며 일어났다. 그 소년은 검을 들이댄 소년을 뒤에서 덮쳤다.

"그만둬, 형!! 생명의 은인한테 대들다니 무슨 생각이야!!"

두 소년은 형제인 듯했다.

남동생은 형과는 다르게 옅은 갈색 머리를 조금 길게 잘라서 다듬었다. 활발한 형하고는 대조적으로 살짝 믿음직스럽지 못한 분위기를 풍겼다. 눈동자는 형처럼 다갈색이었지만, 상식적인 부분은 남동생에게 손을 들어줘야 할 듯싶었다.

몸을 뒤로 젖히고 뽐내는 형의 머리를 때린 남동생은 대신에 꾸벅꾸벅 고개를 숙였다.

"죄송합니다, 형이 큰 실례를 했습니다! 저는 레피트라고 합니다, 이쪽은 형인——."

"이 몸은 라이엇 달센 드 그라드! 차기 영주의 기대주란 바로 나를 뜻하지!"

남동생 레피트의 나무람도 상관없다는 듯이 팔짱을 끼고 영문 모를 허세를 부리는 라이엇은 다소 건방지기는 해도 꽤 호감이 가는 소년이었다. 검은 외투로 몸을 감싼 갑옷 기사와 잿빛 외투를 걸친 수상한 여성을 앞에 두고도 이렇게까지 말할 수 있으니 대단하다.

"재밌는 아이네."

뒤쪽에서 천천히 걸어온 아리안은 두 소년에게 시선을 던지면서 킥하고 웃음을 흘렸다.

그나저나 이 형제는 영주의 자식인 듯했다. 무엇 때문에 도시 바깥의 밭에서 무기를 들고 마수와 한차례 싸움을 치렀을까.

"그런데 꼬마들은 이런 장소에서 뭘 하고 있었나?"

아크는 한껏 뽐내는 라이엇을 내버려 두고 남동생 레피트에게 그 이유를 물었다. 그러나 아크의 물음에 대답한 이는 레피트가 아니라 여전히 잘난 척하는 라이엇이었다.

"이 몸은 꼬마가 아냐! 이 그라드령(領)은 근래 마수의 피해가 잦아서, 이렇게 내가 직접 영지의 평안을 지키기 위해 둘러보는 거다!"

어린아이 특유의 남에게 지기 싫어해서 무리하고 싶은 나이인 모양이다.

"너무 엉뚱한 짓은 하지 마라. 죽으면 아무 소용도 없다."

"시, 시끄러워! 이 몸은 엉뚱한 짓은 안 해! 진짜라고!!"

아크는 일단 쓴소리를 내뱉었지만, 라이엇은 그저 발만 동동 구르며 얼굴을 새빨갛게 붉힐 뿐이었다. 계속 라이엇을 상대할 수도 없는 노릇이었던 아크는 옆에서 미안해하는 남동생에게 시선을 옮겼다.

"레피트 군에게 잠깐 묻고 싶은데, 여기서 제국의 가장 가까운 도시까지 가는 길을 아나?"

"제국의 가장 가까운 도시요? 저는 잘 모르겠지만, 아버지라면 아실 겁니다."

아크의 질문에 레피트는 난감하다는 듯이 고개를 가로저으며 대답했다. 아크는 굳이 영주에게 물어볼 필요도 없을 테지만 그라드에는 예정대로 가야겠다고 고민에 잠겼다. 그때 라이엇이 펄쩍펄쩍 뛰면서 불만에 찬 목소리로 트집을 잡았다.

"어이, 이봐! 무시하지 마! 이 몸을 놔두고——."

"큥!"

그러나 아크의 투구 위에 달라붙은 폰타가 시끄럽다는 듯이 한 번 짖자, 갑자기 바람이 생겨나더니 그 돌풍이 라이엇의 얼굴을 노리고 작렬했다.

"우와앗!?"

돌풍에 휘말린 라이엇은 버틸 수 없었는지 뒤로 몸을 젖히다 손에 든 검의 무게를 못 이기고 또 엉덩방아를 찧었다.

"방금 무슨 짓을 한 거냐!? 이 녹색 털뭉치가!!"

"큥! 큥!"

투구 위의 폰타와 땅에 구른 라이엇은 서로 노려보았다. 그 둘을 내버려 둔 아크는 머리가 둘로 갈라진 팽보어의 뒷다리를 붙잡아 등에 짊어지고 레피트에게 눈길을 던졌다.

"어쨌든 그라드에 가서 길을 물어보도록 하지. 그곳까지는 동행하마."

"가, 감사합니다."

뒤에서 뭔가 큰 소리로 떠드는 라이엇을 모른 체한 아크는 레피트의 안내를 받아 아리안과 폰타를 데리고 그라드를 향했다.

방벽 주위로 해자를 깊게 판 그라드의 입구 앞에 나무다리가 걸쳐져 있었다. 그 도시문에는 위병들이 여럿 보였는데, 아크 일행을 발견한 몇 명이 허겁지겁 달려왔다.

"레피트 도련님! 라이엇 도련님! 어딜 가셨던 겁니까!? 달센 님이 몹시 걱정하셨습니다!!"

위병 한 명은 두 형제의 모습을 확인하더니, 약간 안도한 표정을 지으면서도 매우 곤란하다는 듯이 눈썹을 찌푸렸다. 그리고 달센이라는 인물이 걱정했다는 사실을 알렸다.

조금 전까지 악다구니를 퍼붓던 라이엇은 그 이야기를 듣고 갑자기 조용해졌다. 레피트의 중재와 사정 설명 덕분에 아크와 아리안은 별다른 문제 없이 그라드로 들어갈 수 있었다.

앞장서는 위병을 따라 도시 중앙의 광장에 가자, 그곳에는 많은 사람이 삼엄하게 장비를 갖추고 모여서 떠들썩한 분위기를 빚어냈다. 멋진 갑옷 차림의 기사들은 20명 정도였고, 그 밖에도 가죽 갑옷을 몸에 걸치고 저마다 다른 무기를 지닌 남자들도 10명 이상이었다.

아크 일행을 안내하던 위병이 그 집단을 향해 뛰어가서 중심에 있던 인물에게 경례를 붙였다.

"달센 님, 두 자제분을 찾았습니다!"

위병에게 달센이라고 불린 그 남자는 단련된 우람한 체격에 주변 사람들보다 다소 돋보이는 갑옷을 입었다. 나이는 30대쯤이었는데, 머리를 짧게 쳐올리고 다박나룻을 길렀다. 남자는 라이엇과 레피트 형제 같은 다갈색 눈동자로 아크를 노려보듯이 한쪽 눈을 가늘게 떴다.

겉모습과 태도는 산적이나 용병 두목으로밖에 보이지 않지만, 현재 상황이나 장비를 통해 판단하건대 이 남자가 두 형제의 부친이자 이곳 그라드의 영주이리라.

달센은 뚜렷하게 관자놀이에 핏대를 올렸다. 그리고 미소를 짓듯이 입가를 일그러뜨리면서 성큼성큼 다가오더니 라이엇과 레피트에게 꿀밤을 먹였다.

"아파앗~~!"

둔탁한 소리와 함께 머리를 누른 라이엇은 바닥을 굴렀고 레피트는 머리를 감싸 안은 채 쭈그려 앉았다.

"시끄럽다!! 이 빌어먹게 바쁠 때 쓸데없는 걱정 끼치지 마라, 멍청한 놈들!!"

두 소년을 큰소리로 꾸짖은 달센은 주먹을 어루만지면서 이번에는 아크와 아리안에게 시선을 보냈다.

"외지인인가? 이런 시기에 별일이군."

"내 이름은 아크, 떠돌이 용병이오. 이쪽은 여행 동료인 아리안."

"큥!"

달센의 수상쩍어하는 목소리에 신분을 밝힌 아크는 자신과 동행하는 아리안을 소개했다. 그러자 투구 위의 폰타도 대답하듯이 짖었다. 일행에게 머물던 달센의 시선은 어느덧 아크의 등에 고정되었다.

"자네 등의 그건 뭔가?"

"오오, 이 녀석은 여기로 올 때 마침 자제들을 습격했던 마수요. 우리한테는 필요 없으니, 이쪽에서 적당히 처분해 주면 고맙겠소."

아크가 등에 짊어진 팽보어를 한 손으로 영주에게 내밀자, 주위에서 감탄사가 터져 나왔다. 그러나 눈앞의 달센만은 험악한 표정으로 라이엇을 노려보았다.

겁에 질린 라이엇은 당황한 나머지 주변의 다른 기사들 등 뒤로 숨었다.

달센은 굳어진 관자놀이를 누르면서 코웃음을 치더니 다시 아크에게 시선을 돌렸다.

"자네, 용병이라고 했나? 이놈을 일격으로 처리할 실력을 갖췄다면 상당한 전력이 되겠군. 당분간 내게 고용될 생각은 없나? 대금은 충분히 주겠네."

달센은 발밑에 놓인 팽보어를 발끝으로 툭툭 치면서 아크를 바라보았다.

"의뢰는 고맙소만, 난 이미 고용된 몸이오……."

달센의 말을 들은 아크는 옆에 있는 아리안에게 눈길을

옮겼다.

달센은 아쉽다는 얼굴로 뒷머리를 긁적이며 한숨을 내뱉었다.

"그런가……. 이런 시기에 그라드를 들른 건 뭔가 이곳에 용건이라도 있나?"

"아니, 우리는 이 앞의 제국 도시까지 가고 싶은데, 달센 경은 길을 아시오?"

아크가 제국의 도시로 가는 길을 알고 싶다는 뜻을 전하자, 달센은 입가를 씩 올리며 아리안을 보았다.

"유감스럽게도 앞쪽 가도 부근은 오거 무리의 소굴로 변했네. 제국으로 들어가는 가도를 이용하는 건 지금은 상당히 위험한 상태일세."

오거는 게임을 할 때도 자주 마주치는 도깨비처럼 생긴 몬스터다. 높은 체력과 공격력 이외에는 특별히 주의할 점이 없다. 다만 집단으로 뭉치면 조금 성가신 수준이고, 게임 초반부터 중반에 걸쳐 경험치를 벌게 해주는 몬스터이기도 하다.

아크와 아리안 둘이 섬멸도 할 수 있는 데다, 【디멘션 무브】를 써서 그대로 지나치는 방법도 가능하다.

그러나 달센의 분위기를 보건대 제국을 둘이서만 간다고 했다가는 얌전히 보내주지도 않을 눈치였다.

"그래서 자네한테 하는 제안이지만, 우리는 이제 막 그 오거들을 토벌하러 가는 참이네. 토벌할 때만이라도 이 친구를 빌릴 수 없겠나? 이런 국경 근처의 시골에는 용병들도 좀처럼 오지 않아서 말이지. 팽보어를 일격으로 쓰러뜨린 실력을 갖췄다면 부디 도움을 얻고 싶네."

달센은 아리안을 고용주로 판단하고 그녀에게 아크의 임대 계약을 요청했다.

아리안의 황금색 눈동자가 후드 속에서 아크를 살피듯이 쳐다보자 아크는 고개를 끄덕였다.

길을 묻는 김에 지나는 가도의 오거들을 처리하는 일은 그다지 시간도 걸리지 않으리라는 판단 때문이다.

"난 그래도 상관없어요."

제안을 받아들인 아리안에게 달센은 짙은 미소를 지었다.

"그런가, 그거 고맙군. 물론 두 사람에게 사례는 넉넉히 하지. 아크라고 했나, 자네도 그 조건이면 괜찮나?"

"나도 딱히 다른 의견은 없소. 그런데 오거 무리의 규모는 어느 정도요?"

"정찰을 보낸 녀석의 얘기로는 열 마리쯤 된다고 하더군."

아무래도 정오 전에는 끝낼 수 있을 듯한 안건 같았다.

"마음 든든한 녀석이 동료로 들어왔다만, 아직 방심할 상태는 아니다. 다들 신중하게 간다!"

"와아!!"

모여 있던 남자들은 달센의 구호에 함성을 올렸다.

기사 장비로 단단히 무장한 남자들을 가족과 친구들이 둘러싸서 서로 부둥켜안거나 무사히 돌아오라는 약속을 나누었다.

그 광경을 바라보던 아크는 옆쪽의 아리안과 시선이 맞았다.

아리안은 어깨를 살짝 으쓱이고 고개를 가로저었다.

아크의 생각보다 이 사태는 훨씬 심각한 듯싶었다.

영주 달센의 태도가 별로 심각한 분위기를 느끼지 못하게 한 까닭에 아크도 가벼운 사냥 기분을 냈지만 착각이었던 모양이다.

토벌대의 지휘관이 절망적인 표정을 지으면 이길 싸움도 이기지 못한다. 그나저나 영주가 직접 지휘를 맡다니 무척 용맹한 인물인 듯하다.

뭐, 도시 자체의 규모도 그렇게 크지 않은 데다, 거느린 기사의 수를 보면 단순히 일손이 부족할 뿐인지도 모르지만 말이다.

"그럼 당장 가서 얼른 마무리할까요."

아리안이 앞으로 나서며 달센을 재촉하자 그는 눈을 휘둥그레 떴다.

"아니, 자네는 우리가 돌아올 동안 이 도시에서 기다려주기를 바라네만——."

"난 마법도 검도 쓸 수 있어요. 그럼 전력이 되겠죠?"

아리안은 손바닥에 불꽃을 피어 올리더니, 금세 주먹을 쥐고 으스러뜨리듯이 꺼버렸다.

"오오! 우리한테도 행운이 찾아왔나 보군! 전원 살아서 돌아온다, 알겠나!"

"와아아아아!!"

기염을 토하는 달센의 외침에 주위에서도 일제히 힘찬 고함을 질렀다.

그라드를 떠난 일행은 가도를 따라 북쪽으로 나아갔다.

부대는 영주 달센을 선두로 그의 신하 기사들이 20명, 나머지는 실력에 자신 있는 도시의 남자들이 10명 이상인 총 30명을 넘는 인원으로 구성되었다. 저마다 손에 무기나 토벌을 위한 도구를 들고 걸었다. 그들의 뒤에서 아크와 투구 위의 폰타, 그리고 아리안이 함께 쫓아갔다.

그라드로부터 그다지 멀지 않은 약 한 시간 정도의 거리를 이동한 후 조금 높은 지대 부근에 접어들었다. 일행은 가도를 벗어나 그 옆에 펼쳐진 서쪽 숲으로 다가갔다.

드문드문 나무들이 선 숲을 잠시 들어가자, 완만한 언덕이 도중에 끊긴 장소가 멀리서 보였다. 선두의 달센이 자세를 낮추고 조용히 하라는 듯이 손짓을 보냈다. 뒤따라온 모두는 달센의 지시대로 허리를 낮춘 채 발소리를 내지 않도록 살금살금 움직였다.

이윽고 언덕이 끊긴 절벽 밑을 바라볼 수 있는 장소로 온 달센은 묵묵히 아래를 확인하라는 눈짓을 했다.

전원이 절벽 밑을 들여다본 그곳에는 오거 집단이 모여 있었다.

신장은 2m에서 2m 반쯤이었고, 구릿빛 피부의 온몸은 강철 같은 근육으로 뒤덮였다. 또 이마에는 작은 혹처럼 뿔이 달렸고, 아래턱에는 엄니가 크게 튀어나왔다. 그리고 동물 가죽을 허리에 둘렀고, 큼직한 나뭇가지에 담쟁이덩굴로 묶은 듯한 돌도끼와 보기 좋게 다듬은 나무곤봉을 들었다. 그런 점에서 오거들 나름대로 지성을 지녔다는 사실이 엿보였다.

열 마리 이상의 오거를 눈앞에 두고 지켜본 전원이 숨을 삼켰다.

"우선 여기서 맞아 싸운다. 자네들에겐 이걸 빌려주지."

작은 목소리로 말한 달센은 뒤에 있던 기사 한 명을 통해 활과 화살통을 두 개씩 건네받아 아크와 아리안에게 보냈다.

아크가 그게 무엇을 의미하는지 잘 몰라서 고개를 갸웃거리자, 달센은 턱짓으로 절벽 밑을 가리켰다.

"먼저 이곳에서 화살을 쏘고 놈들을 가도까지 유인한다. 이 자리는 절벽 꼭대기지만, 양 끝의 완만한 경사면을 우회하면 올라오는 건 어렵지 않다."

달센의 말처럼 이 장소는 오거들의 머리 위에 있지만, 양

끝에는 비탈이 있어서 바로 아래의 오거들이 모인 광장과 이어졌다.

"화살에 바른 독은 기껏해야 오거들의 움직임을 둔하게 해주는 효과밖에 없을 거다. 숲속 깊이 도망친 놈들을 뒤쫓는 건 좋은 방법이 아니다. 그러니 일단 이 화살로 도발해서 녀석들을 꾀어낸다."

확실히 인간의 강한 면모는 수를 갖춘 집단전과 전술에 있다. 이곳의 인원수로는 그마저 충분하다고 할 수 없지만, 한데 그러모은 병력을 숲에서 오거들과 맞부딪치면 이점을 다 살리지 못한다.

오거 십여 마리는 아크와 아리안이 아래로 내려가서 다 쓸어버려도 된다. 그러나 당장은 지휘관인 달센의 지시를 따르는 편이 무난하기도 하고 무엇보다 쓸데없이 눈에 띄지 않아도 괜찮다.

지금은 주전력으로 참가하는 게 아니라, 어디까지나 지원 역할에 그쳐야 한다. 아크가 옆의 아리안에게 시선을 돌리자, 그녀도 같은 생각을 했는지 고개를 끄덕이고 쳐다보았다.

아크는 여태껏 활을 써본 적이 없었으므로 다른 사람을 똑같이 흉내 내야 했지만, 오거들을 도발할 목적이라면 화살이 과녁에 맞지 않더라도 그 역할을 해낼 수 있으리라 여겼다.

"전원, 활을 겨눠라."

달센의 지시에 다들 절벽 아래를 향해 오거들을 겨냥했다.

말없이 달센의 팔이 조용히 내려갔고, 그 동작을 신호로 30명 이상의 남자들이 한꺼번에 절벽 아래의 오거들에게 화살을 쏘기 시작했다.

아크도 달센이 건네준 활을 힘껏 잡아당겨 오거 한 마리에 조준을 맞추었다.

그러나 화살을 날리려는 순간 딱하는 귀에 거슬리는 소리가 울렸고, 손에 쥔 활이 중간부터 부러져서 두 동강이 났다.

"어라?"

활을 쏘는 게 초보자는 무척 어렵다고 들었기 때문에 아크는 일부러 잔뜩 힘을 주면서 당겼는데 오히려 잘못했던 모양이다.

아리안과 달센은 기가 막힌다는 얼굴이었고, 주위 사람들은 경악한 표정을 지었다. 왠지 다른 의미로 이상한 주목을 받았다.

"으음, 아무래도 이 활은 손질이 좀 덜된 듯하군."

아크는 부러진 활을 등 뒤에 슬그머니 감추더니, 그 원인을 애꿎은 관리 담당자의 탓으로 돌렸다.

반면에 아리안은 아크와 달리 정확히 활을 잡아당기고는 절벽 아래의 오거에게 겨누었다. 그러나 이전에 본 엘프의 활 솜씨만큼 뛰어난 실력은 아닌 것 같았다. 오거를 스쳐 땅에 박힌 화살도 많았다.

다만 화살을 쏘는 아리안을 보면 어쩐지 납득이 가기도

한다. 커다란 가슴이 걸리적거려서 약간 불편한 자세로 화살을 날린 것이다.

절벽 아래에서는 오거들이 잇달아 퍼붓는 화살을 성가시다는 듯이 손으로 쳐냈다. 그리고 분노의 포효를 지르면서 절벽 위로 시선을 모았다.

여러 대의 화살이 오거들의 몸 곳곳에 꽂혔지만, 두꺼운 근육질 갑옷에 가로막히는지 한 대도 치명상을 입히지 못했다.

어쨌든 아크도 뭔가 이바지를 해야겠다며 근처에 던질 만한 게 없나 둘러보았다.

바위라도 있으면 이 높이에서 떨어뜨려 오거들의 수를 줄일 텐데, 공교롭게도 주변에는 주먹 크기의 돌멩이만 굴러다녔다.

상대를 도발하고 꾀어내는 정도라면 돌멩이로도 충분하리라 여겼다. 돌멩이를 살짝 던져 올려 붙잡은 아크는 절벽 아래의 오거를 향해 높이 치켜들었다.

강속구로 던진 돌멩이가 오거 한 마리의 머리에 빨려 들어가듯이 명중하자, 둔탁한 소리를 울리면서 커다란 구멍이 뚫린 오거는 그 자리에 쓰러져 움직이지 않았다.

주위에서 화살을 쏘던 남자들 사이에 가벼운 동요와 환성이 일었다.

기분이 좋아진 아크가 고개를 끄덕였고, 옆에서 말없이 미소를 띤 달센은 돌멩이 몇 개를 추가로 던져서 건넸다.

유인책이 목적이라고는 해도 수를 줄일 수 있다면 그보다 더 나은 일은 없다.

아크는 건네받은 돌멩이를 다시 치켜들고 오거를 노렸다.

그러나 첫 번째는 단순히 운이 좋았을 뿐인 듯했다. 강속구로 던진 돌멩이는 맞으면 확실히 치명상이 될 테지만, 속도가 빨라질수록 조준이 흔들리기 쉬워진다. 더구나 절벽 위에서의 공격으로는 거체의 오거라는 과녁도 겨눌 수 있는 면적이 별로 넓지 않아 맞추기 상당히 어렵다.

그리고 무엇보다 아크는 자신에게 그다지 투척을 조절할 만한 기술이 없다는 사실을 깨달았다.

분노의 포효를 지른 오거들은 두 패로 나뉘어 절벽 위를 향해 올라왔다. 달센이 그 모습을 확인한 무렵에는 아크가 겨우 또 한 마리를 돌멩이로 처치하고 여덟 마리쯤 남은 참이었다.

"큥!"

갑자기 투구 위에서 폰타가 긴장한 목소리로 짖었다.

달센이 가도까지 후퇴를 지시하려던 바로 그 순간, 느닷없이 뒤쪽의 숲에서 다른 오거 두 마리가 나타나 전원은 경악한 표정을 지었고 그대로 몸이 굳어버렸다.

이 뜻밖의 기습에는 아크뿐만 아니라 아리안도 놀란 감정을 감추지 않았다.

아리안 역시 활을 다루느라 애를 먹어서 어떻게든 잘 맞춰보려 집중했고, 아크도 돌멩이를 명중시키기 위해 몰두하느라 아무래도 후방이 소홀해졌던 모양이다.

오거 한 마리가 뒤에서 지시를 내리는 달센을 향해 돌도끼를 내리쳤다. 그러나 그 일격을 막은 이는 재빨리 상황을 파악한 아리안이었다.

숲에서 튀어나온 오거를 본 아리안은 손에 든 활을 망설임 없이 내던지더니, 허리에 찬 검을 뽑아 들어 달센을 노리는 오거에게 엄청난 속도로 파고들었다.

오거의 통나무 같은 우람한 팔을 통해 뿜어진 돌도끼의 일격을 아리안은 옆쪽에서 혼신의 찌르기로 칼등을 미끄러뜨리며 궤도를 빗나가게 했다. 아리안이 걸친 잿빛 외투의 후드를 스친 돌도끼는 그 기세를 멈추지 않고 지면을 크게 도려냈다.

펄럭인 후드가 벗겨지면서 옅은 자주색 피부와 황금색 눈동자가 겉으로 드러났다. 그러나 조금도 신경 쓰지 않은 아리안의 검이 돌도끼를 든 오거의 팔 위를 잽싸게 핥듯이 뻗어갔다.

비명을 지른 오거는 돌도끼에서 손을 떼고 아리안으로부터 거리를 벌리려 했지만, 그녀는 집요하게 더욱 비집고 들었다.

오거가 아리안의 추격을 피하고자 우람한 팔을 휘둘렀다. 그러나 상처를 입은 팔을 올릴 수 없어서 무심코 움직임이 멈췄다.

그때는 이미 아리안의 날카로운 검이 오거의 두꺼운 목에 깊숙이 박혀 있었다.

피거품을 내뿜으면서 목덜미를 누른 오거는 그대로 주저앉아 괴로운 듯이 발버둥을 쳤지만, 곧이어 힘을 잃고 얌전히 쓰러졌다.

그런 공방을 벌이던 아리안을 곁눈질하며 아크도 불쑥 나타난 또 한 마리의 오거를 아주 가까이에서 상대하는 중이었다.

조금 전에 투구 위의 폰타가 서둘러 이상을 눈치채고 짖지 않았더라면, 아크는 오거의 일격을 등에 맞았을지도 모른다. 『벨레누스의 성스러운 갑옷』을 몸에 걸쳐서 큰 피해는 보지 않았을 테지만, 잘못했다가는 투구 위의 폰타에게 위해를 끼칠 뻔했다.

전투가 벌어지면 늘 그러듯이 폰타는 아크의 목덜미를 목도리 형태로 휘감았다.

지금은 아크가 오거와 정면으로 노려보는 것처럼 맞붙어 양 손목을 움켜잡고 조르는 중이었다. 오거는 손에 든 곤봉으로 아크를 내리치려고 했지만, 아슬아슬하게 조르는 아크의 악력에 고통스러운 표정을 지으면서 어떻게든 달아날 눈치였다.

"후후후, 놓치지 않는다!"

아크는 오거의 양 손목뼈를 남아도는 엄청난 힘으로 으스러뜨렸다.

오거는 단말마의 포효를 내질렀지만, 금세 그마저도 끊어졌다. 아크의 있는 힘을 다한 박치기가 오거의 두개골과 목뼈를 부순 것이다.

아크는 조용해진 오거를 그 자리에 내버려 두고 아리안에게 시선을 돌렸다. 목에서 검을 뽑아내는 아리안과 눈길이 마주치자, 그녀는 젖혀진 후드를 도로 덮어썼다.

기습적으로 나타난 오거는 두 마리뿐인 듯해서 그럭저럭 위기를 넘긴 모양이다.

아크는 어안이 벙벙해진 달센과 다른 자들의 따가운 시선을 등 뒤로 받으면서 주위를 둘러보았다. 두 패로 나뉜 절벽 아래의 오거들은 벌써 절벽을 우회하여 이 근처에 접근했다.

"나머지 오거들이 이리로 향하고 있소."

아크의 그 말에 달센이 뒤늦게 제정신을 차렸다.

"전원, 가도까지 후퇴한다!!"

모든 인원이 일제히 가도 쪽으로 이동했다.

달센의 지시를 따라 가도로 물러난 병력은 네 명씩 부대를 이루었다. 그리고 부대마다 간격을 두고 병렬로 매복한 후 숲에서 나오는 오거들을 기다렸다.

동료들을 잃고 머리에 피가 거꾸로 솟은 오거들이 저돌적으로 돌진하여 숲을 빠져나오는 순간을 계산한 달센이 다시 호령을 외쳤다.

“기름 항아리 투척!! 아리안 님, 부탁합니다!!”

각 부대에서 기름이 들어간 작은 항아리를 다 같이 던지자, 요란한 소리와 함께 몇 마리의 오거가 기름투성이로 변했다. 곧바로 아리안이 정령 마법의 불꽃 구슬 여러 개를 오거에게 겨누고 날렸다.

착탄한 불꽃은 기름 범벅이 된 오거와 그 주변을 홍련의 화염으로 집어삼켰다. 화염에 삼켜진 오거들은 불덩어리로 바뀌어 이리저리 뒹굴었고, 뒤따라온 오거들의 발길을 가로막았다.

부대별로 나뉜 자들은 발걸음을 멈춘 오거들을 각자 서로 눈짓으로 미리 표적을 정하여 좌우에서 둘러싸고 검과 창으로 상처를 입혔다. 각 부대에는 커다란 방패를 든 자가 앞쪽에 섰는데, 오거에게 방패를 내려치며 주의를 끄는 한편 양옆에서 공격하는 자들의 지원과 방어역을 맡았다.

방패를 다루는 법은 몹시 참고되리라.

꽤 익숙한 그 동작을 보건대 이전부터 똑같이 부대를 짜고 싸운 경험이 있는 듯하다.

중앙에 있는 달센, 그리고 아크와 아리안이 있는 방향을 향해 두 패의 오거들이 분노의 포효를 지르면서 손에 든 무기로 때려눕힐 듯이 돌진해왔다.

등에 멘 둥근 방패를 든 아크가 검집에서 검을 뽑아 정면으로 나섰다.

아크는 오거가 내리치는 거대한 곤봉을 왼손의 방패로 미끄러뜨리면서 흘려보냈다. 헛손질한 오거는 무기에 끌려가는 것처럼 자세를 기우뚱했다. 그 틈을 노린 아크가 오른손에 쥔 대검으로 오거의 옆구리를 도려내듯이 휘두르자, 녀석의 상반신이 비스듬히 갈라지며 그 자리에 맥없이 쓰러졌다.

곧이어 아크는 잇달아 돌격해온 또 한 마리의 오거에게 파고들어 얼굴을 방패로 후려친 다음 사각이 되었을 복부에 대검을 찔러 넣었다.

아크가 배를 가르고 등뼈를 자른 오거는 실이 끊어진 인형같이 구불텅한 자세로 기울어지더니 소리를 내며 엎어졌다.

그 모습을 확인한 후 주위를 둘러본 아크의 시야에 각 부대끼리 연대하여 오거를 에워싼 채 각개격파하는 광경이 보였다.

그때부터 따로따로 흩어진 아크와 아리안이 애를 먹는 부대의 지원에 나서자, 눈 깜짝할 사이에 오거 무리는 결국 한 마리도 남김없이 섬멸되었고 전투는 끝을 맺었다.

"설마 아리안 님이 엘프족이었을 줄이야. 이번 토벌 작전에 도움을 주셔서 진심으로 감사드립니다."

쓰러진 오거들로부터 저마다 마석을 꺼내거나 뒤처리를 하느라 바쁜 가운데, 환한 미소를 띤 달센이 아크 옆에 서 있던 아리안에게 다가왔다.

아리안은 외투의 후드 끝을 붙잡고 주변의 시선을 가리듯이 물러나서 팔짱을 꼈다.

그런 아리안을 별로 신경 쓰는 구석도 없이 달센은 조금 전보다 대단히 정중한 말투로 그녀에게 말을 걸었다.

"이 부근의 숲에도 증조부 대에는 이따금 엘프족이 모습을 드러냈다는 얘기를 들었습니다만, 저는 처음 보는군요."

달센에게서는 엘프족을 붙잡으려던 기존의 무리 같은 눈빛을 찾아볼 수 없었다. 굳이 말하자면 어딘지 신기해하는 시선을 아리안에게 향했다.

"엘프족과는 첫 만남이라는 건가?"

경계심을 나타내고 잠자코 있는 아리안을 대신하여 아크가 달센을 상대하듯이 끼어들었다. 달센은 그 행동에 싫어하는 표정을 짓기는커녕 약간 기뻐하며 고개를 끄덕였다.

"우리 조부 대부터 『곤경에 처한 엘프족을 만나면 도와줘라.』라는 가훈이 내려온다네……. 증조할아버지가 그 옛날, 숲에서 엘프족에게 목숨을 건진 이후에 생겨났지. 하지만 설마 나도 마찬가지 일을 겪으리라고는 생각지도 못했소."

이야기를 마친 달센은 팔짱을 낀 채 침묵을 지키는 아리안에게 다시 눈길을 보냈다.

"……딱히 우리가 거들어주지 않았더라도 어떻게든 됐을 거예요."

아리안의 무뚝뚝한 대답에 달센은 고개를 가로저었다.

"당신들이 없었더라면 지금쯤 우리는 자식들의 얼굴을

못 보게 되었을지도 모릅니다.”

“우리는 의뢰받은 대로 했을 뿐이에요. 그래서 길을 알려주기는 할 건가요?”

아리안은 손을 흔들면서 아무것도 아니라고 대답했다.

“아아, 그랬지요. 그라드에 돌아가는 대로 아크 님과 아리안 님에게 보수를――.”

그 말에 아크와 아리안이 동시에 입을 열었다.

“아니오――.” “아뇨――.”

아크와 시선이 맞은 아리안은 갈 길을 재촉하듯이 고개를 끄덕였다.

“아니, 우리는 곧장 제국으로 향할 거요. 길을 가르쳐주면 고맙겠소.”

달센은 아리안의 뒤를 이어 대답하는 아크를 놀란 얼굴로 바라보았다.

“하지만 그래서는 수중에 지닌 돈이 별로 없어서 충분한 보수를 줄 수 없네만?”

달센은 손에 든 가죽 주머니에서 금화와 은화 몇 개를 꺼내어 보였다.

“보수라면 그걸로 됐소. 활도 부러뜨렸으니 말이오.”

아크는 어깨를 으쓱이며 너스레를 떨었다.

달센이 그런 아크를 보면서 계속 뭔가를 덧붙이려 했지만, 먼저 말을 꺼낸 이는 아리안이었다.

"추가 보수로 당신 집안의 가훈을 손자 대까지 이어줘요. 이걸로 매듭을 짓죠."

탄력 있는 커다란 가슴을 양팔로 받치듯이 등을 젖힌 아리안은 소리죽여 웃었다.

그러고 보니 달센 집안의 가훈은 『곤경에 처한 엘프족을 만나면 도와줘라.』였던가——. 손자 대까지 그 가훈이 이어진다면 괜찮은 보수이리라.

아크는 그라드에 올 때 구해준 달센의 두 아들을 떠올리면서 흐뭇한 감상을 품었다.

달센이 아크를 보고 되묻는 듯한 시선을 보냈지만, 아크도 아리안이 제안한 보수에 특별히 이의는 없다며 고개를 끄덕였다.

달센에게 토벌의 보수를 받은 아크와 아리안은 제국의 가장 큰 도시로 가는 길을 들은 후 토벌대 전원의 배웅 속에서 그 자리를 떠났다.

"인간족도 가지각색이네요……."

배웅하는 토벌대의 인원들이 보이지 않는 거리에 이르자, 나란히 걷던 아리안이 불쑥 입을 열어 작게 중얼거렸다.

"그렇군."

아크는 조금 감격한 듯한 아리안의 말에 맞장구를 치면서 고개를 돌렸다.

숲을 따라 북서로 나아가는 가도는 완만한 곡선을 그렸고, 이미 숲의 그늘에 가려진 토벌대의 모습을 볼 수 없었다.

이곳부터는 이제 거의 제국 영내로 들어온 셈이어서, 【디멘션 무브】로도 너무 멀리 전이하지 않고 부지런히 이동했다.

로덴 왕국과 신성 레브란 제국의 국경 부근에서는 마수가 늘어났다는 이야기를 들었다. 그 때문에 지나치게 긴 거리를 전이하여 갑자기 마주친 마수와 싸움이 벌어지지 않도록 하려는 배려다.

또 다른 이유는 이전처럼 길을 착각해서 엉뚱한 도시에 도착하는 실수를 피하고자, 목적지의 방향을 아리안이 꼼꼼히 확인하도록 하기 위해서이다.

현재는 인기척이 없는 북서쪽 가도를 더듬어 가며 제국의 국경에서 제일 큰 도시인 케섹으로 향하는 중이다. 그곳에서 제국 영내에 있을 드라소스 드 발리시몬 자작의 실마리를 찾을 계획이지만, 들은 이야기로는 제국 영토는 무척 넓어서 로덴 왕국의 약 다섯 배나 된다고 한다.

보통은 그 정도 크기라면 금세 찾을 수 없을 가능성이 크다. 그러나 포획한 엘프족의 이송 등을 고려할 경우 로덴과의 국경 근처에 거점을 두었거나 비슷한 유형의 장소를 발견할 확률이 높으므로 너무 비관할 필요도 없으리라.

아크가 한동안 전이를 하면서 나아가는 가운데 그런 생각에 잠기자, 어깨에 손을 얹었던 아리안이 왠지 미심쩍다는 목소리로 불러 세웠다.

"잠깐 멈춰요, 아크."

아리안이 부르는 소리에 아크는 뒤를 돌아보았다.

"왜 그러시오?"

딱히 특별한 점도 없는 초원 속을 한 줄기 가도가 뻗어 나가는 한가로운 풍경. 인근에는 커다란 숲도 사라졌고, 탁 트인 이 장소에서는 경계해야 할 마수도 보이지 않았다.

그러나 아리안은 주위의 풍경을 의심스럽다는 듯이 눈을 가늘게 뜨고 살폈다.

평소의 폰타는 이맘때 슬슬 배가 고프다며 뭔가를 조르는 것처럼 앞발의 볼록한 발바닥으로 투구를 탁탁 쳤다. 그런데 지금은 기분이 좋은지 꼬리를 흔들어서, 그다지 심각한 위협이 있으리라는 느낌은 들지 않았다.

"이 주변, 왠지 이상하게 마나가 짙어요……."

아크는 눈썹을 잔뜩 찌푸린 아리안에게 무슨 위험이라도 알아차렸냐는 듯이 고개를 갸웃거렸다. 마나가 짙으면 강력한 마수가 자리 잡기 쉬워진다――. 아리안을 비롯한 엘프족이 사는 캐나다 대삼림은 바로 그 마나가 짙어서 숲에는 많은 마수가 서식한다는 이야기를 이전에 들었다.

아크의 의문을 눈치챘는지, 아리안은 그 질문에 대답해주었다.

"원래는 마나를 모으는 성질을 지닌 특정한 종류의 나무가 대량으로 자라는 숲이나 움푹 팬 땅과 동굴처럼 마나가 퍼지기 어려운 장소 이외에는 이렇게 짙은 마나를 볼 수 없어요."

아무래도 마나란 안개같이 움직이거나 가라앉기도 하는 모양이다.

확실히 아리안의 말대로 현재 서 있는 장소는 시야가 훤하고 방해물이 적은 토지다. 마나가 쌓일 만한 지형적, 식물적 요소는 없는 듯싶었다.

아크는 뚜렷하게 마나를 감지하거나 눈으로 보지도 못하지만, 분명히 이곳은 캐나다 대삼림에서 느낀 기묘하고 찝찝한 뭔가가 피부에 들러붙는 분위기를 풍긴다――. 그렇게밖에 표현하기 어려운 감촉이 매우 희미하게 전해진다.

아리안은 덮어쓴 잿빛 외투의 후드를 귀찮다는 듯이 내리더니, 황금색 눈동자를 크게 뜨고 신중하게 사방을 둘러보았다.

얼마 지나지 않아 가도를 조금 벗어난 풀밭에 웅크려 앉은 아리안이 손에 어떤 파편을 들고 천천히 일어났다.

"『풍요의 마결석』 조각이네요……."

아리안은 손에 든 자주색의 아름다운 결정을 햇빛에 비추면서 중얼거렸다. 낯선 그 용어에 고개를 갸우뚱한 아크는 아리안의 발밑에 흩어진 다른 비슷한 조각을 주워들었다.

"이게 『풍요의 마결석』이라는 건가?"

"맞아요. 이건 엘프족이 만들어낸 거예요."

"그런가. 어디에 쓰이는 거요?"

아크는 손바닥에서 반짝반짝 빛나는 자주색의 반투명한 결정을 굴리며 아리안에게 시선을 돌렸다.

"본래 용도는 잘게 부순 가루를 밭에 조금씩 뿌리는 거죠. 그럼 그 땅의 활력이 올라가서 작물이 튼튼하고 크게 자라요."

"호오."

아크는 아리안의 설명에 맞장구를 치면서 손에 든 결정을 보았다. 아무래도 고형의 비료인 듯했지만, 그게 어째서 아무것도 없는 가도 옆의 풀밭에 버려진 걸까. 주위에는 작물을 키우는 밭은커녕 사람이 사는 집조차 눈에 띄지 않았다.

아크의 시선을 받은 아리안은 묻기도 전에 먼저 그 이유를 말했다.

"다만 『풍요의 마결석』을 다루는 데에는 주의할 점이 있어요. 이처럼 거칠게 빻은 형태로만 내버려 두면, 그 주변에는 짙은 마나가 새어 나와서 마수를 불러들이는 원인이 되죠."

화학비료는 지나치게 뿌리면 토지를 척박하게 바꾼다지만, 이 마법적인 비료는 너무 많이 쓰면 마수를 끌어들인다니 상당히 위험한 물질이다.

"아크, 기억해요? 캐나다 대삼림은 온갖 거목과 마수가 존재하는 숲이었잖아요?"

아크는 아리안이 묻는 말에 고개를 끄덕이며 캐나다 대삼림의 풍경을 떠올렸다.

"애당초 초대족장님이 그 땅에 갔을 때 그곳의 토지는 지금 같은 숲이 아니었고, 대부분 황무지만 펼쳐져 있었대요. 그런데 초대족장님이 만든 『풍요의 마결석』을 써서 토지를 개량한 결과, 오늘날의 대삼림으로 거듭난 거죠."

정말 굉장히 장대한 조림 사업이다.

초대족장이 현재의 엘프족 마을을 형성한 시기는 800년 전이었으니, 그토록 오랜 시간에 걸쳐 저만한 숲을 이룬 셈이다.

수명이 긴 엘프족에게는 그 일도 인간족보다는 쉬울지 모르지만, 예전에는 황무지였다는 사실이 믿기지 않을 정도의 풍경이 펼쳐진 숲을 보면 경악할 만하다.

"당시에는 인간족의 여러 나라로부터 쫓기거나 노려진 엘프족은 토지의 방어도 염두에 두고, 숲을 조성할 때 일부러 이 『풍요의 마결석』을 굵게 깨뜨려서 흩뿌렸다더군요. 그 이후 마나를 모으는 나무들을 심어 길을 막았고, 몰려든 마수들은 장해물이 되어 땅에서 인간들을 몰아낼 수 있었다고 해요. 그 일에 성공한 덕분에 캐나다 대삼림을 이루었다고 들었어요."

아크는 아리안의 설명을 들으면서 드문드문 널린 『풍요의 마결석』 조각이 얼마나 있는지 보았다.

이 조각들은 우연히 떨어진 게 아니라, 누군가가 고의로 흘렸을 가능성이 크다.

로덴 왕국과 신성 레브란 제국이 마주한 국경 부근에 근래 마수가 들끓는다는 이야기는 아무리 생각해도 이것이 원인인 듯싶었다. 그렇다면 대체 누가 그런 짓을 벌였을까――.

“이걸 이곳에 놔둔 건 엘프족인가?”

아크가 단순히 의문점을 입 밖에 꺼내자, 아리안은 불쾌하다는 듯이 눈썹을 찌푸리며 쳐다보았다.

“엘프족이 인간족의 국가 국경선에 『풍요의 마결석』을 방치해서 무슨 이득을 보겠어요?”

아리안의 약간 험악한 그 말 속에서는 엘프족의 소행이 아님을 굳게 믿는 모습이 엿보였다.

마수를 끌어모으는 성질을 이용하면, 엘프족도 나름대로 이익을 가져올 수 있을 터다.

예를 들어 엘프족에게 간섭하는 국가 사이에 마수를 끌어들여 치안을 어지럽혀서 좋든 싫든 거기에 대처하도록 핍박하거나 나머지는 국가 간의 교역을 방해하는 수준일까?

아크는 아직 다른 국가와 엘프족의 관계를 자세히 몰라서 함부로 말할 처지는 아니었다. 그러나 그 말을 하면 눈앞의 아리안이 갈수록 기분 나빠하리라는 점만은 잘 안다.

“더구나 이걸 만든 건 확실히 엘프족이긴 해도, 엘프족만 갖고 있지는 않아요. 우리와 교역을 하는 유일한 인간족 국가인 린부르트 대공국에도 많은 『풍요의 마결석』이 흘러 들어가는 데다, 린부르트 역시 그걸 다른 나라에 팔기도 하잖아요?"

한정된 토지에서 수확량을 대폭 늘릴 수 있게 해주는 『풍요의 마결석』은 인간족의 국가에서도 꽤 귀중히 여겨지는 듯하다. 교역으로 유일하게 『풍요의 마결석』을 손에 넣는 린부르트라는 나라는 수출을 통하여 엄청난 수익을 올린다고 한다.

그처럼 입수하기 힘든 사정을 고려할 때 어쨌든 국가급의 관여가 없으면 국경을 따라 『풍요의 마결석』을 마구 뿌리지는 못하리라.

"그나저나 위험한 비료군. 인간족에게 건네면 분쟁의 씨앗이 될 듯싶겠소."

아크는 손에 쥔 『풍요의 마결석』 조각을 으스러뜨리며 그 가루를 바람에 날렸다.

"원래는 엘프족이 숲을 이루고 숲에서 농사를 짓기 위해 만들어진 거죠. 게다가 일단은 마수를 불러들이는 부작용은 감추고 사용상의 위험성만 일러두었어요."

"호오, 그럼 인간족은 마수를 꾀어내는 효과를 모르는 건가?"

아크의 물음에 그저 고개를 가로저은 아리안은 어이없다는 말투로 대답했다.

"어디에나 탐욕스러운 자는 있어요."

"……그렇군."

잘게 부수어 조금씩 뿌리면 작물의 수확량이 늘어난다. 그 사실을 아는 누군가는 좀 더 집중해서 뿌린다면 더욱 많은 수확을 올린다고 판단하여, 주의서에 적힌 위험 사항도 무시한 채 그대로 감행하는 자는 반드시 나오리라.

그러면 『풍요의 마결석』의 또 다른 특성을 알아차리기란 그리 어렵지 않다.

그러나 엘프족이 그런 점을 알면서도 인간족에게 계속 『풍요의 마결석』을 공급하는 까닭은 설령 인간족의 토지가 마수들이 날뛰는 숲에 삼켜지더라도 그들은 그곳에서 살아갈 수단을 지녔기 때문이다. 그렇게 생각하면 엘프족도 대단히 교활하다고 말할 수밖에 없다.

뭐, 이건 단순한 억측에 지나지 않지만 말이다…….

"그 효력을 없앨 방법은 있소?"

아크는 우선 여기에 뿌려진 『풍요의 마결석』 효력을 무효화시킨다면, 마수의 잦은 출몰에 따른 국경 지대 혼란도 가라앉으리라 여기고 아리안에게 주위의 참상을 막는 조치를 물었다.

"지표에 있는 조각을 땅속에 묻으면 조금은 마나의 확산을 억누를 수 있어요. 하지만 어느 정도의 양이 얼마나 넓은 범위로 퍼졌는지 몰라서 대처하기 어렵네요."

주변을 멀리 바라보던 아리안은 예쁜 눈꼬리를 내리며 어깨를 으쓱여 보였다.

만약 대처 방법을 실행에 옮긴다 한들 일손도 시간도 부족하다.

"그런데 마나가 짙은데도 마수는 별로 눈에 띄지 않네요……."

투덜대던 아리안은 발밑에 굴러다니는 『풍요의 마결석』 조각을 발끝으로 차면서 부근에 눈길을 던졌다.

국경 도시 그라드 가까이에는 오거 집단이 있었지만, 그 이외에 두드러진 마수는 거의 없었다. 지금도 이 근처에 마수는 보이지 않았다.

마수가 늘었다는 소문이 떠돌아다닐 만큼 목격 정보도 그럭저럭 많았을 텐데, 현재는 마수를 볼 수 없다는 이유는 어딘가로 이동했거나 아니면 다른 요인 때문일까――.

아무래도 아크와 아리안에게 당장 가능한 일은 눈앞에 보이는 『풍요의 마결석』 조각을 짓뭉개서 바람에 흩어지는 모습을 지켜보는 것밖에 없는 듯하다.

아크는 뭔가를 묻고 싶어 하는 듯한 아리안의 시선에 가볍게 한숨을 내뱉고 어깨를 으쓱였다.

이곳에서 언제까지고 봉사활동처럼 흙장난이나 할 수도 없는 노릇이다.

보나 마나 인간족 국가 누군가의 의도로 꾸며졌을 그 상황에 아크와 아리안은 자신들이 더 할 수 있는 일은 없겠다는 판단을 내리고 그 자리를 떠났다.

제4장 야만족의 마수사

지금 눈앞에는 신성 레브란 제국의 국경 도시인 케섹이 보였다.

북서쪽에 이어지는 산맥 정상을 등지고, 평면과 직선으로 이루어진 높은 방벽은 상당히 튼튼한 구조의 성채 같은 모양을 띠었다.

로덴 왕국과 달리 제국 국경 부근의 요충지인 만큼 도시 규모도 크고 꽤 삼엄한 분위기를 풍겼지만, 그에 반해 주위에는 몇 줄기의 가는 하천과 수로가 뻗어서 풍족한 농원 같은 경치를 펼쳤다.

케섹은 둘이서 더듬어온 동쪽 가도와 남쪽을 빠져나가 로덴으로 들어서는 가도가 합쳐지는 장소 가까이 자리 잡은 도시였지만, 현재는 마수의 피해 탓인지 가도를 이용하는 자는 근교 마을로부터 오는 듯한 이들뿐이어서 지나다니는 사람은 별로 많지 않았다.

도시에 다가갈수록 한가한 풍경 속에 놓인 케섹 주변에는 위병과는 모습을 달리하는 자들이 종종 눈에 띄었다.

다들 똑같이 검은 잿빛의 긴 소매와 긴 옷자락 차림에 담흑색의 금속제 경갑을 걸치고 돌아다니는 광경은 어떻게 봐도 군대를 떠올리게 하는 분위기다.

도시문에서는 위병 외에도 군인들이 문을 출입하는 이들에게 눈을 번뜩였다. 당장은 가도를 오가는 사람도 적어서 이대로 도시문을 지나더라도 눈에 띄기 쉽다.

자신들은 투구를 벗지 못하는 해골기사와 후드를 벗기 싫어하는 다크엘프족으로 구성된 2인 일행이다. 입구에서 검문을 받으면 확실하게 성가신 일이 벌어진다.

"정면에서 들어가는 건 피하는 게 좋겠소."

"그러네요."

아크의 우려에 옆에서 도시를 살피던 아리안도 고개를 끄덕이며 동의했다.

케섹을 멀리서 바라보는 한편 아크는 아리안과 함께 군인이나 위병이 적을 법한 장소를 찾아 걸어 다녔다. 폰타는 조금 전부터 투구 위에서 잠들었는지, 새근새근 숨소리를 내는 게 들렸다.

도시 서쪽에는 군이 주둔하는 듯싶었는데, 별도의 목제 외벽으로 둘러싸인 성채 비슷한 장소에 많은 군인이 드나들었다. 이 주둔지 자체는 최근에 급조한 티가 나서 그다지 단단한 구조는 아니었지만, 외벽 때문에 내부 상황을 짐작할 수 없었다.

아크는 그 장소를 피하여 도시 동쪽 근처의 위병이 없는 방벽 위로 【디멘션 무브】를 써서 이동한 후 다시 거리 속으로 전이했다.

이 방법을 통해 도시에 침입하는 데에도 꽤 익숙해졌다고 혼잣말을 하면서 아크가 거리를 바라보았다.

가도의 인기척이 없는 모습과는 반대로 거리에는 사람의 왕래도 무척 잦아서 활기를 띠었다.

붐비는 사람들 틈에 섞여 갑옷을 걸치지 않은 군인들도 곳곳에 제법 보였지만, 그 밖에도 아크와 마찬가지로 다수의 용병이 활보했다. 덕분에 아크는 거리에서는 별로 남의 시선을 끌지 않겠다며 가슴을 쓸어내렸다.

"그나저나 일단 제국의 도시에 잠입한 건 좋은데, 이번에는 드라스스 드 발리시몬 자작이라는 자를 찾아야겠군……."

아크는 아리안과 둘이서 서로 얼굴을 마주 보았다.

어떤 식으로 소재지를 조사할지 고민한다 해도, 자신들이 할 수 있는 일은 거리의 주민에게 캐묻거나 이전같이 상인에게 이야기를 듣는 것이 고작이다.

제국 영내에서는 로덴 왕국과는 다르게 엘프족이라는 사실이 드러나면 그냥은 넘어가지 않는다는 말을 들어서 될 수 있으면 아리안하고는 개별 행동을 피하는 편이 좋다.

먼저 발리시몬 자작의 이름을 물어보며 여기저기 돌아다닐 때 위병들에게 의심을 사지 않도록 너무 대놓고 알아보지 않는 게 중요하다.

아크와 아리안은 대로를 지나 거리의 시장이 열린 장소로 빠져나왔다.

물건을 사는 김에 상인과 이야기하거나 잡담을 나누며 길에 모인 자들이 많아서 정보를 모으기에는 딱 알맞다.

시장 이곳저곳에서 팔리는 음식 냄새가 떠도는 가운데 투구 위의 폰타는 드물게도 아직 일어나지 않았다.

폰타를 투구에서 내려 아리안에게 맡긴 아크는 적당히 집어먹을 만한 음식을 파는 상인의 상점으로 발길을 옮겼다.

미리 점찍어둔 상인의 눈앞에 놓인 상품은 겉보기에는 호두였다. 바구니에 담아서 파는 듯했는데, 길을 가며 먹는 음식으로도 안성맞춤이라고 여긴 아크는 그 상인에게 말을 걸었다.

"이걸 한 바구니 주시오."

"어서옵쇼."

붙임성 좋은 미소를 띤 상인은 익숙한 손놀림으로 커다란 마대 속의 호두 더미를 바구니로 퍼 올린 후 아크가 건네준 주머니에 담았다.

"1리에입니다, 나리."

발리시몬에 대해 뭔가 아는 게 없는지 물어보려던 아크는 그 한마디에 상인의 얼굴을 두 번이나 바라보았다. 나라가 바뀌면 화폐단위도 변한다. 그런 단순한 사실을 뒤늦게 깨달았다.

아크는 허리에 매단 가죽 주머니에서 금화 한 개를 꺼내어 상인에게 주었다.

"미안하네만, 이것도 괜찮나?"

"로덴 금화로군요. 네, 물론 쓸 수 있습니다. 거스름돈은 9리에입니다."

아크는 상인에게서 지금까지의 은화와 다른 문양이 새겨진 은화 9개를 받았다. 질감은 그다지 차이는 없는 듯했지만, 문양의 섬세함은 제국의 은화가 세련된 느낌이었다.

이 상인이 거짓말을 하는 게 아니라면 화폐가치도 거의 로덴과 비슷했다. 아크는 우선 알기 쉬워서 안심이라고 한숨을 내쉬었다.

"나리, 케섹은 처음이십니까?"

"아아, 그렇네. 실은 자네한테 묻고 싶은 게 있는데, 발리시몬령(領)이 어디 있는지 아나?"

상인의 물음에 대답하면서 아크도 자신이 찾는 발리시몬의 이름을 입에 담았다.

로덴에서도 영주와 영지의 이름이 같았다. 그 때문에 귀족인 영주의 이름을 직접 거론하기보다는 그 귀족이 다스리는 영지를 찾는 척하면 조금은 의심도 옅어지리라 판단한 것이다.

그러나 상인은 그 이름을 들어보지 못했는지, 살짝 고개를 갸웃거리며 생각에 잠겼다.

"발리시몬령이라고요? 죄송하지만 들어본 적이 없습니다."

"그런가, 괜한 수고를 끼쳤네."

그 후, 몇 명의 상인에게도 똑같이 물어보며 다녔지만, 발리시몬령의 소재지를 아는 자는 나타나지 않았고 조사는 일찌감치 난관에 부딪혔다.

"의외로 찾기 힘들군……."

거리의 대로에 우뚝 선 채 중얼거린 아크는 손에 든 호두의 껍데기를 부수어 알맹이를 꺼내더니 옆에 있는 아리안에게 건네주었다. 호두를 받은 아리안이 품에 안은 폰타에게 주자, 기쁜 듯이 갉아먹었다. 아리안은 그런 폰타의 머리를 쓰다듬으며 뺨에 비벼댔다.

가만히 생각해 보면 귀족이라 해서 누구나 반드시 영지를 가졌다고는 단정하기 어려운 법이다.

그럼 귀족의 이름을 말해주고 찾는 수밖에 없지만, 이처럼 정보화 사회와는 동떨어진 세계에서 일반인이 특정 귀족을 알 가능성은 매우 낮다.

아크가 새삼스러운 사실에 어찌할 바를 모를 때 언젠가 그랬듯이 뒤에서 말을 거는 이가 있었다.

"곤란하신 모양이군요."

뒤돌아본 아크의 시선에 얼마 전 로덴 왕국의 왕도에서

만났던 그 인물은 당시와 변함없는 모습으로 조용히 서서 아크를 올려다보았다.

커다란 모자를 머리에 눌러쓰고, 가지런히 자른 약간 짧은 검은 머리를 살랑이며, 움직이기 쉬울 듯한 검은 옷을 입은 푸른색 눈동자의 소녀 한 명이 그곳에 서 있었다. 신장 150cm 정도의 몸집이 작은 소녀에게 도시 아가씨의 인상은 없었고, 팔다리에 각각 토시와 각반을 착용한 데다 허리에는 단검을 찼다.

"오오, 치요메 양인가!? 어째서 이런 장소에 있소?"

아리안과 함께 왕도에서 산야의 민족의 동포를 구출하는 일에 협력한 인심일족(刃心一族) 중 한 명인 치요메였다.

아리안도 치요메를 보고 살짝 놀란 표정을 지었다.

"왕도에서 아크 님과 헤어진 후 숨겨진 마을로 돌아가 족장으로부터 새로운 명을 받았습니다. 다시 아크 님을 쫓아 여기까지 달려온 참입니다. 목표로 삼은 인물을 찾기 위해서는 우선 이 도시를 들르리라 짐작했는데 예상이 맞아서 안심했습니다."

치요메는 억양이 없는 말투로 태연하게 말했다.

케섹은 랜드발트 같은 거대한 도시는 아니지만, 그래도 그럭저럭 규모는 크다. 그런 곳에서 잘도 자신들을 알아봤다며 아크는 반쯤 질렸다는 듯이 감탄했다.

"흐음, 내게 또 뭔가 의뢰를 하려는 건가? 저번에도 말했지만 아직 아리안 양의 의뢰가 끝나지 않았소. 지금은 잠시 기다려주면 고맙겠는데."

아크의 말에 치요메는 잘 안다는 것처럼 고개를 끄덕이며 쳐다보더니, 옆에 있는 아리안에게 파랗고 투명한 시선을 향했다.

"이번에는 아리안 님의 의뢰가 끝난 다음 아크 님에게 의뢰를 맡길 생각이었습니다. 하지만 저희 쪽에서도 될수록 서둘러달라는 뜻을 전해서, 미력하나마 저도 아리안 님의 의뢰를 거들고 싶습니다."

폰타에게 호두를 주던 아리안의 손이 멈추었고, 폰타는 고개를 갸웃거리면서 그녀를 올려다보았다.

"나는 딱히 이의는 없소만……."

아크도 마찬가지로 아리안에게 눈길을 보냈다.

아리안은 아크를 마주 보았고, 곧이어 뭔가를 기대하는 눈빛의 치요메에게 시선을 돌렸다.

"나도 치요메 양의 도움을 받아서 임무를 빨리 끝내면 별로 문제는 없는데……."

아리안이 조금 고민하는 눈치를 보이고 나서 치요메에게 대답했다.

"교섭 성립이로군요? 맡겨주십시오, 찾고 계신 인물이 머무는 영지는 이미 조사했습니다."

치요메는 다소 뽐내듯이 가슴을 폈다. 역시 이런 첩보 활동은 닌자의 특기 분야이기 때문일까, 틀어졌다고 여긴 발리시몬의 실마리가 이제야 단숨에 진전하는 양상을 띠었다.

"호오, 벌써 조사를 끝낸 건가? 그래서 그 장소는 어디요?"

아크가 치요메에게 발리시몬 자작의 행방을 묻자, 그녀는 북쪽을 가리켰다.

"이곳에서 시아나 산맥을 따라 북쪽으로 향하는 곳에 있는 도시, 라이브니차령이 목적지입니다."

"라이브니차? 영지의 이름이 다르다는 말은 발리시몬 자작은 그곳 영주의 신하인가?"

아크는 치요메로부터 예상치 못한 영지의 이름이 튀어나와서 고개를 갸우뚱했다.

"아뇨, 발리시몬 자작은 라이브니차령의 영주입니다. 신성 레브란 제국에서는 명을 받아 황제의 영지를 맡는 형태로 영주가 됩니다. 따라서 황제의 명이 떨어지면 다스릴 영지도 바뀌기 때문에 영지와 영주의 이름은 일치하지 않는 듯합니다."

요컨대 이 나라의 정치형태는 절대군주제를 닮았다고 봐야 하는 건가.

나라마다 통치방법이 다르다는 사실은 듣고 보면 상식이었다. 아크는 그 점을 잊은 채 로덴 왕국과 동일한 전제로 발리시몬을 찾아다닌 자신의 얕은 생각에 머리를 긁적였다.

"애당초 이 나라의 전신인 레브란 제국은 서쪽에서 동쪽으로 타국을 병합하여 커졌습니다. 그래서 지명 대부분은 이전부터 쓰이던 명칭을 그대로 사용하는 경우가 많다고 합니다."

치요메의 설명에 감탄한 아크와 아리안이 귀를 기울이자, 그녀는 뭔가 떠올렸다는 듯이 손뼉을 쳤다.

"참, 아크 님과 아리안 님은 얼굴을 남 앞에 잘 드러내지 못하시죠?"

아리안과 얼굴을 마주 본 아크는 누가 먼저랄 것도 없이 고개를 끄덕였다.

"그러면 이제 두 분은 제가 고용한 사적인 호위로 알아두십시오."

치요메의 그 제안에 아리안이 고개를 갸웃거리며 무슨 의미인지 묻듯이 그녀에게 눈길을 던졌다.

"이 제국에서 용병은 국가가 허가를 내린 용병단에만 소속될 수 있습니다. 떠돌이 용병이라는 게 밝혀지면 가벼운 검문을 받기도 하므로 만일을 위해서입니다."

확실히 검문을 당하는 인물이 후드나 투구를 쓴 채 질의응답을 할 수는 없으리라. 그럴 때는 어떻게든 도망쳐야 할 테지만, 그러면 이후의 행동이 곤란해진다.

장소가 달라지면 제도도 달라지는 게 당연한 일이다. 다만 아크나 아리안도 그런 사정은 전혀 몰라서, 솔직히 치요메의 도움은 무척 고맙다고밖에는 달리 할 말이 없다.

"그럼 얼른 그 라이브니차로 출발할까요?"

아리안이 폰타의 머리를 쓰다듬으면서 이야기는 결정되었다는 표정으로 모두의 얼굴을 둘러보았지만, 그 말에 치요메는 고개를 가로저었다.

"아뇨, 라이브니차령까지는 케섹에서 마차로도 사나흘 거리입니다. 게다가 당장 이 도시를 나가도 어중간한 거리밖에 이동하지 못합니다. 작은 마을에서는 어떻게 하든 남의 눈에 띄기 때문에, 비교적 큰 도시를 거쳐서 갈 예정입니다."

치요메의 말대로 하늘은 해 질 녘에 접어들지는 않았지만 해가 꽤 기울기 시작했다. 모처럼 도시에 숨어들었으니, 하룻밤 묵고 나서 다음 날 아침에 라이브니차령을 향해도 충분하다.

마차로 사나흘 거리는 【디멘션 무브】를 쓰면 한나절 만에 도착할 수 있다.

"오늘 밤 묵을 숙소를 구하기로 할까? 이 구역은 의외로 깨끗해서, 깔끔한 여관도 쉽게 찾을 테지."

아크가 주변의 거리를 둘러보면서 그렇게 말하자, 치요메는 그 제안에도 고개를 가로젓고 대답했다.

"여기는 힐크교의 교회와 가까워서 피하도록 하죠. 조금 치안이 나쁘지만, 북동부 구역에서 숙소를 잡겠습니다. 따라오십시오."

지리나 주위 사정에 밝은 치요메다, 분명 무슨 이유가 있으리라. 아크는 앞장서는 치요메의 뒤에서 잠자코 아리안과 함께 걸어갔다.

대로를 지나 북동부로 가는 길에 거대한 석조 양식의 장엄한 건물이 시야에 들어왔다.

한 쌍의 종루가 커다란 정면 입구를 사이에 끼고 서 있었는데, 벽면에는 조상이나 조각을 새겨넣었다. 정면 입구 상부에는 세로 모양의 금강저를 상징으로 삼은 듯한 문양의 깃발을 내걸었다.

그 건물은 주변 건물을 내려다보는 것처럼 우뚝 솟아 있었다.

"저게 힐크교의 교회인가?"

아크가 그 교회를 올려다보며, 앞에서 걷는 치요메에게 말을 걸었다.

"맞습니다. 힐크교는 동서의 제국에도 깊숙이 뿌리를 내렸지만, 그 가르침은 인간족 지상주의입니다. 그들의 가르침에서는 산야의 민족이나 엘프족, 드워프족 등은 부정한 자들이 마와 교접하여 이 세상에 나온 타락한 존재라고 합니다."

그것은 몹시 난폭한 교리다. 그렇다면 이 힐크교의 가르침이 단단히 자리 잡은 지역은 치요메와 아리안에게 유쾌한 장소가 되지는 않으리라.

아리안도 불쾌하다는 듯이 눈썹을 찌푸렸고, 후드 속에서 황금색 눈동자로 교회를 노려보았다.

그때 문득 아크는 의문점이 떠올라 물었다.

"로덴 왕국에도 힐크교를 신앙하는 자들이 있나?"

로덴에서는 치요메 같은 짐승 모습을 가진 산야의 민족은 박해를 받았지만, 엘프족은 표면상이기는 해도 조약을 맺은 대등한 입장이라는 형태를 취했을 터다.

"로덴 왕국에 힐크교는 퍼져 있지 않습니다. 오래전부터 전해진 신전 신앙이 각지에 정착해서, 왕가도 지금은 그 점을 핑계로 힐크교의 포교를 금지했습니다. 다만 우리를 다루는 태도는 힐크교와 그다지 큰 차이는 없습니다. 산야의 민족은 마수와 몸을 섞어 태어난 수인이라며 경멸하고, 엘프족은 신들의 권능을 교묘한 말로 속여서 훔쳐낸 수탈자라는 인식이 큽니다."

"뭐야 그게!? 거의 생트집이잖아!"

치요메의 설명을 들은 아리안이 분노한 나머지 버럭 소리를 질렀다.

당황한 치요메는 목소리를 낮추라는 손짓을 보이며 아리안을 달랬다. 화가 난 아리안이 팔에 힘을 주었는지, 앞가슴에 안긴 폰타는 풍만한 두 언덕에 끼어서 약간 괴로워하는 눈치였다.

"뭐, 엘프족이 긴 수명을 가진 데다 마법능력도 뛰어나니 그들을 질투하는 마음이 크겠지."

지배자층의 입장에서는 엘프족의 긴 수명은 무척 탐이 나리라.

인간은 스스로를 신들의 은총을 받은 존재로 여겼다. 따라서 자신들보다 확실히 신들의 은총을 받았다고밖에 볼 수 없는 엘프족을 부정하기 위해 뭔가 교활한 짓으로 권능을 가로챘다는 비난을 퍼부었다. 그런 사고방식은 실로 인간다웠다.

아크는 잠시 인간족의 교리를 고찰하는 한편 인간족에게 분개하는 아리안을 치요메와 함께 어르며 오늘 머물 숙소를 찾아 하루를 마쳤다.

이튿날 아침 일찍 케센의 북문을 빠져나온 아크는 치요메가 가리키는 북쪽 가도를 【디멘션 무브】를 써서 나아갔다.

처음에 그 마법을 보고 놀란 치요메는 별로 표정 변화가 없는 평소와는 달리 한동안 약간 흥분한 얼굴로 휙휙 변하는 풍경에 넋을 잃었다.

이전에 왕도에서 치요메에게 보여준 전이마법은 시전자가 기억한 특정 장소로 순식간에 이동 가능한 【게이트】였다. 그러나 이번에 펼친 전이마법은 눈에 보이는 장소로 찰나에 이동시켜주는 【디멘션 무브】다.

닌자의 눈에는 이 마법 스킬이 꽤 유용하게 비치리라.

일행이 나아가는 가도 서쪽은 시아나 산맥이라 불리는 산

줄기가 벽같이 뻗었고, 산기슭은 녹음이 우거진 숲이 산맥을 따라 이어졌다.

그 산기슭의 평탄한 경사지에는 비옥한 대지가 펼쳐졌는지, 많은 경작지와 마을이 주변에 보여서 한가로운 경치를 만들어냈다.

그러나 그처럼 느긋한 풍경 속의 가도에 왠지 삼엄한 모습의 무리가 나타났다.

동일한 갑옷으로 몸을 무장한 채 열을 지어 전진하는 백 명 가까운 자들은 병사 집단이리라.

후방에는 줄줄이 엮인 듯이 늘어선 짐마차들도 있었지만, 몇 대는 덮개로 완전히 덮여서 그 안의 내용물을 짐작할 수 없었다.

어딘가로 향하는 행군일까, 병사들의 진행 방향을 보건대 현재 아크 일행의 목적지인 라이브니차에서 온 듯싶었다.

"국경 부근의 마수 토벌인가……?"

멀리서 그 행군을 바라보며 아크가 혼잣말을 내뱉자, 옆에 나란히 선 치요메도 병사들을 관찰한 후 입을 열었다.

"아마 케섹에 주둔하기 위한 병력 같군요. 현재로선 뚜렷한 이유는 밝혀지지 않았지만, 케섹으로 몇 번에 걸쳐 군이 이동한다는 얘기를 들었습니다."

"흐음, 뭐 우리와는 관계없다고 생각하지만……."

아크는 뭔가 제국 내에서 수상쩍은 움직임을 느꼈지만,

당장은 자신들에게 영향을 미치지 않으리라.

지금은 그저 저들에게 들키지 않도록 조금 우회해서 군을 지나칠 뿐이다.

【디멘션 무브】를 쓴 아크는 자신들이 보이지 않게 주의하며 약간 거리가 떨어진 장소의 밭으로 전이한 다음 그곳에서 크게 원호를 그리듯이 나아갔다.

이윽고 해가 하늘 한복판에 뜰 무렵이 되자, 가도 끝에 목적지인 라이브니차령이 보이기 시작했다.

케섹을 한결 확장한 듯한 규모의 라이브니차는 방벽도 훨씬 더 높게 우뚝 솟아 있었다. 도시 서쪽에는 견고한 성채를 붙여 놓듯이 쌓았는데, 그곳으로 여러 대의 마차가 드나들었다.

"설마 이렇게 빨리 여기까지 오리라고는 생각지도 못했습니다. 칼카트에서 직접 케섹으로 향했지만, 용케 따라잡은 셈이군요."

치요메가 눈앞의 라이브니차 거리를 바라보면서 감탄과 함께 중얼거렸다.

왕도에서 치요메와 헤어진 이후 잠깐 다른 길로 샜기 때문에 운이 좋았다고도 할 수 있다. 그야말로 정령의 인도일지도 모르겠다는 말을 아리안에게 건네자, 어째서인지 그녀는 눈을 가늘게 뜨고 아크를 쏘아보았다.

일행은 라이브니차의 남쪽 문을 거쳐 들어가게 되었다.

앞에서 걷던 치요메가 도시 입구의 위병에게 뭔가를 보여주며 두세 마디 말을 나누었다. 위병은 딱히 아무런 조사도 하지 않고 일행을 도시로 순순히 들여보냈다.

보나 마나 통행증을 미리 준비했으리라. 정말 용의주도하다.

남문을 들어가기 무섭게 바로 앞에는 거리 중앙을 관통하는 대로가 지났고, 많은 사람이 뒤섞여서 오갔다. 방벽을 따라 도시 주위를 한 바퀴 도는 듯한 길의 동쪽은 이중 방벽이 설치되었는데, 그 앞쪽에는 또 다른 거리가 펼쳐졌다.

아마 동쪽 구역은 새롭게 확장한 이른바 신시가지로 불러야 할 곳이리라.

일찍이 방벽이었을 시설물은 지금의 방벽보다 낮았는지, 구시가지와 신시가지 사이의 거리 속에서 한층 나지막한 구조물로 남았다.

신시가지로 향한 치요메는 방벽이었던 장소에 만들어진 출입문을 지났다.

"조사가 길어질 상황도 고려해서, 먼저 거점으로 삼을 만한 여관을 구하겠습니다. 구시가지와 신시가지를 나눈 도시는 신시가지가 주로 치안이 나쁜 편이지만, 우리 같은 입장에서는 오히려 이런 곳이 움직이기 쉽습니다."

아크는 치요메의 설명에 고개를 끄덕이면서 혼잡한 신시가지를 바라보았다.

많은 사람이 다니는 대로는 구시가지보다 폭은 좁기는 해도, 검은 외투를 두른 2m 남짓한 갑옷 기사가 걸으면 자연스레 길이 열려서 그다지 불편한 점은 느끼지 않았다.

사람들로 붐비는 신시가지의 대로를 벗어난 일행은 조금 안쪽에 자리 잡은 여관에 들어가서 방을 잡았다.

“이제부터는 제가 거리에 나가 정보를 모아오겠습니다. 두 분은 어떠하시겠습니까? 안전을 위해 숙소에서 기다리셔도 괜찮습니다만.”

여관에 방을 잡은 후 치요메는 단독으로 정보를 수집하겠다고 제안했다.

“아무리 그래도 치요메 양 혼자서 정보를 모으는 건 큰일이지 않나?”

아크로서는 나이 어린 여자아이를 일하게 하고, 자신은 숙소에서 빈둥거릴 수도 없는 노릇이었다.

치요메는 아크의 물음에 작게 고개를 가로저으며 검은 머리를 흔들었다.

“저희 인심일족의 정보 수집은 약간 특수해서, 많은 인원으로는 잘 움직이지 않습니다. 라이브니차에 잠입하는 건 저도 처음이지만, 이곳에 숨어든 적이 있는 마을의 선발대로부터 얘기는 들었으니 단독 행동도 문제없습니다.”

치요메는 자신만만한 태도를 보였다.

훈련을 쌓은 닌자의 정보 수집——아크도 보고 싶은 마

음이 들었다. 그러나 훈련을 쌓지 않은 자가 따라붙으면 도리어 발목을 잡을 가능성이 크다.

"뭐, 우리 둘은 정보수집이 별로 뛰어나지도 않으니 말이오……. 딱히 이의는 없소."

치요메의 제안에 찬성한 아크는 자신들의 초라한 정보 수집 능력에 어깨를 으쓱이며 한숨을 내뱉었다.

"잠깐만요, 둘이라니 나도 거기 포함되나요?"

폰타의 볼록한 발바닥을 비벼대고 주무르던 아리안이 아크의 말에 따지는 것처럼 눈길을 보냈다.

"사실은 받아들여야 하오."

그러나 아크가 아리안을 똑바로 바라보고 말하자, 입을 꾹 다문 그녀는 볼을 부풀렸다.

이런 일을 잘하고 못하는 이도 있지만, 걸맞고 걸맞지 않은 이도 있는 법이다.

갑옷과 투구를 벗지 못하는 아크는 그 겉모습으로 불량배와 양아치를 위협해서 정보를 얻을 수는 있지만, 일반인은 대부분 자신을 피해 다니거나 눈을 마주치지 않으려 한다.

그 때문에 정보를 알아내는 난이도는 올라간다.

한편 아리안은 옅은 자주색 피부에 뾰족한 귀, 하얗고 아름다운 긴 머리 등 외모의 특징이 상당히 눈에 띄어서 후드를 푹 눌러써야 한다.

그러면 또 수상하게 보여서 정보를 캐내기 어려워지는 것이다.

아리안의 풍만한 몸매를 이용하여 요염한 수수께끼의 미녀를 연기하면, 여자를 밝히는 남자로부터 정보를 구하기는 간단하다. 그러나 아리안이 그런 연기를 할 수 있으리라고는 보이지 않았다.

반면에 치요메는 머리의 짐승귀와 엉덩이의 꼬리만 감추면 평범한 인간족과 다르지 않으므로, 얼굴을 감출 필요성이 있는 아크나 아리안 둘보다는 상대방의 경계심을 불러일으킬 요소가 훨씬 적다.

이 시점에서 저마다 정보를 수집할 때의 난이도는 뚜렷한 차이를 보인다. 특기 분야를 가진 자가 가까이 있으면, 그 힘을 빌리는 데에 크게 부끄러워하지 않아도 된다.

"알아요……."

아크가 그러한 사정을 친절하고 정중히 아리안에게 말하자, 살짝 귀를 붉힌 그녀는 고개를 돌렸다.

"하지만 이건 내 임무예요. 치요메 양한테만 맡길 생각은 없어요. 우리도 거리로 나가죠."

아리안은 아크에게 시선을 옮겼다.

아크와 눈이 마주친 아리안은 어째서인지 그 요염한 입술을 꽉 닫고 눈썹을 찌푸렸다.

"……아크는 됐어요! 내가 고용했으니까!"

"난 아무말도 하지 않았소만?"

아크는 아리안에게 고용되어 엘프족을 도와주는 것에 이의는 없다.

오히려 자신의 힘을 의지한다고 느껴져서 기쁠 정도다. 어쩌면 기댈 곳이 없는 이 세계에서 자신의 존재의의를 조금이나마 맛보도록 해주기 때문인지도 모른다.

"그럼 저녁때 다시 이 숙소로 모이면 괜찮겠죠?"

치요메의 결론에 아크와 아리안은 고개를 끄덕이고 여관을 나섰다.

북적대는 거리로 섞여들어 멀어져 가는 치요메의 뒷모습을 지켜본 아크는 옆에 선 아리안에게 눈길을 돌렸다.

"슬슬 우리도 하는 데까지는 해보도록 할까……."

아크가 아리안을 재촉하자, 그녀는 어깨를 크게 으쓱이며 고개를 끄덕였다.

"그래요, 정말 치요메 양한테 모든 걸 떠넘길 수도 없는 노릇이니까요."

"큥!"

아리안에게 안긴 폰타도 왠지 의욕을 보여주려는 듯이 그 커다란 솜털 꼬리를 흔들었다. 그러나 곧바로 꼬르륵꼬르륵 배곯는 소리를 내는 꼴을 보건대, 단순히 뭔가 새로운 거리에서 맛있는 음식을 기대했을 뿐인 듯싶다.

"폰타의 간식을 사는 김에 우리는 구시가지로 가지."

아크는 치요메가 사라진 신시가지를 등지고, 구시가지를

향해 발걸음을 옮겼다. 신구시가지 사이를 가로막은 오래전의 방벽을 벗어난 아크와 아리안은 남문 앞의 광장을 거쳐 대로로 나왔다.

갖가지 상점이 늘어선 그 대로에서 폰타가 반응하는 가게를 눈요기만 하며 지났다.

"얘기를 들으려 해도 사람들이 피해가는군."

"아크의 위압감 탓이지 않아요? 좀 더 몸을 굽히고 걷는 게 어때요?"

아크가 주위 사람들에게 시선을 던지면서 중얼거리자, 옆에 있던 아리안이 성의 없는 대안을 제시했다.

설령 그렇게 하더라도 수상한 일행이 더욱 의심스러운 일행이 될 뿐이리라.

그때 아크는 문득 한 가지 방법을 떠올렸다.

"아리안 양, 바람의 정령을 써서 사람들의 대화를 엿들을 수 있소? 랜드발트에서는 비슷한 일을 하지 않았나?"

"아아, 확실히 그러네요. 잠깐 기다려요……."

그 제안에 고개를 끄덕인 아리안은 품에 안은 폰타를 아크의 투구 위에 얹은 후, 이전에 봤을 때와 마찬가지로 뭔가 조그맣게 속삭이며 손바닥에 살짝 입김을 불었다.

그러자 아리안의 손바닥에 빛의 윤곽이 희미하게 나타났다.

그 상태로 아리안은 아크를 올려다보고 물었다.

"어느 곳의 말소리를 고를까요?"

아리안의 질문에 아크가 주위로 시선을 돌렸더니, 마침 대로 반대편 상점에 노년의 남자들이 모여 이야기에 열중하는 모습을 찾았다.

"일단 저쪽이죠?"

아크의 시선을 좇았는지, 아리안도 그 집단을 눈여겨보았다. 아리안이 손바닥에서 흔들리는 어슴푸레한 빛에 뭐라고 소곤거리자, 빛은 미풍만 남긴 채 소리도 없이 사라졌다.

잠시 뒤 아리안의 주변에 또 미풍이 일어났고, 그녀는 아크를 쳐다보며 이름을 불렀다.

"아크, 들어볼래요?"

아리안은 어느새 손바닥으로 되돌아온 어슴푸레한 빛을 들어 보였다. 그러고는 아크의 귓가에 가까이 가져와서 조용히 하라는 듯이 입가에 집게손가락을 대었다.

어슴푸레한 빛덩어리가 조금 떨리는 것처럼 일렁거리더니, 어디에서랄 것도 없이 대화 소리가 들려왔다.

"최근, 서쪽 성채 병사들의 움직임이 어수선하지 않나?"

"국경 부근에 마수가 늘어나서, 케섹으로 병사를 보내 대처한다고 하네."

"하지만 근래 성채에 다가가면, 병사들이 당장 쫓아내러 오지 않던가?"

"맞아, 더구나 성채에서 이상한 비명소리를 자주 듣는다고도 하지."

"괜히 이런 일에 너무 끼어들지 않는 게 오래 사는 비결이라고."

곧이어 남자들의 대화는 스치듯이 끊겼고, 아리안의 손바닥에 있던 어슴푸레한 빛도 없어졌다.

대화는 서쪽 성채 병사들의 감시가 삼엄해졌다는 내용이다. 애당초 군사시설이란 외부인을 접근시키지 않는 법이므로, 딱히 이렇다 할 유익한 정보라고는 말하기 어렵다.

"어쨌든 이 방법이라면 거리의 소문을 모으기에는 더할 나위 없이 좋겠군."

"그래도 이건 무척 귀찮아요……."

투덜거린 아리안은 대로나 골목에 모여 이야기를 나누는 집단에게 정령 마법을 써서 그 대화 내용을 훔쳐 듣기를 되풀이했다.

그중에는 노골적으로 아리안에게 눈길을 던지면서 말하는 집단이 있었다. 정령은 그들로부터 아리안의 가슴을 마음껏 주물러보고 싶다거나 커다란 엉덩이를 여기저기 쓰다듬고 싶다거나 하는 음담패설을 들려주었다. 그 때문에 아크는 한때 화가 머리끝까지 치민 아리안을 달래느라 몹시 고생하기도 했다.

그러나 대부분이 주민들의 잡담뿐인 데다, 아리안이 쓰는 정령 마법도 짧은 시간의 대화 내용만 얻어오는 게 고작이어서 좀처럼 유익한 정보는 모이지 않았다.

일행은 그처럼 진척이 없는 정보 수집을 우선 멈추고, 상점이 늘어선 대로를 빠져나갔다.

대로를 벗어난 곳은 몇 개의 시장이 즐비한 드넓은 광장이었는데, 거기를 중심으로 크고 작은 여러 개의 가도가 뻗어 있었다. 그 광장에서는 거리 서쪽에 우뚝 솟은 성벽과 그곳으로 곧장 이어지는 대로가 보였다.

“저게 영주가 머무는 성이겠군. 잠시 들러볼까.”

일행이 영주의 성으로 뻗은 대로를 나아가자, 이윽고 대로의 오른편인 북쪽에는 상징물을 묘사한 깃발을 내건 힐크교의 거대한 건조물이 눈에 띄었다.

힐크교의 건조물은 케센에서 본 교회보다 규모가 컸고, 네 모퉁이에 배치된 종루는 이 도시를 다스리는 영주의 성벽보다 높았다.

주변에는 교회를 드나드는 많은 사람과 뒤섞여, 자못 성직자풍의 옷을 걸친 왠지 낯익은 자들도 시야에 들어왔다.

그 집단을 피하듯이 빠르게 지나간 아크와 아리안은 막다른 곳에 이른 영주의 성벽을 따라 도시의 남서부로 향했다.

비교적 큰 건물이 늘어선 그 구역은 지나다니는 사람도 많지 않았다. 깨끗하게 깔린 돌바닥과 맑은 물이 시원한 물소리를 내는 잘 정비된 수로를 갖춘 고요한 장소가 펼쳐졌다.

조용한 주택가의 느낌을 주는 구역이었지만, 한적한 분

위기를 망치는 자가 눈앞에 불쑥 나타나서 아크와 아리안을 가로막았다.

우람한 그 남자는 이 도시에서 보는 이들과 달리 다소 이국적인 차림과 용모였다.

검은 머리를 꼬아 여러 가닥으로 묶은 독특한 헤어스타일은 이른바 레게 머리였다. 그리고 약간 앞가슴이 벌어진 옷 사이로 보이는 그의 온몸에는 문신 비슷한 문양이 몇 개나 새겨져 있었다.

짧은 수염을 기른 남자는 음탕한 시선을 아리안에게 던졌다. 술에 취했는지 얼굴이 조금 붉었고, 가도를 비틀비틀 걷는 발걸음은 상당히 불안했다.

"헤헤헤, 거기 여자아! 너 몸이 죽여주는데에? 잠깐 이 몸이랑 어울려라."

하는 말이나 태도를 보면 단순한 불량배로밖에 보이지 않았지만, 몸에 걸친 옷은 꽤 바느질이 잘된 듯했다.

귀족이 아니면 그 신하인 고관인 걸까.

남자는 외투 속에 꽉 껴입은 법의로도 여성 특유의 볼륨을 다 감출 수 없는 아리안의 앞가슴에 끌려가듯이 칠칠치 못하게 해죽거리며 접근했다.

"나한테 다가오지 말아 줄래요?"

아리안은 술내 나는 남자의 숨을 손으로 내저으면서 상대를 노려보았다. 그러나 남자는 험악한 아리안의 태도에도 개의치 않고 더욱 큰소리로 떠들며 덤벼들었다.

“헤헤에, 기가 센 여자도~ 이 몸은 좋아하거든? 멋진 술을 먹여준다니까아!”

휘청대는 남자는 아리안의 팔을 붙잡으려고 했다. 아크는 아리안이 남자의 팔을 뿌리치기 전에 먼저 잡아서 그대로 그의 등 뒤로 비틀어 올렸다.

“으아아아앗!! 이 새끼야, 뭐하는 짓이냐!? 이 몸이 누군지 몰라!?”

“여자를 꼬시려면 다음부터는 맨정신일 때 해라.”

아크가 비틀어 올린 팔을 필사적으로 빼내려고 날뛰는 남자는 침을 튀기며 더욱 고함을 질렀다.

아크의 입장에서는 너무 힘을 주면 팔은커녕 등뼈를 두 동강 낼 듯싶었다. 그 때문에 아크는 남자가 지나치게 말썽을 피우지 않기를 바랐지만, 공교롭게도 잔뜩 취한 그 남자는 다짜고짜 발버둥 치기 시작했다.

이런 잠잠한 거리에서 소란을 일으켰다가는 금세 위병을 불러들일지도 모른다.

“에에잇, 얌전히 있어라!”

“커헉!?”

아크가 남자를 기절시키기 위해 가볍게 명치를 때리자, 남자는 한순간 몸을 굳힌 후 입에서 대량의 토사물을 쏟아내며 그 자리에 엎어졌다.

피나 내장은 튀어나오지 않은 듯해서 그나마 다행이다.

"후~ 겨우 조용해졌군……."

아크는 사방을 둘러보면서 안도의 한숨을 내쉬었다.

"……아크, 일단 고맙다는 말은 해둘게요. 그런데 이 사람…… 어떡할 거죠?"

"큥? 큥!"

아리안은 돌바닥에 뻗은 남자를 내려다보며 물었다.

남자는 입가에 시큼한 냄새를 풍기는 액체를 흘리면서 흰자위를 드러냈다. 그 남자의 별난 헤어스타일이 신경 쓰였는지, 폰타는 머리 뭉치를 앞발로 밟거나 잡아당기고 놀았다.

"안 돼, 그런 더러운 거 만지면."

아리안은 폰타를 뒤에서 꼭 껴안아, 엎어진 남자로부터 떼어놓았다.

"큐~웅……."

아무래도 폰타는 남자의 레게 머리로 좀 더 장난치고 싶었던 눈치다.

엎어진 남자의 옷차림은 비교적 좋았지만, 이대로 있어도 성가신 일에 휘말릴 뿐이라고 판단한 아크는 우선 이 자리를 피하기로 했다.

"골치 아파지기 전에 여기서 벗어나도록 하지."

"그러네요."

아크의 제안에 아리안도 즉시 찬성하더니, 엎어진 남자를 내버려 두고 다시 구시가지로 발길을 돌렸다.

저녁 무렵, 불그스름하게 물드는 하늘 아래 거리의 사람들이 누군가로부터 재촉받는 것처럼 빠른 걸음으로 오갔다. 아크와 아리안은 낮에 잡은 숙소에서 이미 쉬는 중이었다.

당장은 할 일도 없었기 때문에 아크는 방구석에서 무릎을 안고 앉았다.

그리고 아리안은 침대에서 폰타와 함께 장난을 치며 빈둥거렸다.

그때 조용히 방으로 들어온 여행복 차림의 치요메가 문을 잠그더니, 커다란 모자를 벗어 주변을 확인하듯이 검은 고양이귀를 꼿꼿이 세웠다.

대충 주위를 살핀 치요메는 방에 있던 아크와 아리안에게 차례로 시선을 옮기며 정보수집의 성과를 물었다.

"두 분은 어떠셨습니까?"

그 물음에 아크와 아리안은 말없이 얼굴을 마주 보았다.

"우리는 딱히 유익한 정보는 얻을 수 없었소. 다만 아리안이 취객과 시비가 붙은 일은 있었지."

아크가 치요메의 질문에 어깨를 으쓱이며 대답하자, 그녀의 검은 고양이귀가 쫑긋쫑긋 움직였다. 표정은 거의 변하지 않아도 귀는 치요메의 감정이 그대로 나오는 듯하다.

왠지 들뜨고 기뻐하는 모습이 아크에게 그럭저럭 전해졌다. 꼬리까지 보이면 훨씬 알기 쉬울 테지만, 친가에서 고양이를 기른 경험 덕분에 고양이의 감정을 잘 읽는 걸까.

아크와 아리안의 정보수집이 만족스럽지 않은 결과를 내심 기뻐한다는 말은 치요메 자신이 가져온 정보가 유용하다는 뜻이리라.

치요메는 이번에 아리안이 맡은 엘프족 수색 임무를 재촉해야 할 처지이므로, 그녀를 도울 수 있다면 기꺼운 마음도 든다는 걸까.

뭐, 당사자인 아리안은 치요메에게 딱히 나쁜 감정을 가진 듯이 보이지는 않았다. 단지 곁에서 이리저리 쓰다듬던 폰타를 살그머니 끌어안은 채 도망치지 못하게 했을 뿐이다…….

"저는 다소 수확이 있었습니다."

치요메와 아리안의 시선이 엇갈린 후 치요메는 천천히 그렇게 말하며 가슴을 폈다.

"오오, 그거 대단하군."

이때는 칭찬해야 할 시점이다. 조금 과장스럽게 손뼉을 친 아크가 치켜세우자, 치요메의 고양이귀가 아크를 향해 쫑긋거렸다.

사실 아크는 그다음에 치요메의 턱을 쓰다듬고 싶었지만, 그녀는 묘인이지 고양이가 아니었다. 자중해야 하리라. 만약 그랬다가는 아리안이 차가운 눈으로 아크를 바라볼 테니

하지는 않겠지만 말이다.

"몇 명인지는 알아낼 수 없었지만, 넉 달 전쯤에 영주의 성으로 끌려온 엘프족이 목격되었습니다. 하지만 약 석 달 전에 다시 성 밖으로 엘프족이 끌려나갔다고 합니다. 아무리 그래도 성내에는 잠입하지 못해서, 아직 사로잡힌 엘프족이 있을지는 모르겠습니다."

꽤 오래전 이곳에 옮겨진 모양이지만, 이미 없을 가능성도 생긴 걸까.

매매계약서에 적힌 인원이 맞는다면 다섯 명이 이 도시에 팔려왔을 것이다. 그중 다른 장소로 얼마나 빼돌렸는지는 불확실해도, 성내에 갇힌 이들이 없다고 단정하기는 어렵다.

그렇게 판단한 아크가 아리안에게 눈길을 던졌다.

"남아 있을 가능성이 조금이라도 엿보이면 성에 들어가서 구하겠어요."

아리안은 황금색 눈동자로 아크를 똑바로 바라보며 결심을 분명히 말했다. 아크는 예상을 벗어나지 않은 아리안의 대답에 고개를 끄덕이고 나서, 잠입할 일정을 어떻게 할지를 물었다.

"그럼 언제쯤 성내에 숨어들겠소?"

"빠른 편이 좋겠죠? 오늘 밤이라도 몰래 침입하는 건 어때요?"

아리안이 주먹을 쥐고 서둘러 결정을 내리자, 치요메가

약간 당황하며 그 의견을 단념시킬 듯이 끼어들었다.

"기다려주십시오. 성내에 붙잡힌 엘프족이 몇 명이고, 어디에 가두었는지 조사가 끝나지 않았습니다. 지금 성내에 들이닥치면, 이 잡듯이 모조리 뒤져야 할 겁니다!"

치요메의 말에 눈썹을 찌푸린 아리안은 못마땅한 얼굴로 그녀에게 물었다.

"하지만 그래서는 성내에 잡혀간 인원과 장소를 밝혀낼 때까지 며칠이나 여기 머물러야 하지 않아요?"

"……네, 적어도 앞으로 닷새 정도는 걸립니다."

정보를 혼자 모으는 작업은 원래 상당히 힘들다. 그런데도 닷새 동안 어떻게든 목적을 이루어낸다는 말은 치요메의 능력이 매우 뛰어나다고 봐야 하리라.

그러나 아크는 한가지 걱정이 들었다.

"힐크교가 뿌리내린 이 땅에서 치요메 양은 둘째 치고, 우리가 닷새나 잠복하며 지낼 수 있을지 의심스럽군."

아크가 거론한 문제점에 고양이귀를 살짝 늘어뜨린 치요메는 난감한 표정을 지었다.

인간족 지상주의를 내거는 힐크교는 저토록 엄청난 교회를 세울 권력을 지닌 것이다. 잠복과 잠입의 프로인 치요메라면 모를까, 아크와 아리안처럼 겉모습부터 벌써 두드러진 이들이 남의 눈을 피해 한 장소에서 계속 잠복하기란 보통 일이 아니다.

은신처라도 있으면 이야기는 다르지만, 이곳은 평범한 여관이다. 종교를 맹신하는 무리에게 누군가가 아리안의 존재를 신고하기라도 하면 성내에 감금된 엘프들의 구출은커녕 본인의 몸을 먼저 챙겨야 할 판이다.

아크와 아리안의 의견을 듣고 잠시 고민에 빠진 치요메는 한숨을 내뱉고 고개를 끄덕이더니 엘프족 구출 시기를 새로 알려주었다.

"그러면 내일 밤에 성내로 숨어들도록 하죠. 아침에는 서쪽 성채에서 케섹을 향해 제3군 부대를 파견하는 모양입니다. 성내와 이웃한 성채 일부는 통행할 수 있어서, 병사들에게 들켰을 때 달려올 인원이 적은 내일이 바람직합니다."

아무래도 낮에 본 군대는 라이브니차에서 파견한 제2진인 듯하다. 만일 아크 일행을 노리고 몰려들 병사들이 줄어든다면 그보다 더 좋은 기회는 없다.

아리안도 치요메의 제안을 받아들였는지 고개를 끄덕였다.

그리고 치요메가 가져온 그 정보를 바탕으로 잠입 절차를 미리 의논했다.

잠입은 기존처럼 아크와 아리안이 맡았고, 치요메는 그 둘이 발각되면 서쪽 성채에서 지원 병력의 발을 묶어 교란하기로 했다.

이튿날 치요메가 성채의 최종적인 사전 답사를 위해 자리를 비웠지만, 아크와 아리안은 만취한 고관과 얽힌 시비 탓에 여관의 숙소에서 얌전히 기다렸다. 상대는 몹시 취한 상태였으므로 둘을 잊었을지도 모르지만, 괜한 말썽은 피하는 게 낫다.

저녁 무렵, 낮부터 흐려진 날씨로 하늘은 온통 두껍고 어두운 구름이 낮게 깔렸다.

보통은 잠입할 때 달빛이 사라지고 어둠이 짙어지는 이런 날씨를 환영하리라. 그러나 【디멘션 무브】를 써서 숨어드는 아크와 아리안으로서는 시야가 나빠지기 때문에, 오히려 전이할 수 있는 장소를 찾기 어려워진다.

다만 이 경우는 특수한 사정을 지닌 아크와 아리안에게 해당하는 내용이다. 홀로 서쪽 성채를 감시하는 치요메로서는 어둠이 짙을수록 몸을 숨기기 쉬운 절호의 조건이 된다.

밤의 장막이 내리면서 빠르게 뒤바뀐 컴컴한 하늘 아래, 여관을 나온 아크와 아리안은 일단 조사를 마친 치요메와 합류하여 마지막 의논을 나누었다.

의논이라고 해도 탈출 후의 합류 지점을 어디로 정할지나 성채의 교란을 지시할 때 어떤 방법을 쓸지를 확인할 뿐이어서 둘 다 순조롭게 끝났다.

밤중이 지났을 즈음 그 자리에서 치요메와 헤어진 일행은 현재는 영주의 성 남서부 성벽 근처까지 와 있었다.

이번에는 교회가 세워진 북서부를 피해 서쪽의 성채에도

접근하지 않는다는 조건이었다. 아크와 아리안은 남서쪽 거리에 가로세로 뻗은 어두운 골목 그늘에서 성벽을 올려다보았다.

성벽 주변에 해자는 없었고, 둘레를 따라 폭이 넓은 대로가 지났다. 그 대로를 이따금 순찰하는 위병들이 지나다녔다.

하늘을 덮은 두꺼운 구름에서는 이미 조용히 빗방울이 뚝뚝 떨어졌고, 주위의 어둠은 더욱 깊어졌다. 전이할 장소는 가까스로 보이는 성벽 상부 또는 망을 보기 위해 몇 군데 화톳불을 피운 곳 정도밖에 찾을 수 없었다.

이런 어둠 속에서는 성벽 위로 전이한 다음 다시 성내에 전이하기는 꽤 힘들 듯싶었다. 성벽 내는 아마 이 높은 성벽 덕분에 그림자가 짙어서, 전이 가능한 장소를 정하는 데에 상당한 제한이 생길 터다. 그러나 성벽 위에 느긋하게 있다가는 아무리 사방이 어둡더라도 들킬 가능성이 크다.

우선 첫 번째 전이는 시간과의 승부다.

"가도 괜찮겠소?"

아크가 자신의 어깨에 손을 얹은 아리안을 바라보고 묻자, 그녀는 말없이 고개를 끄덕였다.

"【디멘션 무브】."

전이마법의 시전과 더불어 아크와 아리안, 그리고 목덜미에서 초록색 모피 목도리를 담당하는 폰타는 거리의 골목 구석에서 영주가 거주하는 성의 성벽 위로 순식간에 이동했다.

전이 후 곧바로 주위를 확인하는 역할은 아리안의 담당이다.

다크엘프인 아리안은 밤눈이 밝은 데다 무척 시력이 좋아서 아크는 매번 그녀에게 경계를 부탁한다. 다만 성벽 위를 돌아다니는 위병은 대부분 손에 횃불을 든 까닭에 정말 예측할 수 없는 사태를 고려해야 했다.

한편 아크는 성벽 위에서 그림자에 잠긴 성내를 내려다보며, 전이하기 쉽고 들키기 어려운 장소를 한창 고르는 중이었다.

본관처럼 보이는 커다란 건물이 성벽 내의 서쪽을 등진 채 있었는데, 그 앞에 놓인 중앙 정원을 둘러싸듯이 크고 작은 건물들이 자리 잡았다.

빛이 거의 없는 중앙 정원에는 작은 불빛만 깜박깜박 여러 개 움직였다. 아마 순찰을 하는 위병이리라.

사로잡힌 엘프족을 구출하기 위해 잠입할 진짜 건물은 역시 서쪽의 본관일 것이다.

그러나 본관에서 새어 나오는 빛과 그 주변을 지키듯이 선 몇 명의 위병 때문에 좀처럼 빈틈이 보이지 않았다.

더구나 현재 위치한 성벽 위에서는 거리가 몹시 멀기도 했고, 정원에 심은 나무들이 시야를 가로막아 정확한 위병의 수나 움직임도 파악할 수 없었다.

이럴 때는 직접 본관으로 가지 않고 가까운 남쪽 건물 옆까지 전이하여, 그곳을 수색한 후 본관에 침입할 경로를 찾는 게 가장 확실한 수단이리라.

아크가 성내를 둘러보고 생각을 가다듬자, 옆에서 기다리던 아리안이 살짝 어깨를 치며 신호를 보냈다.

시선을 돌린 아크에게 손가락 두 개를 세운 아리안은 손짓으로 꺾듯이 왼쪽을 두 번 가리켰다.

아무래도 왼편에서 위병 두 명이 다가오는 듯했다. 이곳에 더 머무를 수는 없었다.

아크는 아리안의 신호에 고개를 끄덕이고, 다시 전이마법을 발동시켰다.

풍경이 눈 깜짝할 사이에 바뀌더니, 남쪽의 다른 건물보다 조금 조촐한 저택 뒤로 전이했다. 조촐하다고 해도 일반인의 집에 비하면 매우 큰 저택이다.

석조 양식의 2층 건물인 그 저택은 색다른 돌을 짜 맞추어 만들어진 모자이크 모양의 벽면이 저택에서 새어 나오는 빛을 받아 꽤 멋들어진 분위기를 자아냈다.

저택 1층 벽면에 늘어선 직사각형의 큼직한 유리창에는 격자살을 끼워놓았지만 내부를 엿보는 게 가능했다. 마도구 램프를 복도에 일정한 간격으로 설치한 바닥에는 램프의 빛에 비추어진 상당히 고급스러운 붉은색 카펫이 깔려있었다.

그러나 실내 장식이 보기 좋게 놓인 그 복도에는 인기척이 없었다. 본관과는 달리 주위에서 망을 보는 위병도 적었고, 풀숲에 숨은 벌레의 울음소리만 들려올 뿐 쥐죽은 듯이 고요했다.

저택을 따라 몸을 낮추면서 나아간 아크는 중앙의 안뜰과 저택의 정면 현관이 한눈에 보이는 모퉁이에 숨어 사방을 살폈다.

정면 현관에는 역시 보초를 서는 두 명의 인원이 있었고, 안뜰에는 여러 명의 순찰조가 돌아다녔다. 본관은 불빛 아래에 몇 명의 위병이 보였다.

안뜰은 몸을 감출 장소가 적은 데다 전이마법으로 이동하려 해도 빛이 전혀 없는 어두컴컴한 공간이 많았다. 그 때문에 전이도 제약을 받아서 몹시 난감했다.

——우선 이 저택을 방패 삼아 목적지로 향할까.

저택 뒤에서 성벽을 따라 본관으로 이동하여 침입할 장소를 찾는 수밖에 없다.

아크가 자신을 쫓아온 아리안에게 그런 뜻을 말하자, 그녀는 눈앞의 저택부터 앞서 수색하기를 제안했다.

"보초도 얼마 서 있지 않은 점을 봐서는 잘못 짚었을 가능성이 클 텐데?"

아크는 일단 자신의 의견을 아리안에게 전해보았다.

"사로잡힌 인원이나 위치도 정확히 모르는 현재 상황에서, 성내를 샅샅이 뒤질 거면 먼저 감시가 허술한 곳부터 시작하는 게 좋잖아요?"

확실히 성내를 조사하는 한편 위병의 눈에 띌 확률이 낮은 장소를 미리 살피는 것도 방법인가…….

"그럼 이 저택에서 알아보기로 할까."

아크는 창문 하나를 엿본 후 주변에 인영이 없는지 확인하고 【디멘션 무브】를 써서 복도로 전이했다.

"1층에는 거의 인기척이 없지만…… 뭔가 묘한 느낌이 드네요."

뒤에 있던 아리안이 주위의 소리를 잡아내려는 듯이 뾰족한 귀를 살짝 움직이며 중얼거렸다.

"사람이 없다면 좋은 기회요. 이 저택을 조사하면서 본관이 위치한 서쪽까지 가도록 하지."

아크는 가까운 문의 손잡이를 돌리고 방을 들여다보았다.

빛이 없어서 어둠침침한 실내는 복도의 불빛이 입구 부근만 조금 비출 뿐 안쪽은 보이지 않았다.

다만 근래 이 방을 사용하지 않았는지 실내 장식에 먼지가 엷게 쌓여 있었다.

보통 이런 저택은 고용인이 수십 명 단위로 관리하므로 이토록 대놓고 손질을 게을리하는 일은 없을 터다.

라이브니차 영주의 재정 사정이 겉보기보다 고달파서 저택의 관리에는 손길이 미치지 않은 걸까?

다른 문을 열고 실내를 확인하던 아리안과 눈이 마주친 아크는 묵묵히 고개를 가로저었다.

맞은편도 딱히 아무것도 없는 모양이었다.

아크는 순서대로 방을 살펴보면서 불만 켜져 있는 복도를 나아갔다. 이윽고 저택의 모퉁이에 이르자, 복도는 그대로 직각으로 꺾이며 안쪽 깊숙이 이어졌다.

여기는 저택의 뒤편에 해당하는 복도였지만, 막다른 곳에 자리 잡은 커다란 두쪽문을 제외하고는 다른 방으로 통하는 문은 찾아볼 수 없었다.

손짓해서 아리안을 부른 아크는 소리를 내지 않고 【디멘션 무브】로 두쪽문 앞에 이동했다.

아리안이 한쪽 문을 살며시 밀자, 문은 약간 삐걱대는 소리를 울렸다.

그곳은 널따란 댄스홀 같은 장소였다.

2층에 달하는 높이가 통층 구조로 만들어졌고, 천장에는 큼직한 샹들리에가 동일한 간격으로 매달려 있었다. 또한 반질반질한 돌바닥에는 정성을 들여 의장을 새긴 기둥이 늘어섰는데, 왼쪽은 그 기둥 사이에 대형 유리창을 배치해서 일종의 일광욕실 비슷한 형태를 이루었다.

그러나 이 홀에도 불은 전혀 켜져 있지 않았고, 대형 유리창에서도 궂은 날씨 탓에 달빛이 일절 비쳐들지 않았다.

그 때문에 안쪽은 검은색 구멍이 커다랗게 뻥 뚫린 듯이 한 치 앞도 내다보기 힘들었다.

아크가 밤눈이 밝은 다크엘프인 아리안이 나설 차례라고

여겨서 시선을 돌리자, 마침 그녀는 비틀비틀 뭔가에 이끌리는 것처럼 홀 안으로 발을 들여놓는 참이었다.

"아리안 양?"

아크는 작은 목소리로 아리안을 불렀지만, 여느 때의 반응이 없었다. 의아해하면서 다시 한번 말을 걸려던 찰나, 아크는 비로소 알아차렸다.

그 존재는 아리안의 머리 위보다 약간 높은 위치에 떠 있었다.

몸길이는 15cm 정도였고, 둥그스름한 몸통은 온몸이 새까만 까닭에 이런 어둠 속에서는 여간 알아보기 어려운 게 아니었다. 등에는 자그마한 날개와 짧은 꼬리, 머리에는 여러 개의 돌기가 달린 난쟁이 같은 생물이었다. 그 생물은 공중에 뜬 채 아크를 돌아보더니, 붉은 눈을 크게 뜨고 기묘한 목소리를 냈다.

"게큐!?"

어떻게 봐도 멀쩡한 생물로는 느껴지지 않았고, 또 어딘가 악마를 본뜬 모습에 무심코 아크의 오른손이 망설임 없이 반응했다.

"*체스토!!"

아크는 오른손 수도를 세게 내찔러서 그 정체 모를 난쟁이 악마를 바닥에 때려눕혔다. 그러자 뭔가가 철퍽 찌부러

---

*가고시마(옛 사츠마)에서 사용하는 기합 또는 고함소리.

지는 소리가 홀에 울렸다.

"어, 어라?"

난쟁이 악마가 바닥에 떨어지는 순간, 줄곧 반응이 없던 아리안은 퍼뜩 제정신을 차린 듯이 주위를 둘러보고 아크에게 돌아섰다.

"괜찮소, 아리안 양?"

"미안해요, 갑자기 의식이 흐릿해져서……."

머리를 가로저은 아리안은 자신의 조금 전 상태에 고개를 갸웃거렸다.

"혹시 그건 이 녀석 탓인가?"

아크가 바닥에 널브러진 생물을 가리켜 보이자, 놀란 아리안은 두 눈을 휘둥그레 떴다.

"임프!? 왜 이런 실내에?"

아리안의 그 말에 아크도 새삼스레 바닥에 뻗은 생물을 살펴보았다. 확실히 게임에서도 나온 임프라는 몬스터와 비슷하게 생겼지만 이만큼 작지는 않았다.

그러나 곰곰이 생각하면 게임에서 몸길이 15cm의 몬스터는 알아보기 어려워서 어쩔 수 없다는 점도 납득이 가는 말이리라.

"임프는 환혹 계열의 마법을 썼던가?"

아크가 이전에 게임에서 마주쳤을 때의 특징을 들어 아리안에게 묻자, 그녀는 고개를 끄덕이며 돌바닥에 찌부러진 임프를 내려다보았다.

"보통은 동굴처럼 어둡고 비교적 마나가 짙은 장소에만 있을 텐데……."

아리안이 중얼거린 그 말에 홀 안쪽의 어둠 속으로부터 누군가의 목소리가 들려왔다.

"그놈은 이 몸의 애완용이다. 아아, 끔찍한 짓을 했군……."

그 목소리에 아크와 아리안은 고개를 홱 치켜들고 눈길을 돌렸다. 아크는 등에 멘 무기 자루에 손을 대고 경계 자세를 취했다.

그때 칠흑 같은 어둠에서 빠져나오듯이 남자 한 명이 모습을 드러냈다.

그 남자는 낯이 익었다. 어제 도시의 남서부 구역에서 잔뜩 취한 상태로 아리안에게 집적거렸던 남자였다.

아무래도 이곳의 영주와 관련이 있는 자인 듯싶었다.

키가 크고 우람한 그 남자는 독특한 레게 머리를 흔들면서 짧은 수염이 난 입가를 올리듯이 웃은 후 시선을 고정했다.

곧이어 남자의 눈이 살짝 가늘어졌다.

"호오, 네놈들…… 전날 거리에서 신세를 진 녀석들이 아닌가……."

남자는 약간 험악한 목소리를 내뱉으며 아크와 아리안을 번갈아 보았다.

상대방 남자는 만취했는데도 기억이 남았던 모양이다.

"설마하니 네놈들과 이런 곳에서 얼굴을 맞대게 될 줄이야! 네놈들은 그거냐? 서쪽의 첩자 말이다."

남자는 저택 내에 숨어든 괴한인 아크와 아리안을 앞에 두고도 정말 즐겁다는 목소리로 말을 걸었다.

"당신한테 얘기할 필요는 없겠죠."

아리안이 위협하듯이 대답하고 검을 뽑아 들었다.

"헤헤헤, 먼젓번 빚은 돌려줘야겠지!?"

상대방 남자는 허리에 찬 검을 뽑으려 하지도 않은 채 아리안에게 시선을 보내더니, 그녀의 몸을 구석구석 핥듯이 눈을 가늘게 뜨고 웃었다.

"뒤쪽의 덩치를 죽이면, 네년의 그 젖으로 실컷 봉사를 받도록 할까?"

음탕한 미소를 지은 남자는 허리의 검을 단숨에 뽑으며 과장스러운 몸짓으로 휘둘렀다.

바로 그 순간 통층 구조 홀 2층에 있는 바깥 둘레의 건널 복도에서 두 마리의 하얗고 커다란 짐승이 뛰어 내려왔다. 몸길이 2m 남짓한 큰 체구와 희미한 청백색 빛을 뿜는 꼬리를 지닌 거대한 하얀 늑대는 이전에 아네트 산맥 기슭의 숲에서 마주친 적이 있다. 자신의 분신을 환영으로 만들어낸 다음 표적을 희롱하면서 사냥하는 상당히 성가신 마수다.

예전과 다른 점은 저마다 앞다리에 담흑색 족쇄를 찼다는 사실이다.

“헌티드 울프!?”

아크와 아리안이 경악하는 목소리가 홀에 울렸다.

그 외침을 신호로 삼은 듯이 두 마리의 짐승이 몸을 낮추고 교차하며 질주했다. 그와 동시에 강인한 턱에 빽빽이 박힌 엄니를 아크에게 내보이면서 덤벼들었다.

그 자리에서 몸을 돌린 아크는 등에 멘 방패로 한 마리를 막았고, 나머지 한 마리는 토시를 낀 주먹으로 후려쳤다.

둔탁한 충격음과 함께 뒤로 물러난 헌티드 울프는 한 번 울부짖고 나서 엄니를 드러냈다. 갑작스러운 반격인 까닭인지, 내지른 주먹이 어설펐던 모양이다.

“호오!? 단순한 나무 인형은 아닌가 본데? 그럼 이건 어떠냐!?”

남자는 의외의 장면을 목격했다는 식으로 놀라더니, 즐겁다는 듯이 웃으며 이마에 손을 얹었다.

그러자 안쪽의 어둠 속에서 이번에는 키 2m를 넘는 오거 무리가 모습을 드러냈다. 국경인 그라드 근처에서 본 오거들과 달리 손에 든 무기는 죄다 금속제의 커다란 전투도끼였고, 한쪽 발에는 헌티드 울프처럼 담흑색 족쇄를 찼다.

몬스터 테이머
“마수사인가?”

아크가 예전에 플레이했던 게임에는 그런 직업이 없었지만, RPG 등에서는 별로 드물지 않은 비교적 흔한 부류의 직종이었다.

일반적인 마수사는 길들인 몬스터를 자신의 꼭두각시로서 싸울 수 있게 하는 능력을 지녔다. 그러나 이 세계에 오고 나서 마수를 부리는 자들을 본 적이 없었기 때문에 존재하지 않는다고 생각했다.

"들어봤어요, 북방의 인간족이 마수를 복종시키는 주술을 쓴다는 얘기를!"

아리안은 눈앞에 서서 유쾌한 미소를 짓는 남자를 뚫어지라 쳐다보는 한편 방심하지 않고 검을 거머쥔 채 주위의 오거들을 위협했다.

"오오오, 아는 게 많은데!? 이 몸의 이름은 훔바! 로조반야의 마수주술사, 훔바 스도우 로조반야란 이 몸을 가리키는 말이지!! 자, 어쩔 테냐? 아무리 멋들어진 갑옷을 입었어도 이만한 수의 오거에게 두들겨 맞고도 버틸 수 있는 녀석은 없을걸!? 하하하."

훔바라고 이름을 밝힌 남자는 야비한 목소리로 웃었다.

"그럼 시험해볼까?"

아크는 훔바가 입가를 실룩이며 웃는 모습을 날카롭게 응시했다. 그 후 양손검을 한 손으로 뽑아 들더니, 등에 멘 방패를 들고 고개를 기울여 목뼈 소리를 냈다.

마수주술사라 자칭한 훔바는 아크의 도발에 관자놀이를 굳혔다. 곧이어 험악한 눈초리로 아크를 쏘아 죽일 듯이 노려보았다.

"네놈을 때려죽이면, 거기 거유 언니를 잔뜩 귀여워 해주마."

입맛을 다신 홈바가 노기를 품은 목소리로 나직하게 내뱉었다.

마주 보고 서서 대치하던 아리안은 그 말에 스스로 잿빛 외투의 후드를 내리고 민얼굴을 드러냈다. 아리안은 분노의 시선을 홈바에게 향했다.

"안타깝게도 난 타락한 자의 후예인 듯하니 상대해줄 수 없겠군요."

아리안의 비아냥을 담은 도발에도 홈바는 그녀의 민얼굴을 본 순간 잠시 놀란 표정을 지었다. 그러고는 갑자기 배꼽을 잡으며 웃음을 터뜨렸다.

"하하하하! 뭐냐, 네놈들 엘프였나!? 설마, 전에 여기 끌려온 놈들을 구출하러 온 건가!? 그것참 애쓰는군! 이미 이곳에는 없지만 말이다!!"

요란하게 웃은 홈바는 잔인하고 끈적거리는 미소를 아리안에게 던졌다.

녀석의 말대로라면 이 성내에 엘프족이 더는 남아 있지 않다는 뜻이다.

"놈들이 어떻게 됐는지 아나? 큭큭큭, 듣자 하니 마도기술의 발전을 위한 실험체로 쓰인 모양이던데? 끔찍한 짓이지!? 여자, 어린애를 가리지 않았다더라고? 여자는 남자가 얼마든지 품어줄 수 있을 텐데, 크크크."

아리안의 얼굴에 조용히 격노의 불길이 퍼져 나갔다.

"당신이 감히……!!?"

자신들을 비웃는 훔바에게 오히려 아리안이 도발에 넘어간 것처럼, 그녀가 지닌 검은 예고도 없이 화염에 휩싸여 홀 안을 붉은 일렁임으로 물들였다.

그 장면을 본 훔바는 가볍게 휘파람을 불더니 입가를 실룩거렸다.

"안심해라. 이 몸은 이 나라의 인간하고는 달리 수인이든 엘프든 젖이랑 여자 구멍만 달려 있으면 차별은 안 하거든? 크크킄."

"!! 그 입을 지금 당장 다물게 해주죠!"

훔바의 도발을 계기로 아리안이 녀석과의 거리를 재빨리 좁혔다.

아리안은 화염을 두른 검을 궤적에 꼬리를 끌면서 내리쳤지만, 훔바도 검을 상당히 잘 다루는지 그 공격을 간단히 막고 튕겨내었다.

서로 칼부림을 주고받은 일합을 신호로 삼은 듯이, 주위의 오거와 헌티드 울프가 아리안을 무시한 채 모조리 아크를 향해 몰려들었다.

아무래도 이 저택에는 훔바와 그가 부리는 마수를 제외하고 사람은 거의 지내지 않는 듯했다. 훔바 역시 따로 지원 병력을 부를 생각도 없어 보이는 눈치였다. 이곳에서 훔바를 쓰러뜨릴 수 있다면, 쥐도 새도 모르게 탈출하는 것도 가능하다.

신화급 장비 『테우타테스의 하늘방패』를 들어 왼쪽의 방어를 굳힌 아크는 뒤로 물러나면서 벽을 등졌다.

오른손에 쥔 『칼라드볼그』로 마수를 섬멸하는 게 이 자리를 가장 안전히 벗어날 확률이 높은 작전일 터다. 다행히 마수는 이전에도 싸운 경험이 있는 놈들뿐이어서 그렇게 위협은 되지 않는다.

아크는 자신에게 덤벼든 오거가 휘두른 전투도끼의 일격을 방패로 쳐낸 후, 오른쪽에서 파고든 헌티드 울프 두 마리를 바라보았다. 안쪽에도 또 헌티드 울프 두 마리가 있는 모습을 보건대, 지금 덮쳐온 두 마리 중 하나는 환영이다.

"어설프다!!"

이전에 아크를 밀어붙인 헌티드 울프는 주변을 에워쌀 정도로 많았지만, 현재는 기껏해야 두 마리뿐이다. 환영까지 합쳐도 네 마리라면 사냥감에게 파상 공격을 하기도 힘들다.

아크는 자신을 습격한 헌티드 울프 두 마리를 퍼 올리듯이 『칼라드볼그』를 치켜들었다.

엷은 푸른빛을 띤 검신이 번쩍이자, 환영과 함께 본체도 무참히 두 동강 난 헌티드 울프들의 몸통이 돌바닥에 떨어지며 사방을 시뻘건 선혈로 적셨다.

치켜든 검끝을 되돌린 아크는 그대로 회전하듯이 검을 옆으로 그었다. 가까이 접근하던 오거 세 마리는 손에 든 전투도끼째 베여서 단숨에 쓰러졌다.

그 광경을 목격한 다른 오거들이 잠시 겁을 먹었고, 잽싸게 오거 무리에게 뛰어든 아크가 방패를 세차게 내리쳤다.

둔탁한 금속음이 홀에 울리는 가운데, 멀리 날아간 오거 한 마리가 중앙의 두꺼운 기둥에 등부터 부딪쳐 주저앉았다.

아크는 뒤쪽에서 빙 둘러 달려온 또 한 마리의 헌티드 울프를 견제하듯이 검을 다시 되돌렸다. 곧이어 검이 홀의 돌바닥을 베며 헌티드 울프의 코끝을 스쳤다. 위험을 느낀 헌티드 울프는 순식간에 뒤로 물러났다. 그러나 한발 늦은 헌티드 울프의 환영과 미처 피하지 못한 오거는 말 그대로 반토막이 나서 나뒹굴었다.

"오거 따위는 마수 축에도 못 든다!"

아크가 피로 물든 『칼라드볼그』를 휘둘러 핏물을 떨쳐내고 외치자, 아리안과 검을 맞대던 훔바는 경악해서 두 눈을 휘둥그레 떴다.

"뭐냐!? 저 괴물은!! 갑옷 알맹이는 미노타우로스라도 된다는 건가!?"

"아쉽게 됐네요. 저 사람을 꺾으려면 드래곤 정도를 맞붙게 해야 충분하다고요!"

아크의 입장에서는 둘 다 말도 안 되는 소리였다.

엷은 미소를 띤 아리안이 화염을 두른 검을 번쩍여 훔바의 옷을 살짝 태웠다. 짜증이 난 훔바는 옷을 어깨에서 떼어 내는 것처럼 찢어 버렸다.

훔바의 온몸에 새겨진 문신은 희미하게 빛을 뿜듯이 그 형태를 드러냈다.

저게 마수를 부리기 위한 주술의 매개체 같은 걸까?

아리안은 검 솜씨가 상당히 뛰어났지만, 그녀를 상대하는 훔바도 검을 다루는 실력이 뒤처지지 않았다. 아리안의 검기를 따라가는 시점에서 이미 검을 매우 잘 쓴다는 사실을 알 수 있다.

그러나 훔바는 자신이 자만한 마수 부대가 종잇조각같이 베여서 동요했는지, 당장은 아리안이 우세하게 몰아붙였다.

"빌어먹을!! 그럼 네년한테도 비장의 수를 보여주지!"

훔바가 아리안에게서 거리를 벌리고 큰소리로 외쳤다. 그러자 홀 남쪽에 늘어선 대형 유리창이 요란한 소리와 함께 산산이 부서지며 바깥에서 인간 크기의 이족보행 어인(魚人)이 잔뜩 밀어닥쳤다.

전신을 뒤덮은 청록색 비늘, 하반신에 달린 인간형 다리, 허리부터 뻗은 물고기 형태의 상반신, 그리고 양옆에는 인간의 팔이 붙어서 전체적으로 기묘한 모습을 띠었다.

손에 금속제 작살을 든 그 어인은 등지느러미를 울리며 기이한 울음소리를 냈다.

게임을 할 때도 자주 마주친 대표적인 수생 몬스터다.

정원의 연못에 숨어 있었던 걸까?

"망사 타이츠는 입지 않은 모양이군……."

"사하긴!? 오거보다 별 볼 일 없는 마수네요!"

*모 애니메이션에서 본 캐릭터를 떠올린 아크가 그처럼 느긋한 감상을 늘어놓았지만, 아리안은 아랑곳하지 않고 훔바에게 웃어 보이더니 섣불리 다가선 사하긴 한 마리를 베었다.

아크도 주위의 오거를 밀어낸 사하긴 무리 중 몇 마리를 손에 쥔 『칼라드볼그』로 단칼에 쓰러뜨렸다.

아리안의 말대로 사하긴의 전투력은 별로 높지 않았다. 그러나 주변을 둘러보면 엄청난 수의 사하긴이 들이닥쳐서 온통 그놈들로 넘쳐났다.

"하하하핫! 이 녀석들은 네놈들을 도망치지 못하게 하도록 불러들였을 뿐이다!! 이제 곧 나타날 거다, 이 몸의 숨겨둔 힘이! 그때야말로 네놈들은 끝이다!!"

훔바의 웃음소리와 사하긴이 내지르는 울음소리가 홀에 울려 퍼지는 와중에, 멀리서 비명과 노호가 밤공기를 타고 성내에 메아리쳤다. 그에 호응하는 듯한 땅울림이 저택 전체를 뒤흔들며 발밑에 진동을 전했다.

"뭐죠!?" "뭐냐?"

---

*남국소년 파푸아에 등장하는 반어인 탄노가 망사 타이츠를 입고 다닌다. 파푸아 섬의 원조 변태 캐릭터다.

“오거를 쉽게 베어낼 힘을 지녔어도, 이 녀석과 정면에서 싸워 살아남을 수 있을까!?”

훔바가 우쭐한 듯이 만면에 미소를 띠었다.

땅울림과 그로 인한 소란은 서서히 커졌고, 점점 가까이 다가왔다.

정말 드래곤을 부리는 게 아닐까 싶은 생각이 아크의 뇌리를 스쳤다.

그러나 아리안은 외부의 소동에 흘끗 눈길을 한 번 주기만 하고, 순식간에 여러 마리의 사하긴을 피해 훔바에게 육박했다. 승리를 확신하고 방심한 훔바는 아리안의 움직임을 한 박자 늦게 알아차렸다.

『——맹렬한 불길이여, 모든 것을 집어삼키고 불태워라——.』

지금까지와는 비교도 되지 않는 크고 푸르스름한 화염이 주위의 공기를 모조리 태울 듯이 아리안의 검에 피어올랐다. 아리안이 휘두른 검의 빛을 따라 훔바 주변에 있던 사하긴 무리가 불길에 휩싸였다.

“빌어머그을!?”

훔바는 아리안의 공격을 제대로 막지 못하리라 짐작했는지, 사하긴 무리를 방패 삼아 뒤로 빠지려는 눈치였다. 그러나 바싹 쫓는 아리안이 한발 빨랐다.

방패막이가 된 사하긴 무리는 아리안의 검에 소용돌이치는 화염에 닿자, 종이 다발처럼 눈 깜짝할 사이에 불타올랐다. 덕분에 아리안은 훔바와의 거리를 아주 짧게 좁힐 수 있었다.

"이 쌍년이!!!"

훔바가 비명 같은 욕설을 내뱉은 순간, 둘의 검이 맞부딪쳤다.

훔바는 아리안의 검을 막아내기는 했지만, 푸르스름한 화염은 살아 움직이는 뱀 같이 그의 온몸을 휘감아 가차 없이 불살랐다.

"그갸아아아아아아아아아앗!!?"

훔바가 지른 단말마의 비명이 홀에 메아리쳤고, 불에 탄 사하긴 무리와 함께 거대한 불기둥을 만들어냈다. 곧이어 그 장대한 화염이 통층 구조의 천장을 달구었다.

천장을 타고 주위로 번져나간 불길은 홀 전체의 천장을 죄다 뒤덮었다.

아리안은 그 아래에서 검끝을 돌바닥에 꽂은 채 가쁜 숨을 내쉬었다.

주변에 남은 사하긴들은 불길에서 도망치듯이, 깨진 대형 유리창을 통해 저택 밖으로 뛰쳐나갔다.

마찬가지로 오거들도 불길을 피하고자 저택에서 다급히 벗어났다.

"괜찮소, 아리안 양!?"

아크가 거친 숨을 내뱉는 아리안에게 달려가서 묻자, 그녀는 손을 내저으며 입가에 미소를 지어 보였다.

"네, 마력을 좀 많이 썼나 봐요……."

확실히 사방에는 숯으로 변한 사하긴이 그림자 그림처럼 즐비했고, 아직도 불타는 화염에 의해 그 형태를 잃어갔다. 상당히 강력한 마법이다.

한편 고스란히 공격을 받은 훔바의 자리에는 이미 숯덩이가 되어 허물어진 존재의 미세한 흔적만 남았을 뿐이다.

"설 수 있겠소?"

"고마워요, 아크."

검집에 검을 넣은 아크는 아리안의 손을 잡고 일으켜 세웠다.

"컹!!"

그때 얌전히 모피 목도리 역할을 하던 폰타가 갑자기 고개를 들고 한 번 짖었다. 그와 동시에 굉음이 울려 퍼지더니, 조금 전과는 비교조차 되지 않을 정도의 충격이 저택을 흔들었다.

천장에 매달린 샹들리에가 그 충격으로 심하게 요동쳤고, 그중 하나는 돌바닥에 내동댕이쳐져서 요란하게 파편이 튀었다.

아크는 흩날린 파편을 등으로 막듯이 아리안을 감싸며 얼굴을 들었다.

"무슨 일이지!?"

아크가 주위를 둘러보는 가운데 재빨리 검을 허리에 찬 아리안은 부서진 대형 유리창을 거쳐 밖으로 빠져나왔다. 아크도 아리안을 뒤쫓아 저택을 탈출했다.

일광욕실 바깥은 숲과 연못 등이 어우러진 정원이었는데, 안쪽에는 성벽이 우뚝 솟아 있었다. 그 성벽 위에서 위병 몇 명이 저택을 가리키며 떠들어댔다.

그러나 위병들은 침입자인 아크와 아리안이 아닌, 다른 뭔가에 정신이 팔린 듯했다.

"아크! 저길 봐요!"

저택을 따라 정원을 가로지른 아리안은 저택 측면이 보이는 모퉁이에서 그 앞을 손가락으로 알렸다. 【디멘션 무브】를 써서 그 장소로 이동한 아크는 아리안의 손끝이 향하는 방향에 시선을 던졌다.

그곳에는 청록색 비늘을 온몸에 두른 거대한 뱀들이 목을 쳐들고 갈라진 혀를 쉿쉿 날름거렸다.

일어나려는 듯이 치켜든 뱀의 머리는 높이 10m쯤은 될 법했다. 다섯 개의 뱀머리가 주위에 있는 위병들을 덮쳐 통째로 삼켰지만, 전부 하나의 몸통으로 이어졌다.

사족보행을 하는 거체에 달린 다섯 개의 뱀머리, 그 하나가 채찍처럼 휘어지나 싶더니 저택 정면을 때려 부수었다. 그러자 굉음과 함께 모자이크 모양의 벽면이 무너져 내렸다.

"히드라……."

어마어마한 몸집의 마수를 올려다본 아리안은 두 눈을 휘둥그레 뜬 상태로 시선을 고정했다.

아크가 아는 히드라와는 꽤 다른 모습이었다. 그러나 게임과 동일한 특징을 지녔다면, 뛰어난 자기재생 능력은 물론 물의 마법을 다루는 힘과 물의 마법에 대한 높은 내성을 가진 상급 몬스터다.

이 세계에서 히드라의 위상이 어느 정도인지는 자세히 모르지만, 주변에 안겨주는 위협이나 압도적인 존재감 및 공포에 질려 당황한 성내의 위병들을 보면 그 위상을 저절로 알 수 있다.

이 일대를 마구 짓밟는 히드라는 자신에게 맞서는 자를 용서 없이 해치웠다.

다음 순간, 뱀머리 하나가 입을 크게 벌리면서 쏜 한줄기 하얀 섬광이 지면에 직격했다. 커다란 소리를 내며 직진한 그 섬광이 지면을 세로로 가르고 성벽 일부를 무너뜨렸다.

성벽 안쪽에 펼쳐진 거리에서 사람들이 지른 비명은 저택까지 닿았다.

아무래도 훔바가 말한 '비장의 수'란 히드라를 뜻하는 모양이다.

그러나 지금은 술자인 훔바가 이미 죽어서 제어할 사람이 없는 탓인지 이성을 잃고 날뛰었다.

이만한 공격 능력을 소유한 마수가 성내를 넘어 거리로

풀려나면, 심각한 피해를 입는 정도를 넘어 도시 전체가 괴멸해도 이상하지 않을 사태다.

"어떡하겠소, 아리안 양!?"

"역시 저건 무리예요. 우리하고는 관계없잖아요!? 아니면 아크는 모두가 보는 앞에서 저 마수와 난투극을 벌이고 쓰러뜨리기라도 할 건가요?"

"으음……."

아크는 아리안의 지적에 무심코 신음을 흘렸다.

싸워서 이기지 못할 것도 없다.

그러나 저런 거대한 마수에게 정면으로 맞서서 이기는 상황이 벌어지면 좋든 싫든 반드시 주목을 받게 된다. 나중에 귀찮아진다는 사실은 불을 보듯 뻔하다.

다만 이 자리에서 마수를 내버려 둔 채 거리의 사람들이 엄청난 피해를 보는 꼴을 묵인할 수 있는지 묻는다면 망설여진다.

벌써 성내의 병사들은 도망치느라 갈팡질팡할 뿐이었고, 통제를 잃은 히드라가 거리로 나가는 것은 시간문제였다.

조금은 다른 의미로 눈에 띌 테지만, 눈을 딱 감고 저 히드라를 죽일 수밖에 없다.

"5분 안에 끝내도록 하지!"

아크는 그렇게 선언하고 눈앞에 손을 치켜들었다.

곧이어 지면에 그려진 거대한 마법진이 서서히 붉게 일렁이더니, 눈부신 빛을 뿜어내기 시작했다.

이 세계에 와서 처음 쓰는 마법 스킬이었지만, 별 탈 없이 발동하는 낌새를 보였다.

이제 계획대로 자신은 남의 시선을 끌지 않고 마수를 처리할 수 있으리라 여긴 아크는 힘차게 그 스킬을 외쳤다.

"소환! 【이프리트(염옥마인)】!!"

시뻘겋게 불타오르듯 빛나는 마법진에서 사나운 열풍이 불어닥쳤다. 그러자 천공을 향해 불기둥이 솟아올랐다.

빗방울이 떨어지는 하늘을 태울 듯한 불기둥 속에서 검은 거체의 그림자가 어른거렸다. 성내는 물론이고 성 밖까지 메아리치는 짐승의 포효가 공기를 뒤흔들 것처럼 울려 퍼졌다.

불기둥이 사라진 후 그곳에 나타난 존재는 5m는 될만한 거구를 지닌 마인이었다.

머리에는 검게 윤이 나는 거대하고 뒤틀린 두 개의 황소뿔이 달렸고, 악마의 사자 같은 얼굴에는 화염으로 만들어진 갈기가 활활 타올랐다. 새빨갛게 달군 듯한 비늘 갑옷이 상반신을 덮었는데, 그 아래로 뻗은 사람과 황소를 합쳐놓은 형태의 두 다리는 공중에 떠 있었다.

또 무시무시한 용모의 쩍 벌어진 입에서는 흉악한 엄니들이 엿보였으며, 내뱉는 숨에서는 불길이 새어 나왔다.

"!? 자, 잠깐만요, 아크! 저게 뭐예요!?"

눈앞에서 일어난 현상에 아리안은 두 눈을 부릅뜨고 아크에게 물었다.

이 마법은 『소환사』 직업이 익히는 스킬 중 하나다. 불린 소환수는 각자의 특색에 따라 제한 시간 동안 술자를 지원해준다. 단, 기본적으로 표적을 지정해줄 수는 있지만, 소환수는 스스로 움직인다. 그 때문에 세세한 지시는 내리지 못하더라도, 적을 섬멸하는 데에는 엄청난 효과를 보인다.

이번에 소환한 『이프리트』는 물리 공격이 중심이고, 단독 공격만 가능한 화염 마법을 쓴다. 그래서 소환 스킬 가운데 비교적 초기에 익힐 수 있다.

다만 불린 소환수는 술자의 마력에 의해 능력이 수정되므로, 높은 레벨의 몬스터와 맞서도 꿀리지 않는다.

아리안은 이런 소환 마법이나 소환된 존재를 처음 봤는지, 자꾸 그 정체가 뭔지를 물었다. 그러나 아크도 어떻게 설명해야 좋을지 애를 먹었다.

"으음~, 이계에서 불러낸 생물이라고 해야 하나?"

"거짓말이죠!? 저기에서 느껴지는 정령의 힘은 여태껏 본 적이 없을 정도라고요!?"

아크의 대답을 들은 아리안이 옆에서 여전히 납득할 수 없다는 표정을 지었다. 아크는 아리안으로부터 시선을 떼고, 성내에서 날뛰는 히드라에게 눈길을 던졌다.

히드라는 갑자기 나타난 침입자를 경계하듯이 다섯 개의

뱀머리를 하늘하늘 흔들며 『이프리트』를 뚫어지라 노려보았다.

그리고 속으로 표적을 가리키는 아크의 지시에 따르는 것처럼 『이프리트』가 다시 포효를 지르더니, 불티를 하늘에 흩날리면서 양손의 날카로운 손톱을 드러내어 히드라에게 덤벼들었다.

반면 두 개의 뱀머리를 쳐들고 커다란 입을 벌린 히드라는 조금 전과 마찬가지로 하얀 광선을 쏘았다.

『이프리트』는 지표를 가르며 교차하는 그 하얀 광선을 아주 간단히 빠져나갔다. 그 후 히드라의 뱀머리 다섯 개 중 하나에 달라붙어, 화염을 내뿜는 손으로 비틀어 끊듯이 머리를 지면에 떨어뜨렸다.

“기샤아아아아아아아아아아아!!!”

분노에 떨리는 비명을 지른 히드라가 머리를 잘린 목을 감싸며 뒤로 물러나려고 했다.

그러나 곧바로 파고든 『이프리트』는 히드라를 훌쩍 뛰어넘어 뒤쪽에 늘어진 굵고 긴 꼬리를 끌어안았다.

그에 대항해서 히드라의 뱀머리 하나가 『이프리트』를 물었지만, 상반신을 덮은 비늘 갑옷에 막혔는지 엄니가 박히지 않았다.

그 공격을 무시한 『이프리트』는 우렁차게 포효하면서, 히드라의 꼬리를 껴안은 채 빙빙 돌리기 시작했다. 공중에 떠

오른 히드라의 거체는 모든 것을 휩쓰는 폭풍처럼 서서히 회전이 빨라졌다.

주변 환경은 『이프리트』에게 휘둘리는 히드라의 거체에 부딪쳐 모조리 잔해로 바뀌었다. 그리고 달아나기 위해 허둥대는 병사들은 앞다투어서 성 밖으로 뛰쳐나갔다.

게임을 할 때 불러낸 『이프리트』에게 이런 공격 방법은 없었을 텐데…….

"이, 이봐요! 저거! 어떻게 좀 해요!!"

파괴의 폭풍같이 주위를 죄다 쓸어버리는 『이프리트』의 폭거에 아리안은 흥분한 목소리로 외쳤다.

"미안하오. 5분이 지나야 사라지는 소환수요……."

아크는 민망해져서 고개를 숙였다.

설마 이렇게까지 괴수 대결전이 되리라고는 생각지도 못했다. 이대로는 히드라의 피해에 앞서 『이프리트』가 거리에 끼칠 피해를 걱정해야 할 판이었다. 그때 느닷없이 뒤에서 귀에 익은 목소리가 들렸다.

"아크 님! 아리안 님! 무사하셨습니까!?"

뒤돌아본 아크의 눈앞에는 닌자 복장으로 몸을 감싼 치요메가 서 있었다.

"우리는 괜찮소. 치요메 양은 어떤가?"

"저도 괜찮습니다. 다만 방금 서쪽 성채의 한 구역에서 나타난 저 히드라가 성벽을 무너뜨리고 성내에 침입했습니

다. 그런데 갑자기 움직임이 난폭해졌나 싶더니, 영주의 성을 부수고 돌진하더군요."

그동안의 경위를 짧게 설명한 치요메는 일단 말을 끊은 후 히드라와 격투하는 『이프리트』에게 시선을 옮겼다.

"그나저나 화염을 두른 저 마수는 대체 뭔가요?"

그러나 아크가 그 질문에 대답하기 전에 상황이 달라졌다.

『이프리트』가 꽉 안은 히드라의 꼬리를 놓아버린 것이다.

회전하는 기세를 탄 히드라의 거체가 거짓말처럼 하늘을 날아 성벽 상부에 부딪혔다. 고무공같이 튕긴 거체는 그대로 성 밖으로 날아갔다.

곧 성 바깥에서 충격음과 함께 뭔가가 무너지는 소리에 이어 종이 요란하게 울려댔다. 주변에 땅울림을 동반하며 성대한 흙먼지를 일으켰다.

그리고 히드라를 뒤쫓듯이 땅을 박찬 『이프리트』는 성 밖으로 사라졌다.

큰일이었다.

"먼저 『이프리트』와 히드라를 쫓겠소! 둘 다 잡으시오!"

그 신호에 아리안과 치요메가 즉시 아크의 어깨를 붙잡듯 손을 얹었다. 그 모습을 확인한 아크는 무너져 내린 성벽 상부로 시선을 돌렸다.

아크가 【디멘션 무브】를 발동시키자, 눈 깜짝할 사이에 주위의 풍경이 바뀌었다.

성벽 위에는 이미 위병들은 없었다. 아크는 성벽에서 바깥의 거리를 내려다보았다. 성 바로 옆에 세워진 힐크교의 교회 종루 하나가 무참히 내려앉은 데다 정면 입구도 반쯤 부서졌다.

붕괴된 교회의 잔해 속에서 히드라가 뱀머리 세 개를 치켜들고 위협하듯이 울부짖으며 허공을 쏘아보았다. 그 시선 앞에는 공중에 머문 『이프리트』가 화염 갈기를 더욱 부풀리는 장면이 비쳤다.

거리의 건물에서는 소란을 듣고 얼굴을 내민 주민들이 비명을 지르며 뿔뿔이 달아났다.

『이프리트』가 더욱 크게 포효를 내지르자, 화염 갈기가 소용돌이치면서 하얗게 빛날 정도로 몹시 뜨거워졌다. 금세 불덩이로 변한 『이프리트』는 유성처럼 번쩍이더니, 눈 밑의 히드라를 노리고 돌진했다.

히드라도 거대한 불덩이에 맞서듯이 입을 쩍 벌린 세 개의 뱀머리로 하얀 광선을 쏘았다.

밤하늘을 가르는 별똥별 같은 화염 덩어리와 공중을 달리는 하얀 광선이 격돌하는 순간, 연막 비슷한 안개를 발생시키며 주위의 시야를 완전히 가렸다. 곧이어 충돌음이 들리자마자 폭염과 폭풍이 주변 일대를 덮쳤고, 안개를 날려버린 화염 기둥이 우뚝 솟아올랐다.

활활 불타는 지옥의 뜨거운 불길은 하늘을 달구며 아지랑이를 피어올렸다. 그 속에서 천천히 허공으로 나온『이프리트』는 처참하게 파괴된 교회의 잔해를 내려다보았다.

찰나의 적막이 지난 후 모든 게 환상이었다는 듯이『이프리트』가 자취를 감추었다.

이건…… 매우 엄청난 사태가 벌어진 걸까.

양옆에 있던 아리안과 치요메도 그 광경을 잠자코 지켜보았다.

화염과 연기에 휩싸인 일찍이 교회였던 잔해 아래에서, 왠지 고기를 태우는 냄새가 바람을 타고 이 성벽 위에도 풍겨 왔다.

조금 전까지의 굉음이 사라지면서, 떠들썩한 거리의 소음이 똑똑히 들렸다.

"……어쨌든 히드라는 쓰러뜨린 모양이군."

"큐큥!"

아크가 이마를 닦고 돌아서며 한숨을 내뱉었다. 그러자 소동이 가라앉은 사실을 알아차렸는지, 폰타가 아크의 목덜미에서 일어나 투구 위로 이동했다.

그 모습을 본 아리안이 폰타를 투구에서 들어 올려 자신의 앞가슴에 끌어안았다.

"자, 그 위험한 사람한테서 떨어질게요."

"큥?"

아리안의 담담한 목소리에 폰타가 고개를 갸웃거리며 그

녀를 올려다보았다.

"아, 아무튼 이제 어떻게 할까요……?"

치요메는 눈을 가늘게 뜬 아리안과 그녀 앞의 아크 사이에 어색하게 끼어들었다.

아크가 묵묵히 아리안을 바라보자, 그녀도 시선을 피하지 않았다.

"라라토이아에 돌아갈까……."

"라라토이아에 돌아가죠……."

동시에 긴 한숨을 내쉬고 똑같은 말을 꺼낸 아크와 아리안은 서로 얼굴을 마주 보았다.

모조리 잔해 더미로 뒤바뀐 교회를 내려다보며 앞으로 소환 마법은 자중해야겠다고 잠시 반성한 아크는 어슴푸레한 밤하늘을 응시했다.

밤중부터 굵어진 빗방울은 여전히 어수선한 거리의 시끄러운 소리를 싹 지울 듯이 점점 거세졌다.

종장

캐나다 대삼림의 오지에 위치한 엘프족이 사는 마을 중 하나인 라라토이아.

그 마을의 장로가 지내는 저택은 거목과 인공물이 융합한 느낌의 건물이다.

나무 저택의 정면 현관을 거치고 들어가면 통층 구조의 홀이 나타난다. 내부는 저택 중심을 거대한 기둥이 세로로 관통하는데, 홀의 바깥 둘레에 설치한 건널 복도가 각 방의 문을 이어준다.

그 통층 구조의 각 층은 3층까지 존재한다.

1층의 좌우 계단에서 건널 복도로 올라갈 수 있는 2층 부분——그 2층에 있는 넓은 방은 안쪽에 주방을 함께 만든 식당이었다.

실내 중앙에는 커다란 목제 테이블이 놓여 있었고, 그중 한 자리에 장로 딜런이 아니라 그의 아내인 그레니스가 앉아 있었다.

아리안의 모친이기도 한 그레니스는 다크엘프족의 특징

인 열은 자주색 피부와 눈같이 하얗고 긴 머리를 세 가닥으로 땋아 어깨에 늘어뜨린 모습이었다.

그레니스의 맞은편에는 아리안이 앉았고, 그 양옆에 아크와 치요메가 나란히 자리를 잡았다. 한편 폰타는 그레니스에게 받은 말린 살구를 닮은 과일에 푹 빠졌는지, 테이블 밑에서 기쁘다는 듯이 큰 솜털 꼬리를 흔들었다.

"갑작스럽게 방문한 꼴이 되어 죄송합니다."

먼저 입을 연 이는 치요메였다.

치요메는 살짝 늘어진 검은 고양이귀와 마찬가지로 고개를 숙여 사죄의 말을 건넸다.

그러나 그레니스는 손을 휘휘 내저으면서 치요메에게 웃어 보였다.

"괜찮아요, 아크 군의 전이마법으로 직접 이 마을에 들어오게 된 거니까."

신성 레브란 제국의 라이브니차로부터 장거리 전이마법인 【게이트】를 써서 라라토이아에 돌아올 때 치요메를 동반한 상태로 평소처럼 장로의 집 앞에 전이한 것이다.

엘프족은 마을 내에 외부인을 들이는 데에 상당히 민감하다. 따라서 이번 일은 완전히 아크 자신의 잘못이지, 치요메가 사죄할 필요는 전혀 없다.

그럼 이때는 솔직하게 머리를 숙이는 게 낫다.

"미안하오, 그레니스 부인. 앞으로 이런 실수를 하지 않도록 애쓰겠소."

"그래주면 고맙겠어요. 하지만 오늘 손님은 산야의 민족이니까, 나중에 허가를 받아도 좋아요, 후후후. 따돌림을 당하는 종족끼리 잘 지내봐요, 치요메 양."

그레니스가 입가를 가리고 짓궂게 웃자, 치요메는 어떻게 반응해야 할지 조금 난감하다는 표정을 지었다.

"그런데 아버지는 아직 안 돌아왔어요?"

테이블의 하얀 컵에 담긴 차를 마시던 아리안은 주위를 둘러보며 모친인 그레니스에게 물었다.

"너랑 아크 군이 제국으로 출발한 날, 메이플에 가고 나서 그동안 한 번도 돌아오지 않았단다. 일단 아버지한테 연락은 받았지만, 우선은 내가 대신 보고를 들을게."

그레니스는 맞은편에 앉은 딸 아리안에게 눈길을 돌리고 대답했다.

고개를 끄덕인 아리안은 제국의 라이브니차령에서 겪은 일을 요점만 간추려 그레니스에게 들려주었다.

그레니스는 그 이야기를 묵묵히 들은 후 천천히 한숨을 내뱉더니 시선을 아크에게 옮겼다.

"상황은 이해했어요. 그 도시에서 끌려간 엘프 다섯 명의 행방은 모른다는 거죠?"

"그렇소, 마수 히드라가 날뛴 까닭에 지금 그 도시는 한창 혼란할 거요. 때를 봐서 다시 실마리를 찾아야 할——."

그레니스의 질문에 끄덕인 아크가 이후의 목표에 대해 입을 열었지만, 그녀는 그 말을 가로막듯이 손을 뻗으며 고개를 가로저었다.

"그럴 필요 없어요. 엘프 구출작전은 이쯤에서 매듭을 짓기로 했으니까. 아크 군의 역할도 끝났어요."

그레니스는 생글생글 미소를 지었지만, 맞은편 자리의 아리안이 그 말에 이의를 달았다.

"잠깐만요, 그게 무슨 소리예요!? 남은 다섯 명을 이대로 내버려 두라는 건가요!?"

벌떡 일어난 아리안은 테이블을 치며 그레니스에게 따지고 들었다.

그레니스는 딸의 반응에 곤란하다는 얼굴로 어깨를 으쓱였다.

"동 레브란 제국에 관한 불온한 소문이 나도나 보더라. 더구나 아무런 단서도 없이 엘프인 네가 그 나라를 돌아다니는 건 위험하다는 판단이란다. 메이플에서 내린 지시이기도 하니까, 그런 사정을 이해하렴."

아리안은 그레니스의 달래는 듯하면서도 강압적인 말에 마지못해 고개를 숙이며 다시 앉았다.

시선을 내린 황금색 눈동자는 납득할 수 없다는 눈빛이었고, 테이블에 올린 주먹은 꽉 쥐어진 채였다.

그 옆에서 치요메가 모녀의 낯빛을 살피듯이 시선을 갈팡질팡했다.

"그리고 너한테는 새로운 임무가 생겼단다. 엘프 구출작전의 보수로 아크 군에게 제안한 샘까지 가려면 길 안내를 해줄 이가 필요하겠지? 네게 그 역할을 부탁하마."

그레니스는 애써 밝은 목소리로 말하며 딸을 바라보았다.

아크가 아리안을 따라 각지의 엘프족을 구출하는 이번 작전에 용병으로 참여했을 때, 딜런이 제안한 보수는 로드 크라운이라고 불리는 나무 옆에 있다는 샘의 위치를 알려주겠다는 것이었다.

라라토이아의 장로인 딜런이 말한 그 샘은 모든 저주를 푼다는 소문이 있어서, 전신 해골로 바뀐 아크의 저주받은 몸에도 효과를 보일지 모른다고 한다.

옆자리의 아리안이 살짝 움직이는 기척을 느낀 아크가 시선을 옮기자, 몹시 복잡한 표정을 지은 그녀와 눈이 맞았다.

아크가 뭔가를 말하려 했지만, 아리안이 좀 더 일찍 입을 열었다.

"그러네요……. 아크한테는 여태 많은 도움을 받았으니까."

아리안은 어깨를 크게 늘어뜨리며 한숨을 내뱉은 후 눈꼬리를 조금 내리고 웃었다.

"장소를 알려주면 나 혼자서도 괜찮소만?"

아크는 아리안과 이곳에서 헤어진다는 점이 다소 아쉽기

는 했어도, 민폐를 끼치면서 굳이 샘의 길 안내를 부탁할 마음은 없었다.

아리안은 아크가 나름대로 그녀를 배려하여 꺼낸 제안을 간단히 거절했다.

"방향치인 아크를 홀로 내버려 뒀다간 엉뚱한 데로 갈지 알 수 없잖아요?"

아리안이 약간 기가 막힌다는 눈길로, 아크에게 매서운 쓴소리를 날렸다.

본의는 아니어도 사실이므로 부정은 못 하지만——.

그때 그레니스가 둘의 대화에 끼어들 듯이 손뼉을 치며 얼굴에 함박웃음을 띠었다.

"결정됐네! 로드 크라운 근처에는 드래곤로드도 존재할 가능성이 크니까, 엘프인 네가 따라가면 교섭할 여지도 있겠지. 꽤 특이한 곳이라서 가는 길이 위험할 테니, 단단히 각오하고 다녀오렴."

그러고 보니 전에 무시무시한 용족도 서식한다고 들었지……. 아크는 옆길로 샌 생각을 떨쳐내며 가장 중요한 사항을 물었다.

"그런데 그 샘의 위치는 어디요?"

"라라토이아 북쪽 너머에요. 풍룡산맥과 빙룡산맥 사이의 땅이죠."

그레니스가 아크의 질문에 거기까지 설명했을 즈음, 줄곧 조용히 대화를 듣기만 하던 치요메가 벌떡 일어났다. 그러더니 평소의 무덤덤한 표정이 아닌 놀란 얼굴로 그레니스를 뚫어지라 보았다.

"그레니스 님! 그곳에 이르는 길을 아십니까!?"

그 기세에 밀린 그레니스는 약간 등을 젖히며 치요메의 물음에 대답했다.

"네, 네에. 풍룡산맥은 말 그대로 풍룡이 많이 사는 데다 무척 높아서 넘는 건 힘들어요. 하지만 화룡산맥과 풍룡산맥이 북서쪽에서 엇갈리는 지점에는 넓게 갈라진 지형이 있는데, 그곳에 만들어진 동굴을 통해 산맥 아래를 빠져나가는 거죠."

"저도! 거기에 저도 함께 데려가 주실 수 없습니까!?"

그레니스와 아크를 번갈아 쳐다본 치요메는 양손을 가슴 앞에 모으면서 기도하는 자세로 물었다.

당황한 아리안은 조금 이상하다는 시선을 치요메에게 보냈다.

치요메의 태도를 의아하게 여긴 아크는 이 자리의 모두가 가슴 속에 담은 의문을 꺼냈다.

"그 땅에 뭐라도 있는 거요?"

"네. 케섹에서 아크 님께 의뢰를 부탁드리고 싶다는 말을 했었죠?"

아크는 치요메에게 고개를 끄덕였다. 확실히 케섹의 거리에서 치요메는 자신에게 의뢰를 부탁하기 위해 찾아왔다고 했다.

“사실 제가 부탁하려던 의뢰는 풍룡산맥과 빙룡산맥 사이에 끼인 땅으로 다다르는 길의 탐색입니다……. 그곳에는 일찍이 초대 한조 님의 은신처가 남아 있는데, 그걸 아크 님의 전이술로 찾을 계획이었습니다.”

그레니스는 치요메의 설명을 흥미진진한 얼굴로 들었다.

한편 아리안은 아크에게 시선을 보내며 어떻게 할지 눈짓으로 물었다.

아무래도 이 세 명의 여행은 당분간 이어질 듯싶다――아크는 그런 생각을 하며 다소 즐거워지겠다는 기대에 살짝 마음이 들떴다.

아크는 그런 속마음을 들키지 않도록 한 번 한숨을 내쉬더니, 눈앞에 놓인 컵의 차를 내려다보고 비로소 자신이 여전히 투구를 쓴 상태임을 깨달았다.

아크가 테이블 옆에 투구를 벗고 차를 마시려는 그 순간――아리안 옆자리의 치요메가 경악한 비명을 지르며 후다닥 일어섰다.

“언데드!!?”

아――그러고 보니 치요메 양한테는 아직 이 몸의 비밀을 말해주지 않았군…….

아크는 치요메의 반사적인 반응에 놀라면서도 내심 그처

럼 느긋한 생각을 떠올렸다.

로덴 왕국 왕도 올라브에서 동남쪽으로 뻗은 가도 근처, 린부르트 대공국과의 교역로를 담당하는 요충지의 하나이기도 한 호반 사이의 중간지.

그곳에는 지금 많은 천막이 늘어선 가운데 3천 명 정도의 병사가 야영 준비를 하고 있었다.

그중 유달리 크고 멋들어진 천막 안에서는 이 나라의 제1왕자인 섹트 론달 카를론 로덴 사디에가 이곳이 평야 한복판이라고는 믿기지 않을 듯한 화려한 의자에 앉아 나른한 시선으로 상대방을 곁눈질하면서 이야기를 들었다.

키가 크고 밝은 갈색 머리에 단정한 얼굴을 지닌 호화로운 군복 차림의 섹트 왕자는 장병으로부터 가도 부근에 들끓는 헌티드 울프 토벌의 성과와 피해 보고를 흘려들으며 점잖게 손을 내저어 물러나도록 했다.

그때 장병과 교대하듯이 어떤 남자가 천막에 들어왔다.

갈색 머리와 수염, 우람한 몸집에 군복을 걸친 남자는 아무리 봐도 타고난 군인이었다. 별로 많은 말을 하지 않는 과묵한 모습과 맞물려 엄격한 분위기를 풍겼다.

이 군을 이끄는 장군 중 한 명인 그의 이름은 세트리온 드

올스테리오.

일찍이 왕군의 삼장군을 어우르는 지위에 올랐던 대장군 마르도일러 드 올스테리오의 적자이지만, 왕도의 혼란을 틈타 스스로 아버지를 죽인 남자이기도 하다.

세트리온 장군은 조용히 섹트 왕자에게 다가가 한쪽 무릎을 꿇더니 눈짓으로 독대를 청했다.

섹트 왕자도 익숙하게 지시를 내려 주위 사람들을 내보낸 후, 커다란 천막에 단둘만 남게 되자 그제야 입을 열었다.

"급한 일인가?"

섹트 왕자의 짤막한 물음에 묵묵히 고개를 끄덕인 세트리온 장군은 주변을 살폈다.

"방금 티오셀라의 영주에게 기별을 받았습니다. 시신을 회수하러 나간 부대가 유리아나 전하를 발견하지 못했다고 합니다."

그 말을 듣던 섹트 왕자가 두 눈을 부릅뜨고 반론했다.

"그럴 리가!? 유품도 전한 카이쿠스가 완벽하게 일을 마무리 지었다는 보고는 그럼 뭐란 말이냐!? 그 사건 이후 아직 오랜 시간이 지나지 않았다고는 해도, 숲에 나타나는 마수가 먹어치웠을지도 모르잖나!?"

카이쿠스란 섹트 왕자가 계획을 세운 제2왕녀 암살에 가담한 7공작가 중 하나인 브루티오스 공작가의 적자 카이쿠스 코라이오 드 브루티오스라는 남자의 이름이었다.

카이쿠스는 직접 유리아나의 유품을 갖고 돌아와서 암살이 성공한 사실을 보고한 것이다.

그 말이 거짓이었나 싶은 섹트 왕자가 믿기지 않는다는 얼굴로 세트리온 장군을 쳐다보았다.

"분명 마수에게 뜯어먹힌 흔적도 있었던 모양입니다. 하지만 호위대나 도적의 상당수 시체는 확인했는데, 정작 중요한 유리아나 전하가 탄 마차만 사라졌다고……."

세트리온 장군은 목소리를 낮추면서도 몹시 냉정한 태도와 단호한 어조로 조금 전에 들은 정보를 섹트 왕자에게 전한 다음 살짝 시선을 내렸다.

그 모습에 짜증을 느낀 섹트 왕자는 자신의 직무를 다하려는 남자에게서 눈을 떼고 이를 갈았다.

"왕도로 긴급히 전령을 보내 카이쿠스에게 어떻게 된 영문인지 물어라! 또한 티오셀라 영주에게는 계속해서 주변을 수색하도록 전하라! 만약 유리아나가 죽지 않았다면 일이 골치 아파진다……."

"당장 서두르겠습니다……."

그 명령을 받은 세트리온 장군은 짧게 대답하더니, 소리 없이 천막에서 나갔다.

그러자 섹트 왕자는 자신이 처한 상황을 따져보며 조바심이 난다는 듯이 의자의 팔걸이를 힘껏 내리쳤다.

"빌어먹을! 무능한 다카레스만 죽고 유리아나가 살아 돌아오는 날에는 확실히 귀족들이 지지하겠군……. 이렇게 되면 다카레스를 그 자리에서 처리한 게 성급한 결정이었어."

혼잣말을 중얼거린 세트 왕자는 의자의 팔걸이를 다시 주먹으로 때리고 무심코 얼굴을 찌푸렸다.

그동안은 다카레스 파벌이 누름돌로서 유리아나를 견제했지만, 그들이 사라지면 필연적으로 여동생의 존재가 떠오른다.

세트 왕자는 조금 붉어진 손을 어루만지면서, 머리를 가로젓고 깊은 한숨을 토해냈다.

"인제 와서 말해본들 어쩔 수 없겠지……. 호반의 내란을 될 수 있는 대로 빨리 수습하고 왕도로 귀환하지 않으면, 상황에 따라서는 이번에는 내 목을 조이게 될 거다."

세트 왕자가 천막 전방에 있는 도시 호반의 방향을 노려보았다.

이 내란도 자신이 돈과 무기를 공급해서 부추긴 결과로 벌어진 것이다. 지금은 혼란스러운 호반의 영내도 왕군이 나서고 왕자인 자신이 몸소 진정시키는 모습을 보이면 금세 가라앉을 것이다.

스스로를 타이른 세트 왕자는 동쪽 땅을 날카롭게 응시했다.

◆◇◆◇◆

북대륙 동쪽 대부분을 다스리는 신성 레브란 제국.

그곳에서 가장 남쪽에 위치하는 국경 부근의 도시, 케센.

북서쪽으로 이어지는 시아나 산맥의 정상을 배경 삼아, 서쪽에는 레브란 대제국과 국경을 나누듯이 깊은 숲이 펼쳐진다.

그처럼 남쪽은 로덴 왕국, 서쪽은 레브란 대제국이라는 두 국가 사이의 경계에 자리 잡은 케센은 평면과 직선으로 이루어진 튼튼한 석조 양식의 높은 방벽이 도시를 둘러싸서 성채 같은 모양을 띠었다.

도시 서쪽에는 나무로 만들어진 간단한 외벽을 두른 군의 주둔지가 있었다.

그럭저럭 높이를 지닌 통나무 말뚝을 즐비하게 박아 외벽을 대신한 그 주둔지의 한 구역. 그곳에 설치된 숙사의 어느 방에 남자 한 명이 앉아 있었다.

실내는 간소해 보이기는 해도 나름대로 체면을 지키기 위해 장식을 꾸민 듯싶었다.

신성 레브란 제국의 국기를 뒤에 커다랗게 내건 그 앞에는 주둔지를 통괄하는 자의 자리가 보였다.

그 방에 어떤 남자가 노크하고, 빠릿빠릿한 동작으로 들어왔다.

"중령님, 부르셨습니까?"

단련된 몸과 야성미가 넘치는 눈을 가진 남자는 눈앞의 커다란 테이블에 앉은, 이 주둔지를 맡은 사령관에게 경례를 올리고 물었다.

중령의 계급을 단 그 사령관은 목례를 한 후 테이블에 나무 상자 하나를 올리고 남자에게 밀었다.

"소령, 이게 이번 작전에서 가장 중요한 요소가 되는 마도구인 듯하다——."

사령관은 왠지 의미심장한 말을 입에 담았다.

소령이라고 불린 남자는 사령관의 대답에 앉음새를 바로잡았다.

"실례하겠습니다!"

나무 상자를 받은 소령은 조심스럽게 덮개를 열고 안을 들여다보았다. 그러나 내용물을 본 소령은 눈썹을 찡그리며 그 마도구를 꺼냈다.

그것은 뭐라고 형용해야 할지 모를 물건이었다.

투명한 수정구는 표면이 매끄럽게 닦여서 아름다운 광택을 뿜었고, 맞은편에 앉은 사령관의 얼굴도 투명하게 비쳐 보일 정도였다. 그러나 수정구의 중심에는 무척 혐오스럽게도 초록색 홍채를 띤 눈알이 공중에 뜬 형태로 박혀 있었다.

수정구로부터 눈을 뗀 소령은 뭔가를 묻고 싶은 듯이 사령관을 바라보았다.

사령관도 소령의 시선을 이해했는지 깊은 한숨을 내쉬었다.

“안에 든 눈알을 진행 방향으로 향하면, 전방의 마나 농도를 알 수 있는 마도구라고 하더군. 마법원(魔法院)이 개발한 물건인데, 마나가 짙어지면 수정이 흐려지도록 만들어진 모양이다…….”

소령은 사령관의 설명을 들으면서, 손에 있는 꺼림칙한 수정구를 꼼꼼히 살피고 다시 눈길을 돌렸다.

“그럼 이걸로?”

“그래, 서쪽 숲도 이제 비교적 안전히 지날 수 있는 셈이다――. 물론 그렇게 듣기는 했지만 말이야.”

어깨를 으쓱여 보인 사령관은 자리에서 일어나 창가로 가더니, 서쪽에 펼쳐진 숲으로 시선을 던졌다.

수정구를 손에 든 소령도 사령관의 말에 살짝 소리 죽여 웃었다.

마법원이 가져온 이 기분 나쁜 마도구에 대해 자신과 마찬가지로 사령관도 반신반의한다는 사실을 알았기 때문이다.

중령은 소령의 웃음을 뒤로 흘려들으며 창문에서 비치는 주둔지를 내려다보았다.

“하지만 뭐, 저 광경을 만들어낸 것도 마법원 녀석들이다. 우리는 위에서 결정한 작전을 성공시키고자 여기에 왔으니, 부탁하지.”

중령은 뒤에 서 있던 소령에게 시선을 돌렸다.

"넷, 그럼 다녀오겠습니다!"

수정구를 나무 상자에 도로 넣고 겨드랑이에 낀 소령은 다시 경례를 올린 후 사령관의 방을 떠났다.

주둔지 중앙 광장, 그곳에는 이제나저제나 기다리며 늘어선 많은 병사의 모습이 보였다.

그리고 그 뒤쪽에는 병사들을 따르는 것처럼 똑같이 질서정연하게 대기하는 오거들이 있었다.

큼직한 금속제 전투도끼를 등에 멘 신장 2m 남짓한 오거들은 모두 담흑색으로 빛나는 철제 고리를 목에 찬 상태였다. 그 마수 집단 중에는 비록 적은 수이지만, 사람 몸에 소머리가 달린 신장 3m쯤은 될 법한 미노타우로스까지 눈에 띄었다.

병사들의 뒤에 선 마수들은 울음소리를 전혀 내지 않았다. 그 섬뜩한 풍경 속에서 마수들은 후방에 펼쳐진 서쪽 숲의 나무들이 심하게 흔들릴 정도로 우렁찬 포효를 내질렀다.

번외편 라키의 행상기3

로덴 왕국 왕도 올라브.

활기로 넘친 거리의 한 구역에 많은 공방이 줄지어 늘어선 이 장소는 왕국에서 솜씨에 자신을 가진 직인들이 모여 맹렬히 싸우는 전장이기도 하다.

이곳은 그중에서 가죽 제품을 담당하는 공방의 하나다. 중규모이면서도 솜씨 좋은 직인을 다수 거느린 까닭에 귀족의 거래 문의도 자주 받는 유명한 곳이다.

공방의 커다란 작업장 옆에 같이 마련한 사무소의 응접실은 간소하기보다는 살풍경한 구조였다. 중앙에 자리 잡은 목제 테이블 주변에는 등받이 없는 의자만 네 개 정도 놓여 있을 뿐이었다.

작업장에서 가죽 제품을 만들 때 필요로 하는 용액의 독특한 악취가 이 실내에도 가득해서 그 냄새에 익숙하지 않은 사람에게는 상당히 곤혹스러운 공간이다.

그런 살풍경한 응접실에는 테이블을 끼고 남자 둘이 난감한 얼굴을 맞댄 채 앉아 있었다.

누가 봐도 직인 같은 남자 한 명은 가죽 앞치마를 두른 더러운 작업복 차림이었다. 그는 줄어든 머리숱 대신에 풍성한 하얀 턱수염을 쓰다듬었다.

상대를 마주 보는 날카로운 눈매와 깊게 파인 주름이 왠지 고집스러운 아버지를 떠올리게 하는 분위기의 남자는 이 공방을 책임지는 장인이다.

반면 그를 상대하는 행상인 남자는 20대 안팎이었는데, 옷차림은 깔끔했고 갈색 머리는 곱슬했다. 사람 좋은 얼굴 생김새였지만, 지금은 살짝 쓴웃음을 지었다.

"45! 더는 못 낸다!"

이마의 주름을 늘린 장인이 굵은 팔로 팔짱을 끼고 상대방을 노려보았다. 그러자 행상인 남자는 눈꼬리를 내리며 한숨을 내뱉었다.

"역시 이 이상은 너무 욕심을 부리는 거겠죠……."

"당연하지! 약사 노파의 소개로 왔다니까, 이렇게 만나서 얘기를 들어주는 거다. 원래는 도매상을 거치지 않은 가죽을 사들이면, 그 사람들한테 미움만 살 뿐이어서 거절하는 게 정상이다."

"그렇겠네요……."

공방 장인의 말에 행상인 남자는 다시 요란하게 한숨을 쉬었다.

이처럼 대규모적인 도시에서 가게를 차리는 공방은 제품

에 필요한 원재료인 가죽 등을 특정 조합을 통해 대량으로 구매하는 게 일반적이고, 다른 구입처를 또 갖는 모양새는 별로 좋은 인상을 주지 못한다.

그런 이유 때문에라도 보통은 공방에서 직접 가죽을 거래하지 않는다. 따라서 어쩔 수 없이 조합에 뛰어들어 가죽을 들고 가면, 엄청나게 헐값으로 후려치는 것이다.

잘 아는 약사에게 루비에르테에서 구한 피임약의 원재료인 코브미 꽃을 팔았을 때, 이번에 우연히 손에 넣은 샌드와이번이라고 불리는 마수의 가죽을 어떻게 처분할지 상담하자 이곳의 공방을 소개해주었다.

인맥을 지니면 일단 이렇게 이야기나마 들어주는 데다, 당사자끼리 교섭해서 거래를 틀 수도 있다. 조합에는 공방으로부터 얻은 이익 일부를 담당자에게 슬쩍 건네거나 평소의 빚을 갚는다는 방법을 써서 이례적으로 대처하는 일도 가능하다.

"그럼 한 마리당 45소크로 정해진 거지?"

"네, 그 가격에 부탁드립니다."

입가를 올리며 웃는 장인은 팔짱을 풀고 손을 내밀었다. 젊은 행상인 남자도 고개를 끄덕인 후 장인의 손을 맞잡았다.

"어이, 대금을 갖고 와라!"

장인이 사무소 안쪽에 큰소리를 치자, 금세 젊은 청년 한 명이 가죽 주머니를 들고 나타났다.

"확인해 보십시오."

젊은 청년은 가죽 주머니 안에 든 금화를 보이며 말했다. 가죽 주머니를 건네받은 행상인 남자가 금화를 조심스러운 손짓으로 세기 시작했다.

"라키라고 했나? 덕분에 살았네! 근래 샌드 와이번의 소재가 왕도에서는 다 떨어졌거든. 그래서 귀족님들의 주문도 거절했지만, 이걸로 겨우 수주를 받을 수 있겠어."

라키라고 불린 행상인 남자는 그 말에 금화를 헤아리던 손을 멈추더니, 얼떨결에 장인의 얼굴을 쳐다보며 진한 쓴웃음을 지었다.

조합을 끼지 않고 직접 공방과 거래할 때 조금 전의 대응 이외에도 눈감아주는 예외 사항은 조합의 가죽을 다루는 업자에게 재고가 없을 경우다. 흔히 공방의 수요를 따라가지 못하는 조합은 다른 구입처가 생겨나도 묵인한다.

이때 교섭을 유리하게 이끌면 조합에 파는 것보다 비싼 가격으로 상대에게 물건을 넘길 수 있다.

"당했네요……."

"하하하하, 조합이었다면 30소크나 내줬을지 의심스러운데? 내가 더 양심적이지."

장인은 감쪽같이 속인 얼굴로 하얀 이를 드러내고 웃었다. 그러고는 라키의 어깨를 힘껏 두드리며 작업장으로 사라졌다.

정산을 끝낸 라키는 젊은 청년에게 인사를 하고 나서 가죽 공방을 떠났다.

샌드 와이번 세 마리를 실은 짐마차는 가벼워졌다. 숙소를 잡은 여관을 향해 라키가 상쾌한 기분으로 짐마차를 몰고 가자, 도중에 청년 한 명이 그를 보는 순간 손을 들었다.

단련한 몸을 단단히 감싼 가죽 갑옷, 허리에 찬 투박한 검, 등에 멘 작은 방패를 통해 용병의 부류임을 짐작할 수 있다. 금발을 짧게 깎은 청년을 알아본 라키가 짐마차의 속도를 늦추었다. 그러자 청년이 가벼운 발걸음으로 다가와서 라키에게 익숙한 어조로 말을 걸었다.

"여어, 라키. 이제 여관으로 가는 거냐? 나 좀 태워줘."

청년은 말을 마치기 무섭게 라키의 대답을 기다리지도 않고 짐마차의 짐칸에 올라가 앉았다. 라키도 그 모습이 낯설지 않은지 고개를 끄덕이며 청년을 뒤돌아보았다.

"벨, 거리에서 볼일은 끝났어?"

"그래, 검도 잘 갈았으니까, 숙소 침대에서 늘어지게 자는 일만 남았을 뿐이야."

벨이라고 불린 청년은 우스갯소리를 내뱉으며 웃었다. 짐칸에서 책상다리하고 앉은 청년은 주위를 오가는 사람들을 쳐다보다 문득 생각났다는 듯이 라키에게 눈길을 던졌다.

"그러고 보니 그 샌드 와이번 ,비싸게 팔렸냐?"

라키는 벨의 물음에 방금 가죽 공방에서 주고받은 대화를 떠올리며 쓴웃음을 지었다.

"그게, 한 마리당 45소크에 헐값으로 넘겼어. 뭐, 평소 다루지 않는 가죽 소재를 이 금액에 판 셈이라서 나쁘진 않다고 생각하지만 말이야."

"솔직히 주운 물건인데 충분하잖아? 그나저나 위병들이 살기등등하네……."

짐칸에 등을 기댄 채 대로를 지나다니는 사람들을 바라보며 웃던 벨은 거리에서 활보하는 위병들을 목격하고 눈을 가늘게 떴다.

벨의 시선 앞에는 다수의 위병이 길에서 수상한 자를 추궁하는 장면이 벌어졌고, 주변 사람들은 그 자리를 피하듯이 빠른 걸음으로 떠났다.

대로 곳곳을 엄중히 감시하는 위병들을 본 라키도 그들과 눈이 마주치지 않도록 자연스럽게 앞쪽으로 시선을 돌렸다.

"왕도에 무슨 일이 있었나?"

라키의 혼잣말을 들은 벨이 마부석에 앉은 라키에게 몸을 바싹대더니, 주위를 살피는 것처럼 목소리를 낮추고 대답했다.

"잘은 몰라도 바로 며칠 전에 여러 노예 상회가 동시에 습격을 당했다던데? 그 때문에 많은 노예가 달아났다고 하더라. 더구나 피해를 본 노예 상회 중에서 가장 큰 곳은 철저하게 부서졌나 봐——. 그 노예 상회를 보러 갔는데, 말

그대로 잔해 더미만 남았어."

라키는 벨이 어디에선가 얻어온 그 정보를 듣고 무심코 눈썹을 찌푸렸다.

"그게 진짜야? 그럼 저 위병들의 태도를 봐서는 아직 범인은 안 잡혔나 보네."

"그렇겠지."

라키와 벨은 위병들 옆을 지나면서 더욱 말소리를 죽였다. 그리고 서로 얼굴을 마주 본 후 어깨를 으쓱이며 시선만 위병들에게 향했다.

"오래 머물지 않는 게 좋겠다."

"맞아, 섣불리 말려들면 귀찮아져."

라키가 한숨을 섞어 중얼거리자, 짐칸에 기댄 벨도 동의하며 크게 고개를 끄덕였다.

이윽고 짐마차를 모는 방향에 여관이 줄지어 늘어선 대로가 나타났다. 두 사람은 그 사실을 알아차리고 이리저리 둘러보았다.

그러는 가운데 벨이 어느 여관 앞에 서 있는 여성을 발견하고 라키에게 손가락으로 가리켰다.

"레아다."

그 여성을 확인한 라키가 짐마차를 그녀에게 돌렸다. 그러자 레아라고 불린 여성도 두 사람을 봤는지 손을 흔들었다.

세미롱의 밤색 머리를 뒤로 묶는 한편 남자처럼 움직이기 쉬운 옷을 입은 레아는 여관에 짐마차를 타고 온 라키에게 미소를 지으며 물었다.

"어서 와, 라키. 가죽은 어땠어?"

"뭐, 얼마 안 되는 가격에 팔렸어. 그래도 코브미 꽃은 제법 비싸게 팔았으니까, 꽤 괜찮게 번 셈이지."

레아의 질문에 라키가 짐마차를 정리하며 대답하자, 옆에서 벨이 얼굴을 내밀고 둘의 대화에 끼어들었다.

"그런데 말이야, 다음은 어디로 갈 거냐? 당분간은 왕도 주변에서 행상할 거야?"

잠시 레아가 벨을 노려보았지만, 그녀도 그 대답이 궁금했는지 그대로 잠자코 라키에게 시선을 보냈다.

고민하듯이 허공을 응시하던 라키는 곧이어 혼자 고개를 끄덕인 후 두 사람을 바라보았다.

"일단 자금도 상당히 넉넉해진 데다 왕도 분위기도 나쁘니까, 이 기회에 한번 우리 고향인 랜드발트로 돌아가려고 해."

"오오, 친가에도 오랜만에 들를 수 있겠네!"

그 말에 벨은 모처럼 돌아가는 고향을 떠올리면서 기뻐했고, 반면에 레아는 라키에게 눈길을 고정한 채 고개를 갸웃거렸다.

"랜드발트에 가겠다는 건, 이번 행상으로 영업 허가증을 살 만큼 돈이 생겼다는 뜻이야?"

"으음~ 글쎄? 작은 가게의 허가서는 정규 가격으로 구입할 정도는 모았지만, 그걸 사기 위해서는 인맥이 필요하거든. 그런데 경매에 나오기라도 하면 아마 손을 대지 못할 테고, 애당초 매물로 내놓는 허가증이 있을 때의 얘기지……."

라키는 난감한 표정을 지으면서도 왠지 기뻐했다. 그런 라키를 보고 벨과 레아도 덩달아 미소를 띠었다. 그 후 곧바로 벨이 손뼉을 쳤다.

"그럼, 내일은 랜드발트로 갈 준비를 해야 하나?"

"그래야지. 여기서 랜드발트까지는 열흘쯤 걸리니까, 단단히 준비하는 게 좋아."

"난 가족한테 왕도의 특산물이라도 사갈까."

세 사람은 저마다 내일 계획을 마음에 그리면서 자신들의 숙소로 올라갔다. 왕도에서의 하룻밤은 그렇게 지났다.

왕도를 떠난 지 아흐레째――동쪽으로 이어지는 리빙 산맥을 바라볼 수 있는 이 가도는 서쪽에 위치한 항만도시이자 가장 번성한 랜드발트로 향하는 데에 자주 이용된다. 따라서 보통은 오가는 사람도 많았고, 도적들도 노리기 어려운 가도였다.

그러나 지금 눈앞의 성가신 짐승 때문에, 가도를 지나다니던 자들은 앞다투어 뿔뿔이 달아나서 주위에는 사람의 그림자조차 없었다.

라키가 모는 짐마차의 조금 앞쪽 가도를 가로막듯이 선 존재는 갈색 털로 뒤덮인 곰을 닮은 3m 남짓한 커다란 짐승이다. 다만 그 짐승의 머리는 늑대를 연상시켰고, 머리에 달린 길게 뻗은 귀는 어딘지 모르게 애교를 띤 느낌이 들었다.

단지 그 짐승을 상대하듯이 방패를 들고 검으로 견제하며 짐마차에 다가오지 못하도록 애쓰는 벨의 입장에서는 눈곱만큼도 귀여운 구석은 비치지 않았다.

마수만 아닐 뿐이지 날카로운 엄니와 손톱으로 무장한 거구의 짐승이 지닌 힘은 고블린이나 오크 따위는 비교도 되지 않는다. 오거에 견줄 만한 위협을 간직한 까닭이다.

"빌어먹을! 설마 이 가도에 베어울프가 나타나리라고는 생각지도 못했다! 완전히 우리를 표적으로 삼았어!"

벨은 욕설을 내뱉으며 베어울프의 코끝을 검으로 베어 거리를 가늠했다. 그러면서 한 발 한 발 옆으로 벗어나 베어울프의 주의를 자신에게 끌려고 했다.

『——불꽃을 두른 돌이여, 적을 모조리 없애라——.』

벨의 뒤에서 주문을 읊던 레아가 베어울프를 향해 주먹 크기의 불덩이 두 개를 쏘아 단숨에 그와 간격을 좁히려는 시도를 그럭저럭 막았다.

레아는 맞춤 속셈으로 마법을 시전했지만, 베어울프는 그 거체에 반해 의외로 민첩하게 움직여 불덩이를 피하고 두 사람을 노려보았다.

"라키! 위험해지면 말을 미끼 삼아 돈만 갖고 도망쳐! 준

비해놔!”

레아의 마법을 피한 빈틈을 노린 벨이 베어울프의 앞다리를 얕게 베고 물러나면서 큰 소리로 뒤쪽의 라키에게 재촉했다.

“아, 알았어! 너무 무리하지 마!”

고함을 질러 대답한 라키는 짐마차에 실린 물건을 보며 입술을 꾹 다물었다. 그러나 망설임도 잠시였고, 라키는 숨겨둔 금화 주머니를 재빨리 꺼내려 했다.

그때 라키는 어디에선가 들려오는 바람을 가르는 소리를 알아차리고 무심코 고개를 들었다.

“구가아아아아아아아아아아아!!!”

그와 동시에 베어울프의 분노라고도 비명이라고도 할 수 없는 포효가 주변에 메아리쳤다.

한쪽 눈에 한 대의 화살이 깊숙이 박힌 채 괴로운 듯이 발버둥 치는 베어울프는 앞다리 두 개를 마구 휘두르며 날뛰었다.

곧이어 또 바람을 가르는 소리를 내고 이번에는 세 대의 화살이 베어울프의 뒷다리에 박혔다. 자세를 무너뜨린 베어울프는 비틀거리면서 뒷걸음질 쳤다.

그 기회를 놓치지 않은 레아가 화염 마법으로 베어울프의 얼굴을 태웠고, 벨은 열기에 깜짝 놀라 자빠지려는 베어울프에게 바로 달려들어 손에 쥔 검으로 목을 힘껏 찔렀다.

두꺼운 털가죽을 꿰뚫고 딱딱한 살과 뼈에 검끝이 파고드는 감촉이 검의 손잡이를 통해 벨에게 전해졌다.

베어울프의 거체가 관성을 따라 뒤로 쓰러지자, 벨이 크게 한숨을 내쉰 후 자신의 검을 목에서 뽑아냈다.

그 순간 대량의 피가 뿜어나오며 주위에 미지근한 악취를 풍겼다.

라키가 그 광경을 눈앞에서 보고 화살이 날아온 방향으로 시선을 돌렸다. 가도로부터 조금 떨어진 약간 높은 언덕에서 이쪽을 내려다보는 젊은 용병 집단이 눈에 띄었다.

활을 낀 남자 둘 중 앞에 선 한 명이 다가오며 손을 들었다.

제일 먼저 반응한 이는 베어울프를 처치하고 주저앉아 숨을 헐떡이던 벨이었다.

"액스잖아!?"

"여어, 벨! 살아있냐!?"

액스라고 불린 청년이 벨에게 웃어 보이자, 벨도 웃음을 흘리며 자리에서 일어났다. 두 사람은 서로 말없이 악수하였다.

그리고 액스는 벨의 뒤에 있는 라키와 레아에게도 시선을 보냈다.

"라키하고 레아도 오랜만이네."

"덕분에 살았어."

"오랜만이야, 액스."

둘 다 벨처럼 액스와의 재회가 기쁘다는 듯이 악수를 했다.

라키가 행상을 하기 전에 벨과 레아는 랜드발트의 용병조합을 드나들었는데, 액스는 그곳에서 어쩌다 보니 얼굴을 대하는 동안 친해진 친구 중 한 명이었다.

그 후 라키도 벨과 레아를 통해 안면을 튼 사이가 되었고, 랜드발트 근교에서 행상을 시작했을 때에는 호위를 의뢰한 적도 있었다.

세 사람이 서로 재회를 기뻐하는 가운데 벨이 액스를 뒤따라온 다른 용병들에게 눈길을 던지자, 그 시선을 따라 액스가 자신의 동료 용병 네 명을 돌아보았다.

"지금 소속한 용병단에서 소대 대장을 맡았어."

그 말에 과장스럽게 놀라는 시늉을 보인 벨은 액스의 어깨를 두드리며 감탄했다는 듯이 몇 번이나 고개를 끄덕이고 짙은 미소를 지었다.

"출세했구나, 액스."

"뭐, 그렇지. 그보다 숨통을 끊은 그 녀석 말이야, 물론 우리 몫도 있겠지?"

액스는 가도를 가로막는 것처럼 쓰러진 베어울프를 가리키며 라키에게 시선을 돌렸다. 그렇다고 대답한 라키는 고개를 갸웃거렸다.

"하지만 역시 이대로는 랜드발트까지 못 갖고 돌아가겠네. 우리 짐마차도 별로 여유가 없는데, 해체해서 쓸 만한 부위만 실을까?"

라키가 액스에게 제안하며 쳐다보자, 그는 괜찮다는 듯이 고개를 끄덕이고 뒤쪽의 동료들에게도 해체 작업을 거들게 했다.

"그나저나 랜드발트는 어때? 뭔가 달라진 점은 없어?"

"달라진 점?"

베어울프를 처리하는 와중에 라키가 옆에 있던 액스에게 물었다. 그 질문에 액스는 작업하는 손을 멈추지 않고 허공을 노려본 후 얼마 지나지 않아 뭔가를 떠올렸다는 듯이 입을 열었다.

"아아, 그러고 보니 영주님이 바뀌었어. 그때 분쟁이 벌어지고 나서 랜드발트는 현재 좀 치안이 나빠졌으려나. 뭐, 최근에는 서서히 수습되는 형편이지만……."

그 이야기에 살짝 가슴을 쓸어내린 라키에게 액스는 그가 이전에 말한 꿈을 기억해내고 화제를 돌렸다.

"그런데 랜드발트에서 가게를 차리고 싶다고 하지 않았어?"

그 물음에 라키가 고개를 끄덕이자, 액스는 씩 미소를 짓고 손가락을 딱 튕겼다.

"방금 얘기한 분쟁으로 랜드발트의 큰 상회 몇 곳이 없어졌거든. 그래서 빈자리가 난 상회들의 영업허가증을 조만간 영주님이 매물로 내놓는다고 하더라."

액스의 이야기에 라키는 두 눈을 휘둥그레 뜨고 놀란 표정을 드러냈다.

액스가 말하는 영업 허가증이란 도시에서의 노점영업을 승인하는 영주의 면허장을 뜻한다.

도시는 대부분 방벽으로 에워싸는 까닭에 토지가 한정된다. 또한 도시의 각 구역은 만들어질 당시부터 거의 정해지므로, 가게를 낼 수 있는 장소도 그에 따라 제한을 받는다.

그런 구획의 영업허가증이 없으면 도시에서 가게를 갖지 못하는 데다, 커다란 도시의 영업허가증은 일반적으로 전부 누군가의 소유다. 한편 도시를 확장하거나 발전한 마을이 커질 때 새로이 발행하는 허가증은 여간해서는 보기 힘들다.

그 이외에는 이번처럼 가게가 어떤 이유로 없어진다든지 빚을 갚지 못해 허가증이 매물로 나오기도 한다.

액스가 말하는 큰 상회란 구시가지에 있던 노예 상회 계열인 듯했다. 그곳이 사라졌다면 다른 중견 상회 등이 넓은 장소를 확보하기 위해 그 영업 허가증을 노릴 터다.

구시가지에서의 영업은 어느 도시나 상인에게는 일종의 동경의 대상일 경우가 많다. 그럼 자연히 주변에 있는 신시가지의 소규모 허가증이 순조롭게 매물로 풀린다.

"경매하기 전에 어디 아는 인맥이라도 구하면 좋을 텐데."

"얼마 동안은 랜드발트에 머물겠구나."

라키는 어떻게든 허가증을 얻어낼 만한 인맥으로 짚이는

인물을 필사적으로 쥐어 짜냈다. 레아는 그런 라키에게 살짝 웃어 보이며 이후의 예정을 입에 담았다.

그 말에 라키는 고개를 끄덕이면서도 랜드발트에서의 계획을 머릿속에 그려나갔다.

후기

이번에 「해골기사님은 지금 이세계 모험 중Ⅲ」을 구입해 주셔서 진심으로 감사드립니다. 하카리 엔키라고 합니다. 무사히 이 이야기의 3권이 발매된 것은 오로지 독자 여러분 덕분입니다.

이 자리를 빌려 다시 인사 말씀을 전합니다. 감사합니다.

그리고 담당 편집자님, 매번 민폐를 끼쳐드립니다.

또 일러스트를 담당하는 KeG님, 늘 멋진 일러스트를 그려주셔서 감사합니다.

끝으로 교정자님, 항상 이런저런 많은 지적에 감사드립니다.

그나저나 이번에는 지난번의 반성(?)을 살려 페이지 수를 줄였습니다. 덕분에 3권에서 겨우 캐릭터 소개 페이지를 넣을 수 있었습니다.

약간 뒤늦은 감이 느껴지는 캐릭터 소개이지만, 그 점은 너그럽게 봐주시길 부탁드립니다.

다만 현재 이 저자 후기를 쓰는 시점에서는 소개 페이지가 나오지 않았기 때문에, 저 자신도 어떤 식으로 만들어질지 기대하는 중입니다.

그럼 다음 권에서도 독자 여러분과 다시 만나기를 바라며 이만 줄이겠습니다.

2016년 1월 하카리 엔키

역자 후기

다들 재밌게 읽으셨나요? 이번 권에서도 주인공 일행이 무사히 엘프족을 구출할 줄 알았는데, 생각지도 못하게 이미 실험체로 쓰였더군요. 조만간 동서 레브란 제국이 경쟁하듯이 엘프족으로 생체 실험을 하지 않을까 불안하네요. 마지막에는 아크가 드디어 자신의 몸을 되찾으러 가게 되었는데 어떻게 진행될지 다음 권이 궁금합니다.

그나저나 3권에서의 주석 작업도 험난했습니다. 특히 망사 타이츠를 신은 애니메이션 캐릭터를 알아내느라 수명이 줄어드는 줄 알았네요. 아무리 검색해도 못 찾아서 거의 자포자기하려고 할 때 정말 우연히 눈에 띄어서 환호성이라도 지르고 싶은 심정이었습니다. 그게 뭐라고…….

끝으로 3권에 나오는 주석들 가운데 '하지만 가로막히고 말았다.'와 '체스토'에 대해 부연 설명해 드리고자 합니다. 아마 드래곤퀘스트를 해본 분들은 잘 아시겠지만, 레벨이 낮을 때 전투 벗어나기에 실패할 경우 '하지만 가로막히고 말았다.' 라는 문구가 계속 나옵니다. 운이 없으면 아무것도 못 한 채 파티가 전멸하기도 하죠. 어쩌면 아크의 저 행위가 아주 사악하다고 느끼실지도 모르겠습니다.

그리고 '체스토' 는 슈퍼로봇대전의 인기 캐릭터인 젠가 존볼트를 빼놓을 수 없겠죠. 워낙 유명한 캐릭터이다 보니 저 대사를 들으면 자연스럽게 그 캐릭터가 떠오르더군요.

다시 말씀드리지만 이런 사전 지식을 가진 분들은 위화감 없이 저 묘사에 고개를 끄덕일 텐데 그게 아닌 분들은 딱히 가슴에 와 닿지도 않고 저게 무슨 말일까 싶을 겁니다. 그 때문에 양날의 검 같은 표현인 듯해서 개인적으로 안타깝네요. 붉은색이면 세 배 빠르다는 말과 마찬가지라고 해야 할까요?

그럼 저는 4권에서 다시 뵙겠습니다.

아리안 그레니스 메이플 (숲의 민족 · 다크엘프족)

옅은 자주색 피부에 하얗고 긴 머리, 뾰족한 귀, 육감적인 몸을 가진 다크엘프족의 아름다운 여성이다. 불, 흙의 정령과 계약을 맺었고, 정령마법은 물론 검기(劍技)에도 상당히 뛰어나다. 사로잡힌 엘프족을 구하기 위해 아크를 용병으로 고용한 후 행동을 함께한다. 엘프족이 사는 마을 중 하나인 「라라토이아」를 책임지는 장로의 딸이다. 이빈이라는 이름의 언니가 있다.

아크 (????)

MMORPG를 플레이하던 중 잠이 들고 눈을 뜨자 전신 골격의 해골기사 모습으로 이세계에 떨어졌다. 최상급의 「천기사」를 포함해, 총 10종류의 직업 스킬을 쓸 수 있다. 신장은 2m 남짓하며, 체중은 약 180kg이다. 그 괴력은 맨손으로 대형 마수를 때려눕힐 정도다. 그러나 박력 넘치는 겉모습이나 강대한 힘과는 정반대로, 실은 방향치인 데다 약간 맹한 구석이 있다.

치요메 (산야의 민족 · 묘인족)

인심일족(刃心一族)이라는 은밀부대의 후예이자, 22대째 족장 한조를 섬기는 여섯 닌자 중 한 명이다. 노예로 붙잡힌 산야의 민족을 해방하고 돌아다녀서, 인간족에게 「해방자」라고 불린다. 냉정하고 침착하며 그다지 감정을 드러내지 않지만, 폰타에게 관심을 보이는 소녀다운 면도 있다. 엘프족 탈환작전 때 아크를 만나고, 그 후에도 몇 번 마주친다. 우여곡절 끝에 함께 행동하게 된다.

해골기사님은 지금 이세계 모험 중 Ⅲ

2017년 3월 23일 제1판 인쇄
2018년 4월 12일 5쇄 발행

지음 하카리 엔키 | **일러스트** KeG | **옮김** 이상호

펴낸이 임광순 | **제작 디자인팀장** 오태철
편집부 황건수 · 신채윤 · 이병건 · 이홍재 · 김호민
디자인팀 박진아 · 박창조 · 한혜빈
국제팀 노석진 · 엄태진

펴낸곳 영상출판미디어(주)
등록번호 제 2002-000003호
주소 21311 인천광역시 부평구 평천로 132 (청천동)
전화 032-505-2973(代) | **FAX** 032-505-2982

ISBN 979-11-319-5561-1
ISBN 979-11-319-5122-4 (세트)

게임 속 아저씨가 사실은 여자?!
아키라&이사토의 이세계 분투기, 개막!

아저씨가 미녀
1

얼굴도 모르는 게임 속 친구와 함께 회복약 버튼을 연타하면서 던전 보스를 공략하던 중에 생각지도 못하게 게임 세계에 날아간 아키라. 그런데 함께 소환된 사냥 친구인 이사토, 통칭 '아저씨'는 사실 연상의 미녀였다!?
게임과 비슷하면서도 다른 이세계에서 원래 세계로 돌아갈 방법을 찾는 아키라&이사토. 어떻게든 안전하게 게임 세계에서 살아남으려 하지만, 시작부터 도적이 마을을 덮치고, 몬스터가 창궐하는 이상한 사건에 조우하는데—— '아저씨'와 함께하는 파란만장한 이세계 게임 판타지, 개막!

야마다 마루 지음 / 후지타 카오리 일러스트 / JYH 옮김

영상출판
미디어(주)